ALEXANDRE

DUMAS

OS TRÊS MOSQUETEIROS

Versão condensada Bernard Noël
Tradução Alcida Brant

EDITORA
NOVA
FRONTEIRA

Título original: *Les trois mousquetaires*

Texto de Alexandre Dumas, condensado por Bernard Noël

EDITORA NOVA FRONTEIRA PARTICIPAÇÕES S.A.
Rua Candelária, 60 – 7º andar – Centro – 20091-020
Rio de Janeiro – RJ – Brasil
Tel.: (21) 3882-8200 – Fax: (21) 3882-8212/8313

CIP-Brasil. Catalogação na publicação
Sindicato Nacional dos Editores de Livros, RJ

D92t Dumas, Alexandre, 1802-1870
Os três mosqueteiros / Alexandre Dumas ; tradução Alcida Brant ; versão condensada por Bernard Noël. - 1. ed. - Rio de Janeiro : Nova Fronteira, 2019.

Tradução de: Les trois mousquetaires
ISBN 9788520942444

1. Romance francês. I. Brant, Alcida. II. Noël, Bernard. III. Título.

18-52581 CDD: 843
CDU: 82-31(44)

Printed in India

SUMÁRIO

I
Os três presentes do sr. d'Artagnan pai

Na primeira segunda-feira do mês de abril de 1625, no burgo de Meung, terra natal do autor do *Romance da rosa*, o alvoroço era tanto que parecia que os huguenotes tinham vindo estabelecer ali uma segunda La Rochelle. Muitos burgueses se apressavam em vestir sua couraça e, sustentando a postura um tanto insegura com um mosquete ou uma lança, dirigiam-se para a hospedaria Franc Meunier, diante da qual se reunia uma aglomeração curiosa e barulhenta.

Ali chegando, puderam ver e reconhecer a causa desse barulho.

Um jovem... Façamos rapidamente seu retrato: imaginem Dom Quixote aos 18 anos; rosto longo e moreno, maçãs do rosto salientes, sinal de astúcia; maxilares bastante desenvolvidos, a marca inegável de todo gascão, mesmo sem boina, e nosso jovem tinha uma boina encimada por uma espécie de pluma. Olho aberto e inteligente, nariz aquilino, mas bem delineado, grande demais para um adolescente, pequeno demais para um adulto. Um olhar menos advertido o tomaria por filho de um fazendeiro viajando, se não visse a enorme espada que pendia de uma tira de couro a tiracolo e batia nos tornozelos de seu proprietário ao longo da caminhada ou no pelo arrepiado do cavalo quando seguia montado.

Nosso jovem tinha uma montaria, e esta montaria era mesmo tão notável que logo foi percebida: era um cavalinho do Béarn, amarelo, sem crina na cauda, e que andava com a cabeça abaixo da altura dos joelhos. Infelizmente, as qualidades desse cavalo estavam tão bem escondidas sob a pelagem estranha e a marcha desajeitada que a aparição do dito cavalinho em Meung, onde entrara por Porte de Beaugency havia uns 15 minutos, produziu uma sensação de descrédito que atingiu seu dono.

Essa sensação foi ainda mais difícil para o jovem d'Artagnan (assim se chamava o Dom Quixote deste outro Rocinante), porque sabia como ficava ridículo, logo ele, tão bom cavaleiro, montado em um animal como aquele; ele bem que suspirara ao aceitar o presente que lhe dera o sr. d'Artagnan pai. É verdade que o presente fora acompanhado por palavras que não tinham preço:

— Meu filho — dissera o fidalgo gascão —, esse cavalo nasceu na casa de seu pai, já se vão 13 anos, e ali viveu desde esse tempo, por isso você deve amá-lo. Jamais o venda; deixe que morra de velhice, de modo honesto e tranquilo. Na corte — prosseguiu o sr. d'Artagnan pai —, se por acaso você tiver a honra de frequentá-la, honra a qual sua nobreza lhe dá todos os direitos, represente com dignidade seu nome de fidalgo, há quinhentos anos na família. É pela coragem, apenas pela coragem, que um cavalheiro se destaca hoje em dia. Você é jovem e deve ser corajoso por duas razões: a primeira, por ser gascão; a segunda, por ser meu filho. Não tema as oportunidades, e procure as aventuras. Ensinei-lhe a manejar a espada; você tem um jarrete de ferro, um punho de aço; lute por qualquer motivação; lute ainda mais porque os duelos são proibidos, e portanto há dupla coragem em lutar. Meu filho, para lhe dar tenho apenas 15 escudos, meu cavalo e os conselhos que você acabou de ouvir. Sua mãe acrescentará ainda a receita de certo bálsamo que lhe foi dada por uma cigana, que tem a virtude milagrosa de curar qualquer ferida que não tenha atingido o coração. Tire proveito de tudo e viva feliz por muito tempo. Só mais uma palavrinha: quero falar do sr. de Tréville, que outrora foi meu vizinho, e que teve a honra de brincar, quando criança, com nosso rei Luis XIII, que Deus o conserve! Hoje é capitão dos Mosqueteiros, o que quer dizer chefe de uma legião de Césares muito apreciada pelo rei e temida pelo cardeal, que nada teme, como todo mundo sabe. Além disso, o sr. de Tréville ganha dez mil escudos por ano, o que o torna um homem muito importante. Começou como você. Vá procurá-lo, entregue-lhe esta carta, acompanhe o que ele faz, para agir como ele.

Ao dizer isso, o sr. d'Artagnan pai colocou no filho a própria espada, deu-lhe dois beijos carinhosos no rosto e o abençoou.

Saindo do quarto do pai, o jovem encontrou a mãe, que o esperava com a famosa receita. As despedidas dessa vez foram mais longas que as outras, e também mais carinhosas. A sra. d'Artagnan chorou copiosamente, e, digamos a favor do sr. d'Artagnan filho, todos os esforços para permanecer firme, como deveria fazer um futuro mosqueteiro, foram inúteis: a natureza venceu e ele derramou fortes lágrimas que mal conseguiu esconder.

O jovem partiu naquele mesmo dia. Dom Quixote confundiu moinhos de vento com gigantes, e carneiros com soldados. D'Artagnan tomou cada sorriso por um insulto, e cada olhar por uma provocação. Como resultado, manteve o punho cerrado de Tarbes a Meung e levou a mão à espada dez vezes por dia.

Porém, chegando a Meung, ao descer do cavalo na porta da hospedaria Franc Meunier, d'Artagnan avistou pela janela do térreo um fidalgo de bela aparência conversando com duas pessoas que pareciam escutá-lo com deferência. Como de costume, d'Artagnan acreditou com naturalidade ser ele próprio o assunto da conversa. Só que dessa vez se enganava um pouco: não era dele que falavam, mas de seu cavalo, e a todo instante desatavam a rir.

D'Artagnan quis primeiro reparar na fisionomia do impertinente que debochava dele. Fixou o olhar orgulhoso no estrangeiro, e reconheceu um homem de quarenta a 45 anos, de olhos negros e penetrantes, rosto pálido, nariz bem acentuado e um bigode negro muito bem talhado. Usava gibão, calção e alamares de cor violeta. D'Artagnan ajeitou a boina na cabeça, e procurando copiar alguns gestos da corte que vira em cavalheiros de passagem pela

Gasconha, avançou com uma das mãos no punho da espada e a outra apoiada no quadril.

— Ei, senhor! — gritou. — Diga-me do que estão rindo, e riremos juntos.

O fidalgo, com um tom irônico e insolente difícil de descrever, respondeu:

— Não estou falando com o senhor.

— Mas eu estou — gritou o rapaz, exasperado por essa mistura de insolência e boas maneiras.

O homem olhou-o mais uma vez sorrindo e, afastando-se da janela, saiu lentamente da hospedaria para ficar a dois passos do cavalo.

— Decerto esse cavalo é, ou foi, em sua juventude, amarelo-ouro — continuou o desconhecido, sem parecer notar a exasperação de d'Artagnan. — É uma cor bem comum na botânica, mas até hoje bastante rara num cavalo.

— Ri do cavalo quem não ousa rir do cavaleiro — gritou, furioso, o êmulo de Tréville.

— Não rio com frequência, senhor, mas quero conservar o privilégio de rir quando me der vontade.

Dando meia-volta, o homem dirigiu-se para a hospedaria. Mas d'Artagnan não era o tipo que ignorava tão facilmente alguém que tivera o atrevimento de zombar dele. Puxou a espada do cinturão e começou a persegui-lo, aos berros:

— Vire-se, vire-se, seu debochado! Não quero atingi-lo pelas costas!

— Atingir? A mim? — rebateu o homem, voltando-se e encarando o jovem com surpresa e desprezo.

Mal acabara de falar, d'Artagnan desferiu-lhe tamanho golpe com a espada que se ele não tivesse recuado a tempo, aquela provavelmente teria sido sua última provocação. Vendo que aquilo era mais que uma zombaria, o desconhecido desembainhou a espada, saudou seu adversário e pôs-se em guarda. No mesmo instante, porém, seus dois interlocutores, acompanhados do estalajadeiro, lançaram-se sobre d'Artagnan com pedaços de pau, pás e tenazes. D'Artagnan deixou cair a espada, que uma paulada quebrou ao meio; outro golpe atingiu-o na testa e jogou-o no chão, ensanguentado.

Foi nesse momento que de todo canto surgiram pessoas se dirigindo ao local da luta. O estalajadeiro, com medo do escândalo, e com a ajuda dos seus empregados, levou o ferido para a cozinha e lhe dispensou alguns cuidados.

Quanto ao fidalgo, retomou seu lugar à janela, e olhava com impaciência aquela multidão que, no fundo, parecia estar lhe causando muita contrariedade.

— Muito bem! Como está nosso jovem raivoso? — perguntou ao ouvir a porta se abrir, dirigindo-se ao estalajadeiro que viera se informar de seu estado.

— Apagou completamente, o que não o impediu de dizer, desmaiando, que se tal coisa tivesse acontecido em Paris, o senhor se arrependeria imediatamente, mas como foi aqui, o senhor só vai se arrepender mais tarde.

— Ele mencionou alguém, em sua fúria?

— Mencionou. Batia no bolso e dizia: "Veremos o que o sr. de Tréville vai pensar sobre esse insulto feito a seu protegido."

— O sr. de Tréville? — indagou o desconhecido, prestando mais atenção... — Vejamos, meu caro estalajadeiro. Enquanto o rapaz estava desmaiado, não lhe ocorreu, estou bem certo de que sim, vasculhar o tal bolso? O que encontrou?

— Uma carta endereçada ao sr. de Tréville, capitão dos mosqueteiros.

— É mesmo?

O desconhecido pareceu refletir por alguns instantes.

— Milady não deve saber da existência desse engraçadinho. Se ao menos eu pudesse descobrir o conteúdo dessa carta endereçada a Tréville...

Resmungando, o homem se encaminhou para a cozinha.

Enquanto isso, o estalajadeiro tinha subido e encontrado d'Artagnan bem acordado. Apesar de sua fraqueza, obrigou-o a se levantar e ordenou que continuasse seu caminho. Ainda meio tonto e com a cabeça toda enfaixada, d'Artagnan se levantou e, empurrado pelo estalajadeiro, começou a descer. Ao chegar à cozinha, a primeira coisa que viu foi seu provocador conversando tranquilamente ao pé de uma carruagem atrelada a dois enormes cavalos normandos.

Sua interlocutora, cuja cabeça aparecia pela portinhola, era uma mulher com seus 22 anos. A um primeiro olhar, d'Artagnan notou que ela era jovem e bela. Essa beleza o surpreendeu, pois era completamente estranha aos países meridionais onde d'Artagnan já vivera. Era uma jovem pálida e loura, com longos cabelos cacheados que lhe caíam até os ombros. Grandes e lânguidos olhos azuis, lábios rosados e mãos de alabastro. Ela conversava em tom animado com o desconhecido.

— Então Sua Eminência me ordena... — disse a dama.

— Que volte logo para a Inglaterra e o previna imediatamente se o duque deixar Londres.

— E quanto a nossas outras instruções? — continuou a bela viajante.

— Estão fechadas nessa caixa que a senhora só deve abrir do outro lado do canal da Mancha.

— Muito bem. E o senhor, o que vai fazer?

O desconhecido ia responder, mas no momento em que estava prestes a abrir a boca, d'Artagnan, que ouvira tudo, apareceu na soleira da porta.

— E lembre-se! — exclamou Milady, vendo o fidalgo levar a mão à espada. — O menor atraso poderá pôr tudo a perder.

— A senhora tem razão — respondeu o fidalgo. — Parta na direção que deve seguir, e eu partirei na minha.

Saudando a jovem com um movimento de cabeça, montou em seu cavalo enquanto o cocheiro chicoteava vigorosamente sua parelha.

— Ei! Sua conta! — vociferou o estalajadeiro.

— Pague, malandro — gritou o viajante a seu lacaio, continuando a galopar.

O criado jogou aos pés do estalajadeiro duas ou três moedas de prata, e montou para seguir seu senhor.

— Ah! Covarde! Miserável! Fidalgo de merda! — gritava d'Artagnan, correndo atrás deles.

No entanto, ainda estava muito fraco para aguentar tamanho esforço. Mal tinha dado dez passos quando seus ouvidos zumbiram; teve uma vertigem e viu diante dos olhos uma nuvem de sangue antes de cair no meio da rua.

— Dá no mesmo — disse o estalajadeiro. — Perco dois, mas ganho um que certamente vou manter por alguns dias. Ganharei uns 11 escudos.

O homem contava com 11 dias de doença, a um escudo por dia, mas não contava com seu viajante. No dia seguinte, às cinco da manhã, d'Artagnan se levantou, desceu até a cozinha e pediu, além de alguns ingredientes cuja lista se perdeu, vinho, óleo e alecrim. Com a receita de sua mãe, fez um bálsamo com o qual untou seus múltiplos ferimentos, renovando ele mesmo suas compressas, sem a ajuda de nenhum médico. Graças sem dúvida à eficácia do bálsamo e talvez também à ausência de qualquer médico, à noite já estava melhor, e, no dia seguinte, praticamente curado.

Mas, no momento de pagar pelo alecrim, pelo óleo e pelo vinho, única despesa do cavaleiro, que fizera a mais absoluta dieta, ao contrário de seu cavalo amarelo que, segundo o estalajadeiro, comera três vezes mais do que se poderia supor dado o seu tamanho, d'Artagnan só encontrou no bolso a velha bolsinha de veludo com os 15 escudos; a carta endereçada ao sr. de Tréville, no entanto, desaparecera.

— Minha carta de recomendação! — berrou d'Artagnan. — Devolva minha carta, por Deus! Ou o atravesso com a minha espada!

O estalajadeiro achou perfeitamente justa a reclamação de seu viajante. De repente, um lampejo cruzou sua mente:

— Essa carta não está perdida.

— Ah! — disse d'Artagnan.

— Foi roubada.

— Roubada? Por quem?

— Pelo fidalgo de ontem. Ele veio à cozinha, onde estava seu gibão. Não havia ninguém. Aposto que foi ele quem roubou a carta.

— Vou me queixar ao sr. de Tréville, e ele se queixará ao rei — disse d'Artagnan.

Em seguida, tirou majestosamente dois escudos do bolso, deu-os ao estalajadeiro, que o acompanhou até a porta, chapéu na mão, e montou em seu cavalo amarelo que o levou sem maiores acidentes à Porte de Saint-Antoine, em Paris, onde seu proprietário o vendeu por três escudos, o que foi muito bem pago, pois d'Artagnan o forçara demais durante a última etapa da viagem.

Portanto, d'Artagnan entrou em Paris a pé, carregando sua trouxinha debaixo do braço, e andou até encontrar um quarto para alugar condizente com a exiguidade de seus recursos. O lugar era uma espécie de mansarda, situada na rua dos Fossoyeurs, perto do Luxemburgo.

Depois de tomar posse de sua nova morada, d'Artagnan foi ao Quai de la Ferraille, para que pusessem uma nova lâmina em sua espada. Foi também ao Louvre, onde se informou do endereço do sr. de Tréville com o primeiro mosqueteiro que encontrou. Ele morava na rua do Vieux-Colombier, isto é, justamente nos arredores do quartinho que d'Artagnan tinha alugado: circunstância que ele considerou do melhor augúrio para o sucesso de sua viagem.

Após o que, sem remorsos no passado, confiante no presente e cheio de esperança no futuro, deitou-se para dormir o sono dos justos.

Esse sono, ainda um tanto provinciano, embalou-o até as nove da manhã, hora em que se levantou para procurar o famoso sr. de Tréville, terceiro personagem do reino de acordo com a estimativa paterna.

II
A antecâmara do sr. de Tréville

O sr. de Trévillle realmente começara a vida do mesmo modo que d'Artagnan, isto é, sem um tostão no bolso. Sua coragem insolente, sua felicidade mais insolente ainda, numa época em que os golpes caíam como granizo, o levaram ao topo dessa dificultosa escada chamada "favor da corte", cujos degraus galgou quatro a quatro. Era amigo do rei, que o fez capitão de seus mosqueteiros; mosqueteiros cujos fanatismo e devoção por Luis XIII se igualavam aos da guarda escocesa pelo rei Luis XI.

Impertinentes, bêbados, baderneiros, os mosqueteiros do rei, ou melhor, do sr. de Tréville, espalhavam-se nos cabarés, nas ruas, nos lugares públicos, gritando em alto e bom som, cofiando os bigodes, brandindo as espadas, provocando com prazer os guardas do cardeal quando os encontravam, desembainhando as espadas em plena rua com mil brincadeiras; às vezes eram mortos, mas tinham a certeza de que seriam chorados e vingados; com frequência matavam, mas seguros de não mofar na prisão. O sr. de Tréville lá estaria para libertá-los. O sr. de Tréville era por isso louvado em todos os tons, cantado em todas as escalas, por esses homens que o adoravam e que, por mais rudes que fossem, tremiam diante dele como alunos diante do mestre, obedecendo à primeira palavra, e dispostos a morrer para redimir a menor reprimenda.

O pátio da mansão do sr. de Tréville, situada à rua do Vieux--Colombier, parecia um acampamento a partir das seis horas da manhã no verão e das oito no inverno. Cerca de cinquenta ou sessenta mosqueteiros andavam de um lado para outro, armados como para a guerra e preparados para tudo.

Ao longo das grandes escadarias, onde seria possível até construir uma casa, subiam e desciam aqueles de Paris que tinham algo a pedir ou que corriam atrás de qualquer favor, fidalgos da província ávidos para serem engajados, e lacaios com roupas coloridas trazendo mensagens de seus senhores. Na antecâmara, em longos bancos circulares, descansavam os eleitos, isto é, os convocados. O burburinho ia de manhã até a noite, enquanto o sr. de Tréville, em seu gabinete contíguo à antecâmara, recebia visitas, escutava queixas, dava ordens e, como o rei em seu balcão do Louvre, bastava chegar à janela para passar em revista suas tropas.

No dia em que d'Artagnan se apresentou, a assembleia estava imponente. Foi, portanto, em meio a uma multidão que nosso jovem avançou, com o coração acelerado, ajeitando a longa espada junto à perna fina, e com uma das mãos na borda do barrete e aquele desajeitado meio sorriso provinciano de quem quer fazer boa figura. Quando ultrapassava um grupo, respirava aliviado, mas percebia que todos se voltavam para observá-lo; e pela primeira vez na vida, d'Artagnan, que sempre tivera a melhor opinião acerca de si mesmo, se achou ridículo.

No patamar da escadaria contavam-se histórias de mulheres, na antecâmara eram histórias da corte. No patamar, d'Artagnan corou; na antecâmara, estremeceu. Ali, para sua maior surpresa, ouviu criticarem a política que fazia tremer a Europa, e a vida particular do cardeal; esse grande homem, venerado pelo sr. d'Artagnan pai, era objeto dos gracejos dos mosqueteiros do sr. de Tréville por causa de suas pernas tortas e de suas costas curvadas.

Entretanto, por ser totalmente desconhecido em meio à multidão dos cortesãos do sr. de Tréville, além de ser a primeira vez que o viam ali, vieram perguntar-lhe o que desejava. Ao que respondeu humildemente chamar-se d'Artagnan e ser compatriota do sr. de Tréville. Pediu ao criado de quarto do sr. de Tréville que lhe arranjasse uma audiência com seu senhor, e este, com um tom protetor, lhe prometeu agir oportunamente.

Já um pouco menos surpreendido com o que via e ouvia, d'Artagnan pôde observar melhor os trajes e as fisionomias.

No centro do grupo mais animado, um mosqueteiro corpulento, de aparência orgulhosa, atraía a atenção de todos pela bizarrice de seus trajes. Ele não usava a casaca do uniforme, mas um gibão justo, azul-celeste, já um pouco desbotado, e, a tiracolo sobre esse traje, um cinturão magnífico, bordado a ouro, que brilhava como reflexos dançando na água sob o sol intenso. Uma longa capa de veludo carmesim caía graciosamente de seus ombros, deixando à mostra, na frente, o esplêndido cinturão do qual pendia uma gigantesca espada.

— O que posso fazer? — perguntou o mosqueteiro. — É a moda que manda. É uma loucura, bem sei, mas é a moda.

— Ah, Porthos! — exclamou um assistente. — Quem lhe deu isso foi aquela dama usando véu com quem o encontramos no outro domingo...

— Juro, por minha honra, que comprei eu mesmo, a prova foi que me custou doze pistolas. Não é, Aramis? — disse Porthos, virando-se para outro mosqueteiro.

Esse outro mosqueteiro contrastava de modo marcante com aquele que o interrogava: era um jovem de 22 ou 23 anos, de aparência doce e ingênua, olhos negros e faces rosadas e aveludadas como um pêssego no outono; seu fino bigode desenhava uma reta perfeita acima do lábio superior. Tinha o hábito de falar pouco e lentamente, cumprimentava bastante, ria sem gargalhar, mostrando os belos dentes. Também era bem cuidada toda a sua pessoa. Respondeu com um sinal afirmativo a pergunta de seu amigo.

— O sr. de Tréville espera o sr. d'Artagnan — interrompeu um lacaio, abrindo a porta do gabinete.

Ao ouvir esse anúncio, todos se calaram. E foi em meio ao maior silêncio que o jovem gascão atravessou a antecâmara e entrou no gabinete do capitão dos mosqueteiros.

III
A audiência

O sr. de Tréville estava de muito mau humor. Entretanto, saudou polidamente o jovem, que se inclinou quase até o chão, e sorriu ao receber seu cumprimento, cujo sotaque gascão lembrou-lhe a um só tempo de sua juventude e de sua terra natal. Porém, logo se aproximou da antecâmara, e fazendo um sinal para d'Artagnan, como se lhe pedisse licença para terminar o assunto com os outros antes de começar com ele, chamou:

— Athos! Porthos! Aramis!

Os dois mosqueteiros que já conhecemos aproximaram-se do gabinete, cuja porta se fechou assim que entraram. O sr. de Tréville parou à sua frente e, lançando-lhes um olhar irritado, indagou:

— Sabem o que me disse o rei ontem à noite?

— Não, senhor, desconhecemos.

— Disse-me que de agora em diante recrutaria seus mosqueteiros entre os guardas do sr. cardeal. Acredita que a má qualidade de um vinho medíocre precisa ser atenuada pela mistura com um bom vinho.

Os dois mosqueteiros coraram até o último fio de cabelo.

— É verdade — continuou o sr. de Tréville, se animando. — É, e Sua Majestade tinha razão, pois é verdade que os mosqueteiros fazem triste figura na corte. O sr. cardeal contou ontem, enquanto jogavam, que anteontem esses danados mosqueteiros, esses baderneiros, pararam numa taberna da rua Férou e que seus guardas fazendo a ronda foram forçados a prendê-los. Pelo amor de Deus! Vocês devem saber alguma coisa! Prender mosqueteiros! Vocês estavam entre eles, não neguem, foram reconhecidos e o cardeal citou seus nomes. Mas e Athos? Não estou vendo Athos. Onde está ele?

— Senhor — respondeu tristemente Aramis —, ele está doente, muito doente.

— Doente! Não acredito! Ferido, isto sim, talvez até morto. Por Deus! Não compreendo como podem frequentar esses lugares escusos, além de brigar na rua e desembainhar as espadas em cada esquina. Não quero que sejam objeto dos gracejos dos guardas do sr. cardeal.

Porthos e Aramis estavam tremendo de raiva. Mordiam os lábios e apertavam com toda a força o punho das espadas.

— Pois bem, capitão — disse Porthos, fora de si. — A verdade é que nos pegaram em plena traição, e antes que tivéssemos tempo de empunhar a espada, dois dos nossos já haviam sido mortos. E Athos, gravemente ferido, não estava melhor do que eles.

— Tenho a honra de lhe assegurar que matei um com sua própria espada — afirmou Aramis. — A minha quebrou na primeira estocada.

— Eu não sabia disso — retomou o sr. de Tréville, já mais calmo. — Estou vendo que o sr. cardeal exagerou um pouco.

Nesse instante a porta se abriu, e uma nobre e bela cabeça apareceu.

— Athos! — exclamaram os dois mosqueteiros.

— O senhor me chamou — disse Athos, com voz fraca, mas perfeitamente calma. — O que deseja?

A essas palavras, o mosqueteiro, impecavelmente trajado, com o cinturão bem ajustado, como de costume, entrou no aposento com passos decididos. Emocionado por essa prova de coragem, o sr. de Tréville precipitou-se em sua direção.

— Estava dizendo a esses senhores — acrescentou — que proíbo meus mosqueteiros de arriscar a vida sem necessidade, que esses heroicos rapazes são muito caros ao rei, e que ele sabe que seus mosqueteiros são os mais corajosos do mundo. Sua mão, Athos.

Ao dizer isso, o sr. de Tréville pegou a mão direita do recém-chegado, que apertou com toda a força. Athos esboçou um movimento de dor, ficando ainda mais pálido, o que parecia impossível. O sr. de Tréville percebeu de repente que ele ia desmaiar. Nesse instante, o mosqueteiro, que havia juntado todas as forças para lutar contra a dor, e agora vencido por ela, caiu no chão como morto.

— Um médico! — gritou o sr. de Tréville. — O meu, o do rei, o melhor!

Aos gritos do sr. de Tréville todos foram ao gabinete, cercando o doente. Toda essa pressa teria sido inútil se o médico em questão não estivesse na casa. Aproximando-se de Athos, a primeira coisa que fez foi pedir que levassem o mosqueteiro para o cômodo ao lado. O sr. de Tréville abriu uma porta e mostrou o caminho a Porthos e Aramis, que transportaram nos braços seu companheiro.

Eles voltaram um instante depois; e apenas o médico e o sr. de Tréville permaneceram ao lado de Athos. Por sua vez, o sr. de Tréville então voltou: o doente havia recobrado os sentidos; o médico declarou que o estado do mosqueteiro não era inquietante, e que sua fraqueza era apenas devido à grande perda de sangue.

A um sinal do capitão, todos se retiraram, restando apenas d'Artagnan, que não esquecera que tinha sua audiência, e cuja tenacidade de gascão o fizera permanecer no mesmo lugar.

— Desculpe-me — disse sorrindo o sr. de Tréville. — Desculpe-me, caro compatriota, mas tinha me esquecido completamente do senhor. O que fazer, não é? Um capitão é apenas um chefe de família... Os soldados são crianças grandes. Eu fui muito amigo de seu pai. O que posso fazer por seu filho? Apresse-se, não tenho muito tempo.

— Senhor, eu tinha pensado em pedir, em nome dessa amizade que vejo que não esqueceu, um uniforme de mosqueteiro.

Porém, depois de tudo o que vi aqui há duas horas, compreendo que seria um favor imenso, e temo não achar que o mereço.

— É realmente um favor, meu jovem, mas talvez não seja tão grande como o julga. Entretanto, uma decisão de Sua Majestade prevê que não se receba nenhum mosqueteiro antes que tenha demonstrado sua coragem em algumas campanhas, ou que tenha servido dois anos em qualquer outro regimento.

D'Artagnan inclinou-se sem responder, ainda mais ansioso para vestir o uniforme de mosqueteiro desde que viu como era difícil obtê-lo.

— No entanto — continuou o sr. de Tréville —, quero fazer algo pelo senhor. Escreverei hoje mesmo uma carta para o diretor da Academia Real, e amanhã ele o receberá sem pedir nada em troca. Não recuse esse pequeno agrado. Aprenderá o manejo do cavalo, a esgrima e a dança; conhecerá pessoas interessantes, e de vez em quando venha me ver e relatar seus progressos.

D'Artagnan, embora ainda ignorando os costumes da alta sociedade, percebeu a frieza dessa acolhida.

— Que pena, senhor. Vejo como a carta de recomendação que meu pai escreveu para o senhor está me fazendo falta hoje.

— Certamente — respondeu o sr. de Tréville. — Estou surpreso que tenha feito uma viagem tão longa sem o viático obrigatório.

— Mas eu trouxe a carta, senhor. E, graças a Deus, muito bem escrita, mas ela me foi perfidamente roubada.

D'Artagnan contou todo o ocorrido em Meung nos menores detalhes, com um ardor e uma veracidade que encantaram o sr. de Tréville.

— Diga-me, esse fidalgo não tinha uma pequena cicatriz na têmpora?

— Tinha, como se tivesse sido feita por uma bala que o atingiu de raspão.

— Não era um homem alto, de tez pálida e cabelos escuros?

— Era, sim.

— Estava esperando uma mulher? — indagou o sr. de Tréville.

— Foi embora depois de ter conversado um pouco com aquela por quem tinha esperado.

— Você não sabe qual foi o assunto da conversa?

— Ele lhe deu uma caixa com instruções que só deveriam ser lidas em Londres.

— Ela era inglesa?

— Ele a chamava de Milady.

— É ele — murmurou Tréville.

— Ó, senhor! — exclamou d'Artagnan. — Se conhece esse homem, diga-me quem ele é, pois antes de mais nada quero me vingar.

— Não faça isso, meu rapaz, não o procure, é um conselho que lhe dou. Você é um bom rapaz, porém no momento não posso lhe dar mais do que lhe ofereci há pouco. Mais tarde, o senhor provavelmente obterá o que deseja.

— Quer dizer, senhor, que vai esperar que eu me torne digno desse favor. Pois fique tranquilo, não terá que esperar muito tempo.

E então d'Artagnan saudou-o antes de se retirar.

— Espere — disse o sr. de Tréville. — Prometi-lhe uma carta.

O capitão sentou-se a uma mesa e começou a escrever a carta de recomendação prometida. Enquanto isso, d'Artagnan, parado diante de uma janela, batucava com os dedos na vidraça, observando os mosqueteiros que partiam, um após o outro.

Acabada a carta, o sr. de Tréville aproximou-se de d'Artagnan para entregá-la. No momento em que o jovem estendia a mão para recebê-la, o sr. de Tréville surpreendeu-se ao ver seu protegido dar um salto, corar de raiva e sair correndo do gabinete, gritando:

— Ah, por Deus! Desta vez ele não me escapa!

— Quem? — perguntou o sr. de Tréville.

— Meu ladrão! — respondeu d'Artagnan. — Ah, traidor!

E desapareceu.

— Que diabo! Maluco! — murmurou o sr. de Tréville.

IV
O ombro de Athos, o cinturão de Porthos e o lenço de Aramis

Furioso, d'Artagnan atravessou a antecâmara em três saltos, lançou-se para a escadaria, quando, levado pela velocidade da corrida, de cabeça baixa, deu de encontro com um mosqueteiro. Bateu com a testa em seu ombro, o que fez o outro dar um grito, ou melhor, um uivo.

— Desculpe-me — disse, tentando continuar a corrida —, desculpe-me, estou muito apressado.

Uma mão de ferro agarrou-o pelo lenço do pescoço e o deteve.

— O senhor está apressado! — exclamou o mosqueteiro, pálido como uma mortalha. — E com esse pretexto o senhor me atinge e diz: "Desculpe-me." O senhor por acaso pensa que é suficiente?

— Por Deus — replicou d'Artagnan, reconhecendo Athos. — Por Deus, não fiz de propósito, já pedi desculpas. Parece-me ser o bastante...

— Senhor — disse Athos, largando-o. — O senhor não é educado. Vê-se bem que vem de longe.

— Pelo amor de Deus, senhor! De mais longe que eu venha, não é o senhor que vai me dar lições de boas maneiras! Ah, como se eu já não estivesse tão apressado...

— Sr. Apressado, encontre-me sem correr, está entendendo?

— E onde seria?

— Perto do convento dos Carmelitas Descalços, por volta de meio-dia.

— Muito bem. Estarei lá.

D'Artagnan continuou a correr, como se o diabo o perseguisse, esperando encontrar seu desconhecido. Mas, ao fim da rua, Porthos conversava com um guarda. Entre os dois, havia espaço para um homem. D'Artagnan pensou que esse espaço fosse suficiente para ele, porém não contava com o vento. Quando ia passar, o vento inflou a ampla capa de Porthos, na qual d'Artagnan se enroscou. Porthos se moveu de modo a manter d'Artagnan enrolado no veludo.

D'Artagnan ouvia o mosqueteiro blasfemar, queria se desvencilhar da capa que o cegava. Temia sobretudo ter estragado o bordado de ouro que conhecemos, mas, ao abrir os olhos, deu com o nariz nas costas de Porthos, isto é, justamente sobre o magnífico cinturão.

Que pena! Como a maior parte das coisas deste mundo, cujo único valor é a aparência, o cinturão era de ouro na parte da frente e de um simples couro de búfalo por trás. Porthos, vaidoso como era, não podendo ter um cinturão todo de ouro, tinha ao menos a metade; compreende-se então a necessidade da capa.

— Desculpe-me — disse d'Artagnan, reaparecendo sob o ombro do gigante —, mas estou com muita pressa, estou perseguindo alguém e...

— O senhor por acaso esquece os olhos quando corre?

— Não — respondeu d'Artagnan, irritado. — Não, e graças a meus olhos vejo coisas que os outros não veem.

Se compreendeu ou não, Porthos deixou-se levar pela raiva:

— O senhor vai apanhar por isso.

— Apanhar? Mas que palavra dura!

— É a que convém a um homem acostumado a olhar seus inimigos de frente.

— Por Deus! Sei bem que o senhor não dá as costas aos amigos.

Encantado com sua esperteza, d'Artagnan afastou-se, às gargalhadas. Porthos espumava de raiva e fez um movimento para se lançar sobre d'Artagnan.

— Mais tarde, mais tarde — disse ele. — Quando o senhor estiver sem sua capa.

— Então daqui a uma hora, atrás do Luxemburgo.

— Pois bem, daqui a uma hora — respondeu d'Artagnan, virando a esquina.

Mas na rua que acabara de percorrer, assim como na outra que percorreu com o olhar, não havia ninguém. D'Artagnan se informou sobre o desconhecido, mas nada, absolutamente nada.

Pôs-se então a refletir sobre o que acabava de acontecer: a manhã lhe trouxera a desgraça do sr. de Tréville, que não podia deixar de achar insolente a maneira como o havia deixado; além disso, envolvera-se em dois bons duelos com dois homens capazes de matar três d'Artagnans.

A conjectura era triste. Entretanto, como a esperança é a última coisa a se extinguir no coração do homem, chegou a esperar poder sobreviver e, no caso de continuar vivo, fez, para o futuro, algumas críticas a si mesmo: "Como fui sem juízo! E como sou um grosseirão! Jogar-me assim sobre as pessoas sem avisar! Se escapar, terá que no futuro ser de uma polidez exemplar. De agora em diante é preciso que admirem você, que o citem como modelo. Ser atencioso e educado não é ser covarde. Olhe Aramis. Aramis é a própria doçura, é a graça em pessoa. Ah, ei-lo."

Em meio a seu monólogo, d'Artagnan havia chegado ao palácio de Aiguillon, diante do qual Aramis conversava alegremente com outros três cavaleiros da guarda do rei. Aramis viu d'Artagnan, mas fingiu não notá-lo. D'Artagnan aproximou-se dos quatro jovens e cumprimentou-os com um grande gesto, acompanhado do mais gracioso sorriso. Aramis inclinou levemente a cabeça, mas não sorriu.

D'Artagnan não era tão ingênuo a ponto de não perceber que estava sobrando naquela conversa; mas também não estava tão acostumado com os hábitos da sociedade para conseguir se safar com desenvoltura de uma situação difícil. Procurou então retirar-se da maneira menos desajeitada possível. Quando reparou que Aramis deixara cair seu lenço, e, certamente por engano, pisava em cima dele, pareceu-lhe chegado o momento de reparar sua inconveniência: abaixou-se e, com a expressão mais gentil que pôde encontrar, puxou o lenço de baixo do pé do mosqueteiro, apesar dos esforços que este fazia para impedi-lo, e lhe disse, entregando-lhe o lenço:

— Creio, senhor, que esse é um lenço que o senhor não gostaria de perder.

O lenço era, de fato, ricamente bordado e tinha uma coroa e armas num dos cantos. Aramis enrubesceu excessivamente, e tirou, ou melhor, arrancou o lenço das mãos do gascão.

— Ah! — exclamou um dos guardas — Você ainda vai dizer, discreto Aramis, que está mal com a sra. de Bois-Tracy?

— Os senhores estão enganados — disse Aramis. — Esse lenço não é meu, e não sei por que este senhor teve o delírio de entregá-lo a mim.

Seus amigos desataram a rir. Depois de alguns instantes a conversa acabou, e os três guardas e o mosqueteiro, após se despedirem cordialmente, se separaram.

"Chegou o momento de fazer as pazes com esse homem", disse para si mesmo d'Artagnan, aproximando-se de Aramis, que se afastava sem lhe dar a menor atenção.

— Senhor, espero que me desculpe.

— Ah, senhor — interrompeu-o Aramis —, permita-me fazê-lo observar que o senhor não agiu nessa situação como deveria, se fosse um homem educado.

— O senhor está equivocado em querer me humilhar — disse d'Artagnan, em quem a natural personalidade belicosa começava a falar mais alto do que suas resoluções pacíficas.

— Por que o senhor cometeu a indelicadeza de me devolver esse lenço, com isso comprometendo a honra de uma senhora?

— Por que o senhor cometeu a indelicadeza de deixá-lo cair?

— Ah! O sr. Gascão quer levar as coisas para esse lado? Pois bem, vou ensinar-lo a viver. Às duas horas, terei a honra de esperá-lo na casa do sr. de Tréville. Lá, lhe indicarei os lugares adequados.

Os dois jovens se cumprimentaram, em seguida Aramis se afastou subindo a rua, enquanto d'Artagnan, vendo que ficava tarde, tomou a direção dos Carmelitas Descalços, pensando: "Decididamente não posso voltar atrás: mas, ao menos, se morrer, serei morto por um mosqueteiro."

V
Os mosqueteiros do rei e os guardas do sr. cardeal

D'Artagnan não conhecia ninguém em Paris. Foi, portanto, ao encontro de Athos sem levar uma testemunha. Aliás, tinha tomado a decisão formal de apresentar ao bravo mosqueteiro todas as desculpas possíveis, mas sem fraquejar.

Quando chegou a avistar o pequeno terreno baldio que se estendia à frente do mosteiro, Athos já o esperava havia cinco minutos e soava o meio-dia.

— Senhor — disse Athos —, mandei avisar dois de meus amigos, que me servirão de testemunhas.

— Eu não tenho testemunhas, senhor, pois tendo chegado ontem a Paris, ainda não conheço ninguém.

— Ah! Mas... — disse Athos como se para si mesmo. — Mas se eu o matar, vai parecer que sou um devorador de crianças.

— Não muito, senhor, já que me dá a honra de desembainhar a espada contra mim apesar da ferida que deve incomodá-lo muito.

— Sem dúvida me incomoda, e o senhor ainda piorou tudo com seu encontrão, mas devo avisar que sei lutar com a mão esquerda; luto com as duas mãos, o que deverá ser uma desvantagem para o senhor.

— Se o senhor permitir — disse d'Artagnan timidamente —, tenho um bálsamo milagroso para feridas, um bálsamo que me foi dado por minha mãe e que já experimentei eu mesmo. Tenho certeza que em menos de três dias esse bálsamo o curará, e quando o senhor estiver curado, será uma honra lutar com o senhor.

D'Artagnan disse essas palavras com uma simplicidade que honrava sua cortesia, sem desmerecer sua coragem.

— Desculpe-me, senhor — disse Athos. — Eis uma proposta que me agrada, não que eu vá aceitá-la, mas porque ela revela o fidalgo a uma légua. Senhor, gosto dos homens de seu caráter, e vejo que, se não nos matarmos, poderei, mais tarde, ter grande prazer em conversar com o senhor. Ah! Eis um de meus amigos.

De fato, no início da rua, começava a surgir a figura do grande Porthos.

— O quê?! — exclamou d'Artagnan. — Sua primeira testemunha é o sr. Porthos?

— É. Isso o contraria?

— Não, absolutamente.

— E eis a segunda.

Voltando-se para o lado indicado por Athos, d'Artagnan reconheceu Aramis.

— O quê? Sua segunda testemunha é o sr. Aramis?

— Claro, o senhor não sabe que estamos sempre juntos e somos chamados os três inseparáveis?

— Pelos céus! — soltou d'Artagnan. — Este nome foi bem dado, senhores, e minha aventura, ao se tornar conhecida, provará que a união de vocês não está baseada nos contrastes.

Enquanto isso, Porthos havia se aproximado, cumprimentado Athos, e em seguida, voltando-se para d'Artagnan, ficou muito surpreendido. Diga-se, de passagem, que tinha trocado seu cinturão e tirado sua capa.

— Ah! O que é isto?

— É um senhor com quem vou lutar — disse Athos, indicando d'Artagnan e cumprimentando Porthos com o mesmo gesto.

— Também é com ele que vou lutar — afirmou Porthos.

— Mas somente à uma hora — acrescentou d'Artagnan.

— Eu também, é com esse senhor que vou duelar — disse Aramis, chegando ao local.

— Mas somente às duas horas — respondeu d'Artagnan com a mesma calma. — E agora que estão todos reunidos, permitam-me os senhores que eu me desculpe.

Ao ouvir essas palavras, *me desculpe*, a visão de Athos enevoou, um sorriso aflorou aos lábios de Porthos, e um gesto negativo foi a resposta de Aramis.

— Os senhores não me compreendem — continuou d'Artagnan, erguendo a cabeça. — Peço desculpas no caso de não poder pagar minha dívida aos três, já que o sr. Athos tem o direito de me matar primeiro, o que tira muito o valor de seu crédito, sr. Porthos, e torna o seu praticamente nulo, sr. Aramis. E agora, senhores, desculpem-me, mas apenas por isso, e em guarda!

Ao ouvir essas palavras, Athos desembainhou a espada com o gesto mais elegante que se possa imaginar.

— Quando quiser, senhor — disse, pondo-se em guarda.

— Esperarei suas ordens — respondeu d'Artagnan, posicionando espada contra espada.

Mas as duas longas espadas mal haviam se tocado quando um pelotão de guardas de Sua Eminência, comandado pelo sr. de Jussac, apareceu na esquina do convento.

— Olá! — gritou Jussac. — Estão lutando aqui? Já esqueceram a proibição?

— Os senhores são muito generosos, senhores guardas — disse Athos, com rancor, pois Jussac era um dos agressores da antevéspera. — Deixem-nos lutar e certamente vão se divertir sem nenhum esforço.

— Senhores — chamou Jussac —, é nosso dever, antes de mais nada. Ponham as espadas na bainha e sigam-me.

— Senhor — parodiou Athos. — É impossível. O sr. de Tréville nos proibiu. Continuem seu caminho, é a melhor coisa a fazer.

Esse gracejo exasperou Jussac.

— Nós os obrigamos a nos acompanhar e se os senhores desobedecerem...

— Eles são cinco — disse Athos a meia voz —, e nós apenas três. Vamos ter de morrer aqui. Pois declaro desde já que não me apresentarei vencido diante do capitão.

Athos, Porthos e Aramis se juntaram, enquanto Jussac alinhava seus guardas.

Esse único momento bastou a d'Artagnan para decidir qual partido tomar: era um daqueles acontecimentos que decidem a vida de um homem, a escolha entre o rei e o cardeal; feita a escolha, era necessário perseverar. Lutar quer dizer desobedecer à lei, quer dizer arriscar a vida, quer dizer tornar-se imediatamente inimigo de um ministro ainda mais poderoso do que o próprio rei; eis o que percebeu o jovem, e digamos, em seu louvor, que ele não hesitou nem um por segundo. Voltando-se para Athos e seus amigos, disse:

— Senhores, sei que afirmaram que eram três, mas a mim parece que somos quatro.

— Mas o senhor não é um dos nossos — rebateu Porthos.

— É verdade. Não tenho o uniforme, porém tenho a alma.

— Afaste-se, rapaz. Consentimos que vá embora. Rápido, salve sua vida.

D'Artagnan não se mexeu.

— De fato o senhor é um bom rapaz — disse Athos, apertando-lhe a mão. — Como é mesmo seu nome?

— D'Artagnan, senhor.

— Pois bem! Athos, Porthos, Aramis e d'Artagnan, avante! — gritou Athos.

Os nove combatentes se lançaram uns contra os outros, com uma fúria que não deixava de lado certo método. Athos pegou um tal de Cahussac, favorito do cardeal; Porthos, Biscarat, enquanto Athos viu-se à frente de dois adversários. Quanto a d'Artagnan, viu-se lançado contra o próprio Jussac.

O coração do jovem gascão batia com força, não de medo, mas de entusiasmo; lutava como um tigre enfurecido, rodando sem parar à volta do adversário, mudando vinte vezes de atitude e de lugar. Jussac era um amante da espada, porém, enfrentava grande dificuldade em se defender de um adversário tão ágil e saltitante que a todo momento se afastava das regras aprendidas.

Essa luta deixou Jussac impaciente. Furioso por estar perdendo para um oponente que tinha considerado um garoto, enervou-se e começou a cometer erros. D'Artagnan tornou-se muito mais ágil. Querendo acabar com aquilo, Jussac desferiu um tremendo golpe investindo com tudo; mas d'Artagnan o bloqueou, e, enquanto Jussac se levantava, atravessou-lhe o corpo com a espada. Jussac caiu como uma pedra.

D'Artagnan lançou um olhar rápido e inquieto ao campo de batalha. Aramis já abatera um de seus adversários. Porthos e Biscarat acabavam de dar estocadas simultâneas: Porthos havia sido ferido no braço, e Biscarat na coxa. Novamente atingido por Cahussac, Athos empalidecia a olhos vistos, mas não recuava.

Segundo as leis de duelo em voga na época, d'Artagnan podia socorrer um companheiro. Com um salto, lançou-se sobre Cahussac, gritando:

— Minha vez, senhor guarda. Vou matá-lo!

Cahussac se voltou bem a tempo; Athos, sustentado apenas por sua extrema coragem, caiu de joelhos.

— Por Deus! — gritava ele para d'Artagnan. — Não o mate, tenho uma velha questão a resolver com ele quando estiver curado. Apenas o desarme. Assim. Bem, muito bem!

Essa exclamação havia sido arrancada de Athos pela espada de Cahussac, que caíra a vinte passos dele. D'Artagnan e Cahussac adiantaram-se ao mesmo tempo, porém d'Artagnan, mais rápido, a alcançou primeiro e pisou na lâmina. Cahussac correu para um dos guardas mortos por Aramis, apoderou-se de sua espada e quis retomar o combate com d'Artagnan, no entanto, encontrou em seu caminho Athos, que, durante essa rápida pausa, recuperara o fôlego e, temendo que d'Artagnan lhe tomasse o adversário, queria voltar ao combate.

D'Artagnan compreendeu que seria desagradável para Athos não deixá-lo continuar. Alguns segundos depois, Cahussac caiu ao ter a garganta atravessada por um golpe da espada.

Ao mesmo tempo, Aramis, apoiando a arma sobre seu inimigo caído, o obrigava a pedir clemência. Restavam Porthos e Biscarat. Mesmo sozinho contra três, Biscarat queria lutar; Jussac, apoiando-se no cotovelo, gritou que se rendesse. Dando um salto para trás, Biscarat quebrou a lâmina de sua espada, para que não a tomassem, jogou os pedaços por cima do muro do convento e cruzou os braços, assobiando uma toada em honra do cardeal.

A bravura é sempre respeitada, mesmo em um inimigo. Os mosqueteiros saudaram Biscarat com suas longas espadas, e as embainharam em seguida. D'Artagnan imitou-os e, ajudado por Biscarat, levou até a porta do convento Jussac, Cahussac e o adversário de Aramis que não estava ferido. Tocaram o sino, e em seguida, levando quatro das cinco espadas, dirigiram-se loucos de alegria para a casa do sr. de Tréville. Andavam abraçados, ocupando toda a largura da rua. Acolhiam cada mosqueteiro que encontravam, de modo que no fim foi uma marcha triunfal. O coração de d'Artagnan estava exultante, ele marchava entre Athos e Porthos, abraçando-os carinhosamente.

— Se ainda não sou mosqueteiro — disse a seus novos amigos —, posso ao menos ser considerado aprendiz, não é?

VI
Sua Majestade o rei Luis XIII

O caso foi muito comentado. O sr. de Tréville repreendeu em alto e bom som seus mosqueteiros, e felicitou-os bem baixinho. Como não havia tempo a perder para alertar o rei, encaminhou-se apressado para o Louvre. Já era bem tarde, o rei conversava a portas fechadas com o cardeal, e lhe disseram que Sua Majestade estava trabalhando e não podia ser interrompido. O sr. de Tréville voltou à noite, para o jogo do rei, e como Sua Majestade estava ganhando encontrava-se de excelente humor. Por isso, logo que avistou Tréville, disse:

— Venha cá, sr. capitão. Venha, quero repreendê-lo. Sabia que Sua Eminência veio me fazer queixa de seus mosqueteiros? Ah! Esses mosqueteiros estão bons para a forca!

— Não, Majestade — respondeu Tréville. — São excelentes rapazes que só têm um desejo: que suas espadas saiam da bainha apenas para servir Vossa Majestade. Mas o que poderiam fazer? Os guardas do sr. cardeal estão sempre procurando briga. E, pela própria honra da corporação, os pobres rapazes têm de se defender.

A sorte tinha mudado, e o rei começava a perder o que tinha ganhado, portanto só queria achar um pretexto.

— La Vieuville — disse ele —, tome meu lugar, preciso tratar de um assunto de suma importância com o sr. de Tréville.

Voltando-se em seguida para o capitão, encaminhou-se com ele até uma janela.

— Muito bem, senhor! — continuou o rei. — Então foram os guardas do Eminentíssimo que procuraram briga com seus mosqueteiros?

— Isso mesmo, Sire. Como sempre.

— Mas como tudo começou, afinal? O senhor bem sabe, caro capitão, que um juiz deve ouvir as duas partes.

— Ah, meu Deus! Da maneira mais simples e mais natural, três de meus melhores soldados, Athos, Porthos e Aramis, decidiram fazer apenas uma brincadeira com um jovem gascão, que eu lhes tinha recomendado pela manhã. Para realizá-la, marcaram um encontro na frente do convento dos Carmelitas Descalços. Porém, o gracejo foi interrompido pelos senhores Jussac, Biscarat e outros dois guardas, que decerto não tinham vindo tão numerosos por terem boas intenções. Não os estou acusando, mas deixo Vossa Majestade julgar o que cinco homens armados iriam fazer num lugar tão deserto.

— Verdade, Tréville, tem razão, tem toda a razão.

— Então, ao ver meus mosqueteiros, esqueceram sua raiva particular em prol da raiva da corporação, pois Vossa Majestade bem sabe que os mosqueteiros, que pertencem ao rei e somente ao rei, são os inimigos naturais dos guardas, que pertencem ao sr. cardeal.

— Então quer dizer que os guardas procuraram briga com os mosqueteiros?

— Disse que é provável que a situação tenha se passado assim, mas não posso afirmar. O senhor sabe como é difícil apurar a verdade, a menos que se seja dotado desse instinto admirável que fez com que o chamassem de Luis XIII, o Justo.

— Você tem razão, Tréville, mas eles não estavam sozinhos. Havia uma criança com eles.

— É verdade, senhor, e um homem ferido, de modo que três mosqueteiros do rei, um deles ferido, e uma criança enfrentaram cinco dos mais terríveis guardas do sr. cardeal, e ainda levaram quatro ao chão.

— Mas isto é uma vitória! — exclamou o rei, radiante. — Uma completa vitória! O senhor disse três homens e uma criança?

— Apenas um garoto, mas que se comportou tão bem nessa ocasião que eu tomaria a liberdade de recomendá-lo a Vossa Majestade.

— Como ele se chama?

— D'Artagnan, senhor. É filho de um de meus amigos de mais longa data, o filho de um homem que fez, em companhia do rei seu pai, de gloriosa memória, a guerra de guerrilha.

— Foi ele quem feriu Jussac?! — indagou o rei. — Uma criança! Isso é impossível, Tréville.

— Foi como tive a honra de contar a Vossa Majestade.

— Jussac, um dos primeiros espadachins do reino!

— Pois bem, Vossa Majestade, ele encontrou seu mestre!

— Quero ver esse rapaz, Tréville. Quero vê-lo e se pudermos fazer qualquer coisa por ele, nós o faremos.

— Quando Vossa Majestade desejaria recebê-lo?

— Amanhã, ao meio-dia.

— Devo trazê-lo sozinho?

— Não, traga-me todos os quatro juntos. Quero lhes agradecer ao mesmo tempo. Os homens devotos são raros, Tréville, devemos recompensar sua dedicação!

— Ao meio-dia, Sire, estaremos no Louvre.

— Sim, mas pela escadinha, Tréville, pela escadinha. Não há necessidade de que o cardeal saiba disso.

Tréville sorriu. Mas como já tinha sido muito conseguir que o jovem se revoltasse contra seu mestre, saudou respeitosamente o rei, e, com seu consentimento, despediu-se.

Desde aquela mesma tarde os mosqueteiros tinham sido avisados da honra que lhes fora concedida. Como conheciam o rei havia muito tempo, não se animaram muito; d'Artagnan, porém, com sua imaginação gascã, viu a sorte chegar e passou a noite tendo sonhos dourados.

O sr. de Tréville acompanhou seus mosqueteiros e seu jovem amigo. Ao chegarem diante do pé da escadinha, deixou-

-os à espera e subiu sozinho até a antecâmara particular do rei, que se adiantou:

— Ah! É você, Tréville? Onde estão seus mosqueteiros? Disse-lhe que os trouxesse.

— Estão lá embaixo, Sire. E com sua ordem La Chesnaye os mandará subir.

— Sim, sim, que venham logo.

La Chesnaye deu-lhes o recado, e os mosqueteiros, seguidos por d'Artagnan, apareceram no topo da escada.

— Aproximem-se, meus bravos — ordenou o rei. — Tenho de repreendê-los.

Os mosqueteiros se aproximaram, inclinando-se; d'Artagnan os seguia.

— Por que diabo vocês quatro atacaram cinco guardas de Sua Eminência de uma só vez? É demais, senhores, é demais. Um, por acaso, ainda vai, mas cinco é demais.

— Vossa Majestade está vendo como eles vieram contritos e arrependidos pedir-lhe desculpas.

— Arrependidos... Não confio em sua expresão hipócrita. Estou vendo lá no fundo um rosto gascão. Venha aqui, senhor.

D'Artagnan, que tinha compreendido que o rei se dirigia a ele, aproximou-se, fingindo-se muito desesperado.

— Muito bem, mas você disse que era um rapaz. É uma criança, Tréville, uma verdadeira criança! E foi ele que deu aquela rude estocada em Jussac?

— Exatamente!

— Mas então é um demônio, esse gascão, pelo santo Cristo! Dessa maneira, deve furar o gibão de muitos e quebrar inúmeras espadas! Ora, os gascões são sempre pobres, não é?

— Sire, devo dizer-lhe que ainda não foi encontrada nenhuma mina de ouro nas suas montanhas, embora o Senhor lhes devesse esse milagre em recompensa por terem apoiado as pretensões do rei seu pai.

— O que quer dizer que, sendo eu filho de meu pai, foram os gascões que me fizeram rei, não é, Tréville? La Chesnaye, vá fuçar meus bolsos para ver se encontra quarenta pistolas. Se encontrar, traga-me aqui. E então, meu rapaz, com a mão na consciência, diga-me como tudo se passou.

D'Artagnan narrou a aventura nos mínimos detalhes, e o rei aprovou, dizendo:

— Foi isso mesmo. Cinco homens. Pobre cardeal! Mas agora chega, senhores, entenderam? Já tiveram sua revanche da rua Férou, devem estar satisfeitos.

— Se Vossa Majestade estiver — disse Tréville —, nós estaremos.

— Sim, eu estou — acrescentou o rei, pegando um bocado de ouro da mão de La Chesnaye e o colocando na mão de d'Artagnan. — Essa é a prova de minha satisfação.

Nessa época, ainda não existia a ideia de orgulho como a conhecemos, tão na moda. Um mosqueteiro recebia da mão do rei o dinheiro devido sem se sentir nem um pouco humilhado. D'Artagnan simplesmente pôs as quarenta pistolas no bolso, agradecendo muito ao rei.

— Está bem — disse Sua Majestade. — Agora podem ir. Muito obrigado por tudo. Posso sempre contar com sua dedicação, não é mesmo, senhores?

— Ó, Sire! — exclamaram a uma só voz os quatro companheiros. — Nos deixaríamos ser cortados em pedacinhos para defender Vossa Majestade.

— Bem, bem, mas continuem inteiros. É melhor. Assim me serão mais úteis. Tréville — acrescentou o rei à meia-voz enquanto os outros se retiravam. — Como havíamos decidido que era preciso fazer um noviciado para tornar-se mosqueteiro, coloque esse jovem na companhia de guardas do sr. des Essarts, seu cunhado. Por Deus! Já estou imaginando a cara que o cardeal vai fazer. Ficará furioso, mas pouco me importa, estou no meu direito.

O rei fez um sinal de despedida ao sr. de Tréville, que saiu para reunir-se aos mosqueteiros. Encontrou-os dividindo com d'Artagnan as quarenta pistolas.

VII
Como viviam os mosqueteiros

Quando d'Artagnan saiu do Louvre, após consultar seus amigos sobre o que deveria fazer com sua parte das quarenta pistolas, Athos o aconselhou a encomendar uma bela refeição na Pomme de Pin; Porthos a contratar um lacaio; e Aramis a procurar uma amante adequada.

A refeição foi feita naquele mesmo dia, encomendada por Athos, e o lacaio foi fornecido por Porthos. Viera da Picardia, e fora contratado naquela manhã pelo glorioso mosqueteiro na Pont de La Tournelle, enquanto dava voltas cuspindo na água. Porthos considerara essa ocupação prova de uma organização refletida e contemplativa. O aspecto nobre do fidalgo pelo qual acreditava ter sido contratado seduziu Planchet — era este seu nome —, mas ficou decepcionado quando soube que seu patrão seria d'Artagnan. Entretanto, quando viu o jantar oferecido por seu senhor, e o viu pagar tirando do bolso um punhado de ouro, mudou de opinião. Mas à noite, ao fazer a cama de d'Artagnan, as quimeras de Planchet se esvaneceram. Só havia aquela cama no apartamento, composto de uma entrada e do quarto. Planchet dormiu na entrada, sobre um cobertor tirado da cama de d'Artagnan, e que este dispensou.

Athos tinha um criado que havia adestrado de maneira bastante especial para seu serviço; ele se chamava Grimaud. As palavras de Athos eram breves e expressivas, sempre dizendo o que realmente queriam dizer, e nada mais, nada de frescuras. O que dizia era um fato, portanto não havia nenhum incidente.

Embora Athos só tivesse trinta anos e fosse muito belo de corpo e de perspicácia, não tinha amantes. Nunca falava de mulheres. Só não impedia que falassem delas diante dele. Sua reserva e seu silêncio o faziam parecer um velho, por isso, para não fugir a seus hábitos, acostumara Grimaud a lhe obedecer com um simples gesto ou um mero movimento dos lábios. Só lhe falava em circunstâncias extremas.

Porthos era o oposto: não só falava muito, como falava alto. Pouco lhe importava, é preciso fazer-lhe justiça, que o ouvissem ou não; falava pelo prazer de falar e pelo prazer de se ouvir. Enchia a antecâmara do sr. de Tréville e os regimentos de guardas do Louvre com a narração de suas conquistas. Nesse momento, nada era mais importante para Porthos do que uma princesa estrangeira que lhe dispensava seus favores.

Há um velho ditado que diz: "Tal amo, tal criado." Passemos então do criado de Athos ao lacaio de Porthos, de Grimaud a Mousqueton.

Mousqueton era um normando cujo nome fora mudado por seu amo, do pacífico Bonifácio ao infinitamente mais sonoro e mais belicoso Mousqueton. Tinha começado a servir Porthos com a condição de receber apenas casa e comida, mas de uma maneira magnífica. Porthos aceitou a combinação, e Mousqueton fazia bela figura em companhia de seu patrão.

Quanto a Aramis, seu criado se chamava Bazin. Como seu senhor não perdia a esperança de um dia ser ordenado padre, ele sempre usava preto, como deve se vestir o servo de um homem da Igreja. Vinha da província de Berry, tinha entre 35 e quarenta anos, era calmo, dócil, pacífico, gordinho, e ocupava suas horas vagas fazendo obras caridosas. De resto, cego, mudo e surdo, e de uma fidelidade a toda prova.

Athos morava na rua Férou, a dois passos do Luxemburgo. Seu apartamento era compoto por dois pequenos quartos muito bem mobiliados, numa casa cuja proprietária, ainda jovem e na realidade também ainda bela, lhe lançava inutilmente olhares langorosos. Alguns fragmentos de um passado de grande esplendor iluminavam as paredes daquele modesto alojamento: uma espada ricamente damasquinada que remontava à época de Francisco I, um retrato representando um senhor dos tempos de Henrique III, vestido com a maior elegância e exibindo a ordem do Espírito Santo. Finalmente, um cofre magnificamente esculpido, com as mesmas armas que a espada e o retrato. Athos levava sempre consigo a chave do cofre, e um dia o abriu diante de Porthos, que pôde se assegurar de haver no interior apenas cartas e documentos de família.

Porthos morava num imenso apartamento, de aparência suntuosa, na rua do Vieux-Colombier. Toda vez que passava com algum amigo diante de sua janelas, numa das quais sempre estava Mousqueton, magnificamente vestido, Porthos erguia a cabeça e a mão e dizia: “Eis minha casa!” Porém, nunca era encontrado ali, nem convidava ninguém para subir, e ninguém poderia saber se aquela fachada suntuosa encerrava riquezas reais.

Quanto a Aramis, ocupava um pequeno apartamento composto de uma alcova, uma sala de refeições e um quarto. Situado no andar térreo como o restante do apartamento, o quarto dava para um jardinzinho verde, fresco, sombreado e a salvo dos olhares da vizinhança.

D’Artagnan, que era bastante curioso, como são, aliás, aqueles que têm talento para a intriga, fez todos os esforços para saber quem eram na verdade Athos, Porthos e Aramis, porque, sob esses nomes de guerra, cada um escondia seu nome de cavalheiro, sobretudo Athos, que cheirava a fidalgo a uma légua de distância. Infelizmente, ninguém sabia de nada, salvo o sr. de Tréville, que conhecia os verdadeiros nomes de cada um.

A vida dos quatro amigos tornara-se partilhada. D’Artagnan, que ainda não tinha hábitos definidos, adotou os hábitos dos outros, pois, recém-chegado de sua província, caía num mundo completamente novo.

Todos se levantavam às oito horas no inverno e às seis no verão, e então se dirigiam para a casa do sr. de Tréville, a fim de receber as ordens e sentir como estavam as coisas com o capitão. Embora ainda não fosse mosqueteiro, d'Artagnan fazia o serviço deles com uma pontualidade impressionante. Estava sempre de guarda, pois estava sempre ao lado do amigo que estava de guarda. Era conhecido no quartel dos mosqueteiros e por todos considerado um bom camarada. O sr. de Tréville lhe dedicava verdadeira afeição, e não cessava de recomendá-lo ao rei.

Um belo dia, o rei mandou o cavalheiro des Essarts alistar d'Artagnan como cadete em sua companhia de guardas. Suspirando, nosso jovem vestiu o uniforme, mas daria dez anos de sua existência para trocá-lo pela casaca de mosqueteiro.

VIII
Uma intriga da corte

No entanto, as quarenta pistolas do rei Luis XIII, como todas as coisas desse mundo, teve um começo e um fim, e depois desse fim nossos quatro companheiros estavam em dificuldades.

D'Artagnan pensava que a reunião de quatro homens jovens, corajosos, empreendedores e ativos deveria ter um objetivo mais nobre do que passeios exibicionistas, aulas de esgrima e chistes mais ou menos espirituosos. Surpreendeu-se apenas por seus companheiros nunca terem pensado nisso.

Refletia com seriedade justamente sobre esse assunto quando bateram de leve à porta. Ele mandou que Planchet fosse abri-la. Um homem de aspecto simples, parecendo um burguês, entrou.

D'Artagnan dispensou Planchet e ofereceu uma cadeira ao visitante.

— Ouvi falar do senhor, que é um homem muito corajoso — disse o burguês. — E essa reputação bem merecida fez com que eu decidisse lhe confiar um segredo.

— Fale, senhor — respondeu d'Artagnan, farejando instintivamente algo interessante.

O burguês fez uma ligeira pausa, antes de continuar.

— Minha esposa é costureira da rainha, e não lhe falta nem beleza nem sabedoria. Fizeram-me desposá-la três anos atrás, porque o sr. de La Porte, camareiro da rainha, é seu padrinho e protetor...

— E então, senhor? — indagou d'Artagnan.

— E então... — continuou o burguês. — E então! Senhor, minha esposa foi raptada ontem de manhã, quando saía de seu local de trabalho.

— Quem a raptou?

— Não sei ao certo, mas suspeito de alguém. Um homem que a perseguia há muito tempo, mas estou convencido de que se trata mais de política do que amor em toda essa história. Não foi por causa de seus amores que minha esposa foi presa, mas por causa dos amores de uma senhora muito mais importante.

— Ah, seria por causa dos amores da sra. de Bois-Tracy? — instigou d'Artagnan, que desejava parecer conhecedor das intrigas da corte.

— Mais alto, senhor, mais alto.

— Da sra. d'Aiguillon?

— Mais alto ainda.

— Da sra. de Chevreuse?

— Mais alto, muito mais alto.

— Da...

D'Artagnan parou.

— Sim, meu senhor — respondeu o burguês, apavorado.

— E com quem?

— Com quem poderia ser, a não ser com o duque de...

— O duque de...

— É, senhor. Soube por minha esposa.

— E de quem ela soube isso?

— Pelo sr. de La Porte, homem de confiança da rainha, que colocou minha esposa a serviço de Sua Majestade, para que nossa pobre soberana tivesse alguém em quem confiar, já que é abandonada pelo rei, espionada pelo cardeal, traída como é por todos. E a rainha acredita...

— Em que ela acredita?

— Acredita que escreveram ao senhor duque de Buckingham em seu nome, pedindo-lhe que viesse a Paris, para lançá-lo em uma armadilha.

— Diabos! E sua esposa, senhor, o que tem a ver com toda essa história?

— Conhecem sua dedicação à rainha e querem afastá-la de sua senhora, ou intimidá-la para descobrir os segredos da rainha, ou seduzi-la para fazer dela uma espiã.

— Mas o senhor sabe quem a raptou?

— Eu lhe disse que achava que sabia. É um homem bem alto, cabelos negros, moreno, olhos penetrantes, dentes bem brancos e uma cicatriz na têmpora.

— Uma cicatriz na têmpora! — exclamou d'Artagnan. — É meu homem de Meung!

— É seu homem, está dizendo?

— Sim, sim, mas é uma outra história. Não, devo estar enganado. Se seu homem é o mesmo que o meu, farei de uma só vez duas vinganças. Porém, onde encontrá-lo?

— Não sei. Um dia em que estava acompanhando minha esposa ao Louvre, ela me mostrou que ele saía enquanto ela entrava.

— Tudo isso é muito vago — murmurou d'Artagnan. — Quem lhe contou sobre o rapto de sua esposa?

— O sr. de La Porte. Aliás, Bonacieux...

— O senhor se chama Bonacieux?

— Sim, é o meu nome.

— Perdão por interrompê-lo, mas me pareceu já ter ouvido esse nome...

— É possível, senhor. Sou seu proprietário. E como o senhor mora há três meses em minha casa, e, sem dúvida se distraiu por suas múltiplas ocupações e se esqueceu de pagar seu aluguel... Como eu dizia, eu não o atormentei um único instante, então pensei que o senhor, em respeito à minha delicadeza...

— Claro, meu prezado sr. Bonacieux, creia que lhe sou imensamente agradecido, e se puder lhe ser útil em alguma coisa...

— Acredito no senhor e, como eu ia dizendo, tenho confiança no senhor.

O burguês tirou um papel do bolso e o apresentou a d'Artagnan, que o abriu.

— "Não procure sua esposa" — leu d'Artagnan. — "Ela lhe será devolvida quando não precisarem mais dela. Se der um único passo para procurá-la, estará perdido." Isso que é objetividade — comentou d'Artagnan —, mas por fim é apenas uma ameaça.

— Sim, mas essa ameaça me apavora, senhor. Não sou amante da espada, e receio a Bastilha. Entretanto, vendo-o sempre cercado de soberbos mosqueteiros, pensei que o senhor e seus amigos, honrando nossa pobre rainha, ficariam encantados de pregar uma peça em Sua Eminência.

— Sem dúvida alguma.

— Além disso, pensei que mesmo me devendo três meses de aluguel, enquanto o senhor me der a honra de ficar em minha casa jamais falarei do aluguel do mês seguinte.

— Muito bem.

— E acrescente a isso, se for necessário, que pretendo lhe oferecer cinquenta pistolas se, o que não acho provável, o senhor se encontrar necessitado nesse momento.

— Magnífico! Mas então o senhor é um homem rico, sr. Bonacieux.

— Tenho minhas economias, senhor... Ah! Mas... — exclamou o burguês.

— O quê? — perguntou d'Artagnan.

— Na rua, diante de sua janela...

— É ele! — gritaram os dois ao mesmo tempo, reconhecendo seu homem.

— Desta vez... — bradou d'Artagnan, desembainhando a espada. — Desta vez ele não me escapa.

Então saiu correndo do apartamento. Na escada, encontrou Athos e Porthos, que vinham fazer-lhe uma visita. Afastaram-se, e d'Artagnan passou entre os dois como um corisco.

— Aonde você vai correndo tanto?

— O homem de Meung!

D'Artagnan já lhes tinha relatado várias vezes as aventuras com o desconhecido. Entenderam então o que se passava, e certos que o amigo teria de voltar para casa, continuaram seu caminho.

Quando entraram no quarto de d'Artagnan, viram que estava vazio. O proprietário, depois da exposição que fizera de seu próprio caráter, tinha achado melhor desaparecer.

IX
D'Artagnan se configura

Como tinham previsto Athos e Porthos, ao cabo de uma hora d'Artagnan estava de volta. Mais uma vez perdera seu homem, que havia desaparecido como por encanto.

Enquanto d'Artagnan percorria ruas e batia em portas, Aramis tinha se reunido a seus companheiros, de modo que, ao voltar, d'Artagnan encontrou a casa cheia.

— E então? — perguntaram os três mosqueteiros.

— O homem desapareceu como um fantasma. Acho que nasceu só para me perturbar, pois sua fuga nos fez perder um excelente negócio, senhores.

— Como assim? — indagaram Porthos e Aramis.

— Planchet! — chamou d'Artagnan. O criado passava por ali naquele exato momento, esticando a cabeça para tentar captar o assunto da conversa. — Desça à casa do proprietário e peça-lhe que me mande meia dúzia de garrafas de vinho de Beaugency, meu preferido.

— O quê? Você tem crédito com seu proprietário? — perguntou Porthos.

— Tenho, a partir de hoje. Fiquem tranquilos, se o vinho não for bom, mandarei buscar outro.

E contou, palavra por palavra, o que tinha acontecido entre ele e seu senhorio, e que o homem que raptara a esposa do digno proprietário era o mesmo com quem ele teve uma desavença na hospedaria Franc Meunier.

— Seu negócio não é nada mau — disse Athos, depois de ter experimentado o vinho como um *connaisseur*. — Resta saber se por cinquenta pistolas vale a pena arriscar quatro cabeças.

— Mas prestem atenção — atentou d'Artagnan. — Há uma mulher nessa história, sem dúvida ameaçada, talvez torturada, somente por ser fiel à sua senhora!

— Pois bem — disse Porthos. — Decida primeiro o preço com o marido, mas um bom preço.

— É inútil — afirmou d'Artagnan —, pois creio que se ele não nos pagar, seremos pagos por alguma outra parte.

Nesse momento, um barulho repentino de passos ressoou na escada, a porta se abriu com estrondo e o infeliz homem irrompeu no quarto onde se reunia o conselho.

— Senhores, por favor, salvem-me! Há quatro homens que vieram me prender, salvem-me, salvem-me!

Porthos e Aramis se levantaram.

— Um momento! — exclamou d'Artagnan, fazendo-lhes um sinal para deixarem as espadas já meio desembainhadas. — Não é de coragem que precisamos agora, mas de prudência.

— Entretanto, não deixaremos... — disse Porthos.

— Deixem d'Artagnan resolver — aconselhou Athos. — Ele tem a melhor cabeça de todas, e eu já decidi obedecer-lhe.

Nesse instante, quatro guardas corpulentos apareceram na porta, e vendo quatro mosqueteiros de pé, espada no cinturão, hesitaram em prosseguir.

— Entrem, senhores — ordenou d'Artagnan. — Aqui estão em minha casa. Somos todos fiéis servidores do rei e do sr. cardeal.

— Então os senhores não se opõem a que executemos as ordens que recebemos? — perguntou aquele que parecia o chefe da brigada.

— Muito pelo contrário, senhor, e os ajudaremos se preciso for.

— Mas vocês tinham me prometido... — disse em voz baixa o pobre burguês.

— Nós só poderemos salvá-lo se estivermos livres — respondeu d'Artagnan rapidamente e bem baixinho. — E se parecer que estamos defendendo o senhor, nos prenderão também.

— Venham, senhores, venham — disse bem alto d'Artagnan. — Não tenho o menor motivo para defender esse senhor. Eu o vi hoje pela primeira vez, e o motivo de sua visita foi a cobrança do meu aluguel, não é verdade, sr. Bonacieux? Responda.

— É a pura verdade — declarou o burguês.

— Andem, senhores, levem esse homem.

D'Artagnan empurrou o comerciante espantadíssimo para as mãos dos guardas. Os policiais se confundiram em agradecimentos e levaram sua presa.

— Mas que diabo de vilania vocês acabaram de fazer? — questionou Porthos. — Que vergonha! Quatro mosqueteiros deixarem prender na sua frente um infeliz que pedia socorro!

— Porthos, Athos já o preveniu que você é um ingênuo e eu concordo com ele — disse Aramis.

— Não estou entendendo — respondeu Porthos. — Vocês aprovaram o que d'Artagnan acabou de fazer?

— Acho que ele fez bem — disse Athos. — Não só aprovo o que fez, mas também o felicito.

— E agora, senhores — disse d'Artagnan, sem se dar ao trabalho de explicar sua conduta a Porthos. — Um por todos e todos por um. É nossa divisa, não?

— Entretanto... — objetou Porthos...

— Estenda a mão e jure! — exclamaram juntos Athos e Aramis.

Vencido pelo exemplo, Porthos estendeu a mão, e os quatro amigos repetiram a uma só voz a divisa ditada por d'Artagnan.

— Um por todos e todos por um!

— Muito bem, agora cada um volte para sua casa — ordenou d'Artagnan, como se tivesse comandado toda sua vida. — E atenção, pois a partir deste momento estamos em guerra com o cardeal.

X
Uma ratoeira no século XVII

A invenção da ratoeira não data de nossos dias. Desde que as sociedades se formaram e inventaram uma polícia qualquer, essa polícia por sua vez inventou as ratoeiras.

Quando, não importa onde, se prende alguém suspeito de um crime, mantem-se secreta essa prisão; colocam-se quatro ou cinco homens para a emboscada no primeiro aposento, abre-se a porta a todos os que batem, fecha-se assim que entram, e então ficam presos. Desse modo, depois de dois ou três dias, detém-se praticamente todos os membros do estabelecimento.

É isso que é uma ratoeira.

Transformaram então numa ratoeira o apartamento do sr. Bonacieux, e todos que ali compareceram foram presos e interrogados pelos homens do sr. cardeal.

D'Artagnan, por sua vez, não saía de casa. Transformara seu quarto em observatório. Das janelas, via chegar aqueles que vinham ser presos; depois, como tinha retirado os ladrilhos do assoalho, escavara o chão, e um simples teto o separava do aposento de baixo, onde eram feitos os interrogatórios, ele ouvia tudo o que se passava entre os inquisidores e os acusados.

Na noite seguinte à prisão do pobre Bonacieux, ouviu-se bater à porta do imóvel. Logo essa porta foi aberta e em seguida fechada. Alguém ficara preso na ratoeira. D'Artagnan correu para o lugar preparado. Deitou-se de bruços no chão e escutou. Primeiro foram gritos, depois gemidos que tentavam abafar.

— Diabos! — disse d'Artagnan para si mesmo. — Parece ser uma mulher: ela está sendo revistada, ela resiste, é violentada. Miseráveis!

— Estou lhes dizendo que sou a dona desta casa. Digo-lhes que sou a sra. Bonacieux, e que sirvo à rainha — gritava a infeliz mulher.

A voz tornou-se cada vez mais abafada. Um movimento tumultuado fez ressoar a madeira que compunha a sala. A vítima resistia tanto quanto uma mulher pode resistir a quatro homens.

— Estão amordaçando a mulher. Vão levá-la! — afirmou D'Artagnan.

Ele se levantou com um salto.

— Minha espada! Bom, está a meu lado. Planchet! — chamou ele.

— Senhor?

— Corra para chamar Athos, Porthos e Aramis!

— Mas aonde o senhor está indo? Aonde vai?

— Cale-se, imbecil!

Agarrando-se com a mão ao peitoril da janela, d'Artagnan deixou-se cair do primeiro andar, que felizmente não era muito alto. Em seguida, foi imediatamente bater à porta. Mal a aldraba ressoou, o tumulto cessou, passos se aproximaram, a porta se abriu e d'Artagnan, com a espada desembainhada, irrompeu no aposento. Então aqueles que ainda habitavam a malfadada casa, assim como os vizinhos, ouviram gritos, pisadas, o tinir das espadas e o barulho prolongado do impacto nos móveis. A porta se abriu novamente e quatro homens vestidos de negro saíram às pressas.

D'Artagnan tinha vencido sem dificuldade. É preciso dizer que apenas um dos policiais estava armado.

Quando ficou a sós com a sra. Bonacieux, d'Artagnan pôde observá-la: a pobre mulher estava caída numa poltrona, meio inconsciente. Era bela, devia ter cerca de 25 anos, cabelos castanhos, olhos azuis, dentes admiráveis, a pele mesclada de um tom rosado e opala.

Enquanto d'Artagnan examinava a sra. Bonacieux, viu no chão um lenço de cambraia e o pegou, reconhecendo num dos cantos o mesmo bordado que vira no lenço que quase fizera Aramis cortar seu pescoço.

Desde aquele ocorrido desconfiava dos lenços brasonados. Recolocou-o sem dizer nada no bolso da sra. Bonacieux, que nesse momento recobrava os sentidos.

Ela abriu os olhos, observou à sua volta, viu que o apartamento estava vazio e que se encontrava sozinha com seu salvador. Estendeu-lhe as mãos, sorrindo. A sra. Bonacieux tinha o sorriso mais lindo do mundo.

— Ah! O senhor me salvou, permita-me que lhe agradeça!

— Senhora, fiz o que qualquer cavalheiro teria feito no meu lugar. A senhora não me deve nenhum agradecimento.

— Muito bem, senhor, e espero provar-lhe que o senhor não ajudou uma ingrata. Mas por que o sr. Bonacieux não está em casa?

— Vieram prendê-lo ontem, para conduzi-lo à Bastilha.

— Meu marido na Bastilha! Mas o que ele fez, logo ele, que é a própria inocência?

— Creio que seu único crime é ter a felicidade e a infelicidade de ser seu marido.

— Mas então o senhor sabe...

— Sei que a senhora foi raptada.

— E por quem? O senhor sabe por quem?

— Por um homem moreno, de cabelos pretos e uma cicatriz na têmpora esquerda.

— Isso mesmo! Isso mesmo! Mas como ele se chama?

— Isto eu não sei. Mas como a senhora conseguiu fugir?

— Aproveitei um momento em que me deixaram sozinha e, com a ajuda de meus lençóis, desci pela janela. Como pensei que encontraria meu marido, voltei depressa para casa.

— Os homens que expulsei vão voltar com reforços. Se nos encontrarem aqui, estamos perdidos.

— O senhor tem razão — setenciou a sra. Bonacieux, amedrontada. — Vamos fugir.

Os dois saíram sem se preocupar em fechar a porta. Desceram rapidamente a rua dos Fossoyeurs, só parando ao chegarem à praça Saint-Sulpice.

— E agora, o que vamos fazer? — perguntou d'Artagnan.

— Minha intenção era que meu marido avisasse o sr. de La Porte.

— Posso ir alertá-lo.

— Não o conhecem no Louvre, não abrirão a porta.

— A senhora deve conhecer algum porteiro em uma entrada lateral do Louvre que lhe é devoto, e que graças a uma certa senha...

— Se eu lhe disser esta senha, o senhor se compromete a esquecê-la logo depois de usá-la?

— Palavra de honra, palavra de cavalheiro! — disse d'Artagnan em um tom de cuja veracidade era impossível duvidar.

— Durante esse tempo, onde o senhor vai me deixar?

— Estamos em frente à casa de Athos, um de meus amigos.

Athos não estava. D'Artagnan pegou a chave, que o mosqueteiro lhe dera por ser seu amigo, e fez a sra. Bonacieux entrar.

— Senhora, a casa é sua. Feche a porta por dentro, não abra para ninguém, a menos que escute bater três vezes. Assim: escute!

Ele bateu três vezes, primeiro dois golpes próximos um do outro e bastante fortes, depois um terceiro mais distante e mais leve.

— Está bem — disse a sra. Bonacieux. — Apresente-se agora no Louvre, do lado da rua de L'Échelle, e mande chamar Germain. Ele lhe perguntará o que deseja, o senhor responderá essas duas palavras: "Tours" e "Bruxelas". Imediatamente ele se porá às suas ordens e o senhor lhe pedirá para buscar o sr. de La Porte.

— E quando o sr. de La Porte chegar?

— O senhor o mandará me procurar.

— Está bem, mas como poderei revê-la?

— Está muito interessado nisso?

— Certamente.

— Deixe isso comigo e fique tranquilo.

— Acredito na sua palavra.

D'Artagnan despediu-se da sra. Bonacieux, lançando-lhe o olhar mais amoroso que conseguiu concentrar em sua encantadora pessoa. Em um instante chegou ao Louvre. Tudo se passou como previsto. Ouvindo a senha, Germain fez uma mesura. Dez minutos depois, o sr. de La Porte apareceu e d'Artagnan explicou-lhe tudo em duas palavras, então lhe indicou onde encontrar a sra. Bonacieux. De La Porte partiu correndo. Entretanto, mal tinha dado dez passos, voltou.

— Meu rapaz — disse ele a d'Artagnan —, um conselho: o senhor poderá ser importunado pelo que acaba de acontecer. O senhor tem algum amigo cujo relógio se possa alterar a seu favor?

— Aham, por quê?

— Vá vê-lo, para que esse amigo possa testemunhar que o senhor estava com ele às nove e meia. Na justiça, isso se chama álibi.

Soaram dez horas. D'Artagnan achou prudente o conselho. Chegou à casa do sr. de Tréville o mais depressa que pôde e pediu para entrar em seu gabinete. Foram avisar o sr. de Tréville que seu jovem compatriota, tendo algo muito importante a lhe comunicar, pedia uma audiência privada. Cinco minutos depois, o sr. de Tréville chegou.

— Desculpe-me, senhor — disse d'Artagnan, que havia aproveitado o tempo em que ficara sozinho para atrasar o relógio em 45 minutos. — Pensei que sendo 21h25, ainda poderia procurar o senhor.

— Nove e vinte e cinco! — exclamou o sr. de Tréville, olhando o relógio. — Pensei que fosse muito mais tarde. Mas o que o senhor quer de mim?

D'Artagnan então inventou uma longa história sobre a rainha, e a contou com tanta tranquilidade e segurança que o sr. de Tréville acreditou.

O jovem então se despediu do sr. de Tréville, que lhe agradeceu as informações recebidas e retirou-se.

Ao pé da escadaria, d'Artagnan percebeu que havia esquecido a bengala e subiu depressa até o gabinete, onde acertou o relógio, de modo que, no dia seguinte, ninguém percebesse que havia sido mexido. Seguro de que agora tinha uma testemunha para confirmar seu álibi, desceu a escada e logo estava na rua.

XI
A intriga chega ao clímax

Pensativo, d'Artagnan tomou o caminho mais longo de volta para casa. Em que estava pensando? Pensava na sra. Bonacieux. Para um mosqueteiro aprendiz, a jovem senhora era praticamente a amante perfeita. Bonita, misteriosa, iniciada em quase todos os segredos da corte, e ele desconfiava que ela não fosse insensível, o que é uma atração irresistível para amantes novatos.

D'Artagnan já se via abordado por um mensageiro da jovem senhora, que lhe trazia algum bilhete marcando um encontro, uma corrente de ouro ou ainda um diamante, tamanha é a velocidade do sonho nas asas da imaginação. Já dissemos que os jovens cavalheiros não se envergonhavam de receber dinheiro do rei; acrescentemos que o mesmo acontecia em relação a suas amantes.

Na época, fazia-se carreira através das mulheres, sem ter vergonha disso. Aquelas que só eram belas davam beleza, sendo talvez a origem do provérbio: "A mais bela jovem do mundo só pode dar o que possui." As que eram ricas davam parte de seu dinheiro. Devemos dizer, no entanto, que no momento d'Artagnan estava movido por um sentimento mais nobre e menos interesseiro. Enquanto refletia sobre seus amores futuros, subia sorrindo a rua do Cherche-Midi ou do Chasse-Midi, como a chamavam então. Encontrava-se no quarteirão de Aramis, então teve a ideia de fazer uma visita ao amigo.

Paris anoitecera havia cerca de duas horas e começava a ficar deserta. Todos os relógios soaram onze horas.

O tempo estava agradável, d'Artagnan reconheceu a porta do amigo, escondida por um maciço de sicômoros e de clematites, quando percebeu a sombra de algo; esse algo estava envolto numa capa. Pela hesitação do caminhar, pelos passos trôpegos, d'Artagnan notou que era uma mulher. Sendo o mais discreto possível, abrigou-se no lado mais escuro da rua, perto de um banco de pedra situado no fundo de um nicho.

Entretanto, a jovem continuava a avançar. Ela se aproximou resolutamente da janela de Aramis e bateu três vezes com o nó do dedo.

— É a casa de Aramis — murmurou d'Artagnan. — Muito bem, senhor hipócrita! Eis que o apanho estudando teologia!

Mal se ouviram as três batidas, a janela se abriu deixando entrever uma luz.

Podemos imaginar com que atenção d'Artagnan observava e escutava. Viu a jovem tirar do bolso um objeto branco que, desdobrado, logo se revelou um lenço. Ela deixou que seu interlocutor reparasse no canto do objeto.

Do lugar em que estava, d'Artagnan não podia ver o rosto de Aramis; dizemos Aramis porque o rapaz não tinha a menor dúvida de que fosse seu amigo. A curiosidade venceu a prudência, e, aproveitando a preocupação em que o objeto parecia ter mergulhado os dois personagens, d'Artagnan saiu de seu esconderijo, e rápido como um raio foi se esconder na quina de um muro, do qual podia ver perfeitamente o interior do apartamento de Aramis.

Ali, quase deu um grito de surpresa: não era Aramis que conversava com nossa visitante noturna, era uma mulher! D'Artagnan pôde distinguir seu vestido, mas não conseguiu ver seu rosto.

Nesse momento, a mulher do apartamento tirou um segundo lenço do bolso, trocando-o com aquele que tinham acabado de lhe mostrar. Em seguida, as duas mulheres trocaram algumas palavras. Enfim, a janela se fechou. A mulher de fora virou-se e passou a quatro passos de d'Artagnan, puxando o capuz de sua capa. A precaução foi muito tardia: d'Artagnan havia reconhecido a sra. Bonacieux. Ele correu atrás dela. A infeliz estava exausta, não de cansaço, mas de terror. E quando d'Artagnan pôs a mão em seu ombro, ela caiu de joelhos, chorando.

— Mate-me, senhor, mas não lhe direi nada.

D'Artagnan levantou-a e apressou-se em tranquilizá-la com declarações de devoção.

— É o senhor, é o senhor! Graças a Deus!

— Vi a senhora bater na janela de um de meus amigos...

— De um de seus amigos? — interrompeu a sra. Bonacieux.

— Aramis é um de meus melhores amigos.

— Aramis? Mas como assim? É a primeira vez que ouço esse nome.

— Então não foi ele que a senhora veio procurar?

— De jeito nenhum! Aliás, o senhor viu: a pessoa com quem falei era uma mulher.

— Sim, mas quem é ela?

— Ah! Este é meu segredo.

— Cara sra. Bonacieux, sabe que é encantadora, mas é a mulher mais misteriosa...

— Perco alguma coisa com isso?

— Não, pelo contrário, a senhora é adorável.

— Então me leve daqui.

— Para onde?

— Para onde eu vou.

— Mas aonde a senhora vai?

— O senhor verá, pois me deixará na porta.

— Devo esperá-la?

— Será inútil.

— Vai voltar sozinha?

— Talvez sim, talvez não.

— Esperarei para vê-la sair.

— Nesse caso, adeus! Não preciso do senhor!

— Mas a senhora tinha pedido...

— A ajuda de um cavalheiro, não a vigilância de um espião.

— Prometo fazer tudo o que a senhora quiser se me deixar acompanhá-la até onde vai.

— E me deixará depois?

— Sim.

— Dê-me o braço e vamos, então.

D'Artagnan ofereceu o braço à sra. Bonacieux, que se pendurou nele meio rindo meio tremendo, e ambos chegaram ao alto da rua de La Harpe. Ali, a jovem se aproximou de uma porta.

— Agora, senhor, é aqui que fico. Mil vezes obrigada por sua companhia. Escute. Está soando a meia-noite. É a hora em que sou esperada.

— Senhora — disse d'Artagnan, curvando-se —, fique contente, eu vou embora. Logo voltarei para casa.

Tomou a mão que ela lhe estendia e a beijou ardentemente. Em seguida, como se apenas tivesse força para largá-la com uma sacudidela, afastou-se correndo, enquanto a sra. Bonacieux, como fizera antes, bateu na porta lenta e compassadamente.

D'Artagnan continuou seu caminho e cinco minutos depois estava na rua dos Fossoyeurs.

— Pobre Athos! Deve ter dormido me esperando. Tudo isso é muito estranho. Estou curioso para saber como vai acabar.

— Mal, meu senhor, mal — respondeu uma voz que o jovem reconheceu ser de Planchet.

O criado falava sozinho em voz alta, e subira a escada que conduzia a seu quarto.

— Como, mal? O que aconteceu?

— Primeiramente, o sr. Athos foi preso.

— Preso? Athos? Por quê?

— Encontraram-no em sua casa, pensaram que fosse o senhor.

— E quem o prendeu?

— Guardas que foram buscar os homens de preto que o senhor afugentou.

— Por que ele não explicou que não tinha nada a ver com isso?

— Ele não quis. Pelo contrário, chegou perto de mim e disse: "É seu patrão que precisa de liberdade nesse momento, não eu. Vão pensar que ele está preso, e isso lhe dará tempo. Daqui a três dias direi quem eu sou e terão que me deixar sair."

— Bravo Athos! Nobre coração! E Porthos e Aramis?

— Não os encontrei, eles não vieram.

— Muito bem. Não saia daqui. Se eles vierem, avise-os do que aconteceu comigo e diga-lhes que me encontrem na taberna Pomme de Pin, aqui seria perigoso. Vou procurar o sr. de Tréville. Você não está com medo?

— Tranquilize-se, senhor — respondeu Planchet. — O senhor ainda não me conhece. Sou corajoso quando quero, o problema é querer.

D'Artagnan dirigiu-se o mais rápido que pôde à rua do Vieux-Colombier. O sr. de Tréville não estava em casa; sua companhia estava de guarda no Louvre, isto é, ele estava no Louvre com ela.

Era preciso encontrar o sr. de Tréville. Era importante adverti-lo do que se passava. D'Artagnan resolveu tentar entrar no Louvre. Chegando à altura da rua Guénégaud viu saírem da rua Dauphine duas pessoas, cujo aspecto lhe chamou a atenção. As duas pessoas eram um homem e uma mulher. A mulher lembrava a sra. Bonacieux, o homem era Aramis sem tirar nem pôr.

O casal subiu a ponte. Era o caminho de d'Artagnan.

O rapaz e a moça perceberam que estavam sendo seguidos, então apressaram o passo. D'Artagnan correu e ultrapassou os dois, parando diante deles. Eles também pararam.

— O que o senhor deseja? — perguntou o homem com uma pronúncia estrangeira que provava não ser Aramis.

D'Artagnan tinha se enganado em algumas de suas conjecturas

— Não é Aramis! — exclamou.

— Não, meu senhor, não é Aramis. E por sua exclamação vejo que me tomou por outra pessoa, e o desculpo.

— O senhor tem razão, não é com o senhor que desejo falar, é com esta senhora.

— Ah! — exclamou a sra. Bonacieux, com um tom de desagrado. — O senhor tinha me dado sua palavra de cavalheiro e pensei poder contar com ela.

— Dê-me o braço, senhora — disse o estrangeiro. — Vamos embora.

O homem deu dois passos à frente, afastando d'Artagnan com a mão. O jovem deu um salto para trás, desembainhando a espada, ao mesmo tempo que o desconhecido desembainhava a sua com a rapidez de um raio.

— Em nome de Deus, milorde! — exclamou a sra. Bonacieux, pondo-se entre os dois combatentes.

— Milorde! — exclamou d'Artagnan, iluminado por uma ideia súbita. — Milorde! Desculpe-me, o senhor por acaso seria o...

— Milorde, o duque de Buckingham — disse a sra. Bonacieux à meia-voz. — E agora pode nos deixar.

— Milorde, senhora, desculpem-me, desculpem-me mil vezes. Mas eu a amava, milorde, e estava com ciúmes. O senhor sabe o que é amar, milorde. Desculpe-me e diga como posso fazer para ser morto por Sua Graça.

— Você é um bom rapaz — disse o duque de Buckingham estendendo a d'Artagnan a mão, que este apertou respeitosamente. — Ofereça-me seus serviços, eu os aceito. Siga-nos a vinte passos de distância, até o Louvre. Se alguém nos espionar, mate-o.

D'Artagnan pôs a espada desembainhada embaixo do braço, deixou a sra. Bonacieux distanciar-se vinte passos e seguiu-os. Felizmente o jovem devoto não teve oportunidade de dar nenhuma prova de sua dedicação, e a jovem e seu companheiro entraram no Louvre pela porta da rua de l'Échelle sem serem incomodados.

Quanto a d'Artagnan, seguiu imediatamente para a taberna da Pomme de Pin, onde encontrou Porthos e Aramis, que já o esperavam.

XII
Georges Villiers, duque de Buckingham

A sra. Bonacieux e o duque entraram no Louvre sem a menor dificuldade. Ela era conhecida por servir à rainha, e o duque usava o uniforme dos mosqueteiros do sr. de Tréville, de guarda aquela noite. Uma vez no interior do pátio, o duque e a jovem deram cerca de 25 passos junto à muralha. Após percorrer essa distância, a sra. Bonacieux empurrou uma portinha de serviço. A porta se abriu e os dois entraram, encontrando-se na mais completa escuridão.

Tomando o duque pela mão, a sra. Bonacieux deu alguns passos tateando, segurou num corrimão, tocou um degrau com o pé, e então começou a subir uma escada. O duque contou dois andares; depois ela virou à direita, seguiu um longo corredor, abriu uma porta e empurrou o duque para dentro de um apartamento iluminado apenas por uma pequena luminária, dizendo:

— Fique aqui, milorde, já vão chegar.

Saiu em seguida pela mesma porta, que fechou à chave, de modo que o duque se tornou literalmente um prisioneiro.

Entretanto, o duque de Buckingham não teve medo nem por um instante. Bravo, audacioso, temerário, não era a primeira vez que arriscava a vida em semelhantes condições. Sabia que o pretenso bilhete de Ana d'Áustria que o fizera vir a Paris era falso, e em vez de voltar para a Inglaterra, usufruindo da posição que lhe foi concedida, declarou à rainha que não partiria sem vê-la.

A princípio, esta recusou, depois, temendo que o duque exasperado cometesse alguma loucura, decidiu recebê-lo e suplicar-lhe que partisse imediatamente, talvez até naquela mesma noite. A sra. Bonacieux, encarregada de buscar o duque e conduzi-lo ao Louvre, foi raptada; durante dois dias ignoraram completamente seu paradeiro, e tudo ficou em suspenso. Uma vez libertada, as coisas retomaram seu curso. Ela acabara de completar a perigosa empreitada, que, não fosse sua prisão, teria sido executada três dias antes.

Com os 35 anos que tinha na época, Buckingham era considerado, com razão, o mais belo e elegante fidalgo da França e da Inglaterra. Favorito de dois reis, milionário, todo-poderoso num reino que agitava a seu bel-prazer e acalmava por capricho, Georges Villiers, duque de Buckingham, vivia uma dessas existências fabulosas e surpreendentes que perduram através dos séculos para a posteridade.

Portanto, certo de que as leis que regiam os outros não o atingiam, ele ia direto ao objetivo de sua empreitada, objetivo esse que era tão inestimável e fascinante que nenhum outro homem teria tido sequer coragem de imaginar. Foi assim que chegou a se aproximar da bela e orgulhosa Ana d'Áustria, e a inspirar-lhe amor, deslumbrando-a, por fim.

Georges Villiers pôs-se à frente de um espelho, e com o coração transbordando de alegria, feliz e orgulhoso por ter chegado ao momento desejado durante tanto tempo, sorriu para si mesmo com orgulho e esperança.

Nesse instante, uma porta escondida atrás de uma tapeçaria abriu-se, e uma mulher apareceu. Buckingham, vendo essa imagem no espelho, deu um grito. Era a rainha!

Ana d'Áustria tinha então 26 ou 27 anos, portanto encontrava-se no esplendor de sua beleza. Tinha o andar de uma deusa, olhos que lançavam reflexos de esmeralda, lindos, cheios de doçura e majestosos. Sua boca, pequena e vermelha, sorria graciosamente; a pele era admirada por ser suave e aveludada, suas mãos e seus braços eram de uma beleza surpreendente, e todos os poetas da época os cantavam como incomparáveis.

Buckingham parou um momento, encantado: Ana d'Áustria jamais lhe havia parecido mais bela, em meio a bailes, festas, desfiles, do que naquele momento, com um simples vestido de cetim branco e acompanhada de dona Estefânia, a única de suas damas espanholas que não fora expulsa pelo ciúme do rei ou pelas perseguições de Richelieu.

Ana d'Áustria deu dois passos à frente, Buckingham também, precipitando-se a seus pés, e antes que a rainha pudesse impedi-lo beijou a bainha de seu vestido.

— Duque, o senhor já sabe que não fui eu que lhe escrevi.

— Sim, senhora, sei bem que fui um louco, um insensato em acreditar que a neve ganharia vida, o mármore se esquentaria. Mas o que se pode fazer? Quando se ama, acredita-se facilmente no amor. Aliás, essa viagem não foi de todo inútil, pois consegui revê-la.

— É verdade — respondeu Ana —, mas o senhor sabe por que e como o vejo, milorde. Eu o vejo por piedade pelo senhor, eu o vejo porque o senhor corre risco de vida e me faz correr risco de honra; eu o vejo para lhe dizer que tudo nos separa, eu o vejo enfim para lhe dizer que não podemos mais nos ver.

— Fale, Majestade, a doçura de sua voz esconde a dureza de suas palavras. O sacrilégio está na separação de dois corações que Deus fez um para o outro.

— Milorde! — exclamou a rainha. — O senhor esquece que eu jamais disse que o amo.

— Também jamais disse que não me amava. E, de fato, dizer-me tais palavras seria, de sua parte, uma grande prova de ingratidão; pois, diga-me, onde a senhora encontraria um amor como o meu, um amor que nem o tempo, nem a ausência, nem o desespero podem apagar; um amor que se contenta com um simples laço de fita, com um olhar perdido, com uma palavra perdida?

— Que loucura! — murmurou Ana d'Áustria. — Que loucura alimentar uma paixão inútil! A calúnia apoderou-se de todas essas provas de amor, das quais não sou culpada, milorde. O rei, incitado pelo cardeal, fez uma confusão terrível, e quando o senhor quis voltar à França como embaixador, foi o próprio rei quem se opôs.

— É verdade, e a França vai pagar com uma guerra a recusa de seu rei. O que a senhora pensa dessa aliança que pretendo fazer com os protestantes de La Rochelle? O prazer de vê-la! Essa guerra trará paz, e a paz tem de ser negociada. Eu serei o negociador. Não ousarão me recusar, voltarei a Paris, poderei vê-la e ficarei feliz alguns instantes.

— Milorde! Milorde! Todas essas provas de amor que me dá são quase crimes.

— A senhora não me ama. Se me amasse, veria as coisas de outra maneira. Foi a senhora mesma quem disse que me atraíram para uma armadilha, talvez nela perdesse a vida, pois é um tanto estranho, mas tenho um pressentimento de que vou morrer.

— Meu Deus! — exclamou Ana d'Áustria, com uma expressão de medo que revelava ter pelo duque um interesse bem maior do que desejava demonstrar.

— Creia, senhora, não me preocupo com tais sonhos.

— Também tenho sonhado, duque. Sonhei que o vi caído, ensanguentado, ferido...

— Do lado esquerdo, com um punhal — interrompeu Buckingham.

— Isso mesmo, milorde: do lado esquerdo, com um punhal. Quem lhe disse que eu tive esse sonho? Só o confiei a Deus, e assim mesmo em minhas orações.

— Não quero mais do que isso, senhora. Se me ama, está bem.

— Eu o amo?

— Sim, ama. Deus lhe enviaria os mesmos sonhos que a mim, se não me amasse? Teríamos os mesmos pressentimentos se nossas existências não fossem unidas pelo coração? A senhora me ama, rainha, e chorará por mim?

— Ó, meu Deus! — exclamou Ana d'Áustria. — É mais do que posso suportar! Duque, em nome do céu, parta, retire-se. Não sei se o amo ou não, mas o que sei é que não serei infiel. Suplico-lhe que parta e volte mais tarde, cercado de guardas que o defenderão. Então não temerei mais pela sua vida, e terei a felicidade de revê-lo.

— É verdade o que está me dizendo?

— É.

— Pois bem, dê-me uma prova de sua indulgência, um objeto dado pela senhora, que me lembre de que não estou sonhando.

— O senhor irá embora se lhe der o que está pedindo?

— Irei.

— No mesmo instante?

— Sim.

— O senhor deixará a França e voltará para a Inglaterra?

— Sim, juro.

— Então espere um pouco. Espere.

Ana d'Áustria entrou no seu quarto, de onde logo voltou trazendo nas mãos um cofre de pau-rosa com suas iniciais, todo incrustado de ouro.

— Tome, milorde. Tome-o e o guarde em minha memória.

Buckingham pegou o cofre, caindo novamente aos pés da rainha, que lhe estendeu a mão de olhos fechados, apoiando-se com a outra mão em dona Estefânia, pois sentia que ia perder as forças. Buckingham beijou com paixão aquela linda mão, em seguida, levantando-se, disse:

— Antes de seis meses, se não estiver morto, voltarei para revê-la, nem que para isso tenha de virar o mundo de cabeça para baixo.

Respeitando a promessa feita, saiu às pressas do apartamento. Encontrou no corredor a sra. Bonacieux, que o esperava para conduzi-lo para fora do Louvre com a mesma felicidade e as mesmas precauções.

XIII
O sr. Bonacieux

Em tudo isso havia um personagem que, apesar de sua posição precária, ainda não tinha sido muito incomodado. Esse personagem era o sr. Bonacieux, respeitável vítima das intrigas políticas e amorosas que se emaranhavam umas às outras nessa época tão cavalheiresca e galante.

Os homens armados que tinham vindo prendê-lo o levaram diretamente para a Bastilha, onde foi objeto de injúrias grosseiras e de maus-tratos. Percebendo que não se tratava de um fidalgo, os policiais agiam como se ele fosse um camponês revoltado.

Um oficial veio pôr fim a suas torturas, mas não a suas preocupações. Ordenou que conduzissem o sr. Bonacieux ao quarto dos interrogatórios. Dois guardas se apoderaram dele, fizeram-no adentrar um corredor e entrar num aposento baixo. Só o que havia lá era uma mesa, uma cadeira e um comissário.

O comissário começou por indagar seu nome, sua idade, sua profissão e seu domicílio. O acusado respondeu chamar-se Jacques-Michel Bonacieux, ter 51 anos, ser comerciante aposentado e morar no número 11 da rua dos Fossoyeurs.

Em vez de continuar o interrogatório, o comissário começou um longo discurso sobre o perigo a que se submete um burguês obscuro ao se meter com as coisas públicas. Em seguida, fitando Bonacieux com seu olhar de ave de rapina, convidou-o a refletir sobre a situação.

No fundo, o caráter do sr. Bonacieux revelava um profundo egoísmo misturado a uma avareza sórdida, um conjunto temperado por extrema covardia.

— Levem o prisioneiro — ordenou o comissário aos dois guardas.

— Para onde devemos levá-lo?

— Para um calabouço.

— Ai de mim! Ai de mim! — lamentava-se o sr. Bonacieux. — A infelicidade caiu sobre minha cabeça. Minha esposa deve ter cometido algum crime terrível. Pensam que sou cúmplice e me punirão junto a ela.

Bonacieux não dormiu. Passou a noite em seu banquinho, tremendo ao menor ruído, e quando os primeiros raios de sol entraram em seu quarto, a aurora lhe pareceu bastante fúnebre. De repente, ouviu mexerem na fechadura e teve um terrível sobressalto. Pensou que vinham buscá-lo para conduzi-lo ao cadafalso. Por isso, quando viu surgirem, no lugar do carrasco que esperava, seu comissário e seu escrivão da véspera, só faltou saltar-lhes ao pescoço de tanta alegria.

— Sua situação se complicou bastante desde ontem à noite, meu pobre homem — informou o comissário. — Aconselho-o a só dizer a verdade. Apenas o arrependimento pode atenuar a ira do cardeal.

— Estou pronto para dizer tudo o que sei! — exclamou Bonacieux.

— Onde está sua esposa?

— Foi raptada.

— Foi, mas escapou graças ao senhor.

— Senhor, se ela escapou, não foi culpa minha, juro.

— Então o que o senhor foi fazer na casa do sr. d'Artagnan, com o qual teve uma longa conversa?

— É verdade, senhor comissário, é verdade. E confesso que agi mal. O sr. d'Artagnan prometeu ajudar-me, mas logo descobri que estava me traindo.

— O senhor se adiantou à justiça! O sr. d'Artagnan fez um pacto com o senhor, em virtude do qual ele afugentou os homens da lei que tinham prendido sua esposa e a subtraiu a todas as buscas.

— O sr. d'Artagnan raptou minha esposa?! O que o senhor está me dizendo?

— Felizmente o sr. d'Artagnan está em nossas mãos e os senhores serão confrontados.

— Na verdade, não há nada que eu deseje mais! — exclamou Bonacieux. — Vou gostar de ver um rosto conhecido.

— Faça entrar o sr. d'Artagnan — disse o comissário aos dois guardas.

Os dois fizeram entrar Athos.

— Este não é o sr. d'Artagnan!

— Quem é, então? Como se chama?

— Não posso lhe dizer, não o conheço.

— Seu nome? — perguntou o comissário.

— Athos — respondeu o mosqueteiro.

— Reconduzam os prisioneiros às suas celas — ordenou o comissário, designando com um único gesto Athos e Bonacieux. — E que sejam vigiados ainda mais atentamente.

Athos seguiu seus guardas dando de ombros, e o sr. Bonacieux soluçava a ponto de partir um coração empedernido.

À noite, lá pelas nove horas, no momento em que o comerciante ia se deitar, ouviu passos no corredor. Os passos se aproximaram de sua cela, a porta se abriu, apareceram guardas.

— Siga-me — disse um oficial de polícia que acompanhava os guardas.

— Seguir os senhores? A esta hora? Para onde?

— Para onde recebemos a ordem de conduzi-lo.

— Meu Deus! Meu Deus — murmurou o pobre comerciante. — Agora estou mesmo perdido!

Seguiu-os de modo automático, sem resistência.

Na porta do pátio de entrada, ele encontrou um coche cercado por quatro homens a cavalo. Fizeram-no subir. O oficial se sentou a seu lado, fecharam a porta à chave e então os dois se viram numa prisão ambulante.

O coche se pôs a caminho, lento como um carro fúnebre. Bonacieux suspirou levemente, o que poderia ser tomado pelo último suspiro de um moribundo, e desmaiou.

XIV
O homem de Meung

O coche parou diante de uma porta baixa. Dois guardas tomaram Bonacieux nos braços, apoiado pelo oficial. Empurraram-no por um corredor, fizeram-no subir uma escada e o colocaram numa antecâmara.

Entretanto, como não viu qualquer objeto ameaçador ao redor, como nada indicava que corria um risco real, compreendeu aos poucos que seu terror era exagerado e começou a mexer a cabeça e olhar em todas as direções.

Nesse momento, um oficial de boa aparência abriu uma porta e, voltando-se para o prisioneiro, perguntou:

— É o senhor que se chama Bonacieux?

— Sim, sou eu, senhor oficial — balbuciou o comerciante, parecendo mais morto do que vivo. — A seu dispor.

— Entre — ordenou o oficial, afastando-se para deixá-lo passar.

Bonacieux obedeceu sem dizer nada, entrando no quarto onde pareciam esperá-lo.

Era um grande gabinete, com as paredes cobertas de armas, e no qual o fogo já havia sido aceso, embora ainda estivessem no fim de setembro. Uma mesa quadrada, coberta de livros e papéis, e sobre a qual estava desenrolado um imenso mapa da cidade de La Rochelle, ocupava o centro do cômodo.

De pé ao lado da lareira estava um homem de estatura média, de aparência altiva e orgulhosa, olhos penetrantes, o rosto magro alongado por um cavanhaque encimado por um bigode.

Esse homem era Armand-Jean Duplessis, cardeal de Richelieu, não como nos é representado, alquebrado como um ancião, com o corpo curvado, vivendo apenas pela força de seu gênio, mas como era realmente nessa época, um cavalheiro ativo e galante, já um pouco enfraquecido mas sustentado por esse poder moral que fez dele um dos homens mais notáveis que já existiram.

— Este é o tal Bonacieux? — perguntou logo após um momento de silêncio.

— Sim, monsenhor — respondeu o oficial.

— Muito bem. Dê-me esses documentos e pode ir.

O oficial pegou os papéis, deu-os a quem os tinha pedido e, curvando-se, saiu. Bonacieux reconheceu nos documentos seus interrogatórios da Bastilha. De vez em quando, o homem perto da lareira erguia os olhos da papelada, e então os cravava como dois punhais até o fundo do coração do pobre comerciante.

— O senhor é acusado de alta traição — disse lentamente o cardeal.

— Já me disseram isso, monsenhor, mas juro que não sabia de nada.

O cardeal conteve um sorriso.

— O senhor conspirou com sua esposa. Ela escapou, o senhor sabia?

— Não, monsenhor. Fiquei sabendo por intermédio do senhor comissário, um homem muito amável.

O cardeal conteve mais um sorriso.

— Então o senhor desconhece o que aconteceu com sua esposa depois que ela fugiu?

— Completamente, monsenhor. Mas ela deve ter voltado para o Louvre.

— Até uma hora da manhã ela ainda não tinha voltado.

— Meu Deus! Então onde está?

— Já saberemos, tranquilize-se. Não se esconde nada do cardeal, o cardeal sabe tudo.

— Nesse caso, monsenhor, pensa que consentirá em dizer-me o que aconteceu com minha esposa?

— Talvez, mas primeiro será preciso que o senhor confesse tudo o que sabe sobre as relações de sua esposa com a sra. de Chevreuse.

— Mas, monsenhor, não sei de nada, eu nem a conheço.

— Quando o senhor ia buscar sua esposa no Louvre, ela voltava diretamente para casa?

— Quase nunca. Tinha negócios com comerciantes de tecidos, e eu a levava à casa deles.

— Onde eles moravam?

— Um na rua de Vaugirard, o outro na rua de La Harpe.

— O senhor entrava com ela?

— Nunca, monsenhor. Eu a esperava na porta.

— Seria capaz de reconhecer esses locais?

— Claro. No número 25 da rua de Vaugirard e no 75 da rua de La Harpe.

— Muito bem — disse o cardeal.

Com essas palavras, pegou uma sineta de prata e tocou-a. O oficial voltou.

— Vá chamar Rochefort, e que ele venha logo, se já estiver de volta.

— O conde está aqui, e pediu justamente para falar com Vossa Eminência.

— Vossa Eminência! — murmurou Bonacieux, que sabia ser esse o título dado geralmente ao cardeal.

O oficial deixou os aposentos. Ainda não tinham se passado nem cinco minutos quando outro personagem entrou.

— É ele! — gritou Bonacieux.

— Ele quem? — perguntou o cardeal.

— O que raptou minha esposa.

O cardeal chamou uma segunda vez, e o oficial reapareceu.

— Devolva esse homem aos seus guardas, e que ele espere até que eu o chame de novo.

— Não, monsenhor. Não é ele! Eu me enganei! — exclamou Bonacieux. — Esse senhor é um homem honesto!

— Levem embora esse imbecil — ordenou o cardeal.

Pegando Bonacieux pelo braço, o oficial o levou até a antecâmara, onde estavam seus dois guardas.

O novo personagem que fora introduzido olhou Bonacieux com impaciência, e logo que a porta se fechou, disse:

— Eles se viram.

Aproximou-se do cardeal.

— Quem? — perguntou Sua Eminência.

— Ela e ele.

— A rainha e o duque? Onde foi isso?

— No Louvre.

— Desta vez nos venceram. Temos de preparar nossa revanche.

— Eu ajudarei com toda a minha alma, monsenhor.

— Eles se viram durante quanto tempo?

— Quarenta e cinco minutos.

— A rainha estava acompanhada por alguma de suas damas?

— Apenas dona Estefânia.

— Depois se retirou?

— Sim, mas para pegar um cofrinho de pau-rosa com suas iniciais, e logo em seguida partiu.

— Quando ela voltou, mais tarde, estava com esse cofrinho?

— Não.

— O que continha esse cofrinho?

— As agulhetas de diamantes que Sua Majestade deu à rainha.

— Muito bem! Rochefort, nem tudo está perdido, e talvez... talvez até tenha sido melhor que isso acontecesse. Sabe onde se escondiam a duquesa de Chevreuse e o duque de Buckingham?

— Não, monsenhor, meus homens não puderam me dizer nada de positivo a esse respeito.

— Pois acho que sei, ou pelo menos desconfio. Um ficava no número 25 da rua Vaugirard, e o outro no 75 da rua de La Harpe. Pegue dez homens de minha guarda e reviste as duas casas.

— Irei imediatamente, monsenhor.

Rochefort saiu. Sozinho, Richelieu refletiu um instante e tocou a sineta pela terceira vez.

— Traga-me o prisioneiro — ordenou o cardeal.

Bonacieux foi levado aos aposentos outra vez, e o cardeal dispensou o oficial com um gesto.

— O senhor me enganou — disse severamente o cardeal.

— Eu? Eu, enganar Vossa Eminência?

— Sua esposa não ia à casa de negociantes de tecidos, e sim na casa da duquesa de Chevreuse e do duque de Buckingham.

— Sim. É verdade — respondeu Bonacieux. — Vossa Eminência tem razão. Eu disse várias vezes à minha esposa que era espantoso que negociantes morassem em casas tão belas, e ela sempre ria. Ah, monsenhor — continuou Bonacieux, jogando-se aos pés da Eminência —, o senhor é mesmo o grande cardeal, o gênio que todo mundo reverencia!

— Levante-se, meu amigo. O senhor é um homem honesto.

— O cardeal tocou-me com sua mão! O grande homem me chamou de amigo!

— É verdade, meu amigo, e como desconfiamos injustamente do senhor, lhe daremos uma indenização. Tome, pegue essa bolsa com cem pistolas e nos desculpe.

— Que eu o desculpe, monsenhor?! — exclamou Bonacieux, hesitando em pegar a bolsa. — O senhor tem o direito de mandar me prender, de mandar que me torturem, que me enforquem!

— Meu caro sr. Bonacieux, pegue essa bolsa e até logo, pois acho que tornaremos a nos ver.

— Ó, monsenhor!

— Até logo, sr. Bonacieux, até logo!

O cardeal fez um gesto com a mão, ao qual Bonacieux respondeu curvando-se até o chão, em seguida se retirou sem lhe dar as costas.

— Muito bem — disse o cardeal. — Agora tenho um homem que aceitará ser morto em minha defesa.

Sua Eminência começou a observar atentamente o mapa de La Rochelle, traçando com um lápis a linha onde deveria passar o famoso dique que 18 meses depois fecharia o porto da cidade sitiada.

A porta se abriu e Rochefort entrou.

— Ora, ora! — disse animadamente o cardeal.

— Uma jovem de 26 a 28 anos e um homem de uns 35 passaram efetivamente alguns dias nas casas indicadas por Vossa Eminência. Porém, a mulher partiu ontem à noite e o homem, hoje de manhã.

— Eram eles! — exclamou o cardeal.

— Quais são as ordens de Vossa Eminência?

— Nem uma palavra. Que a rainha fique em perfeita segurança, ignorando que conhecemos seu segredo.

— E o que Vossa Eminência fez daquele homem, o tal Bonacieux?

— Fiz o que era possível. Tornei-o espião de sua esposa.

O conde de Rochefort curvou-se respeitosamente, como um homem que reconhecia a grande superioridade de seu senhor, e então se retirou.

Novamente sozinho, o cardeal se sentou, escreveu uma carta que fechou com seu lacre particular e depois tocou a sineta. O oficial entrou pela quarta vez.

— Mande chamar Vitray, e diga-lhe para se preparar para fazer uma viagem.

Em menos de cinco minutos, o homem que mandara chamar já estava diante dele, de botas e esporas.

— Vitray — disse o cardeal. — O senhor vai partir imediatamente para Londres. Entregue essa carta a Milady. Eis um bônus de duzentas pistolas. Haverá a mesma quantia à sua espera se voltar em seis dias e tiver executado bem sua missão.

Sem responder, o mensageiro se inclinou, pegou a carta, o bônus de duzentas pistolas e partiu.

Eis o que dizia a carta:

> "Milady. Vá ao primeiro baile onde se encontrará o duque de Buckingham. Ele deverá ostentar em seu gibão 12 agulhetas de diamante. Aproxime-se dele, e, sem que ele perceba, corte duas agulhetas. Logo que estiverem em sua posse, avise-me."

XV
Clérigos e cavalheiros

No dia seguinte a esses acontecimentos, Athos não apareceu. D'Artagnan e Porthos avisaram o sr. de Tréville de seu sumiço.

O sr. de Tréville era o pai de seus soldados. Desde que usasse o uniforme da companhia, mesmo o menor e mais desconhecido deles podia estar tão certo de sua ajuda como se fosse seu próprio irmão. Dirigiu-se imediatamente ao juiz criminal, e soube que Athos estava momentaneamente alojado no Fort-l'Evêque.

O cardeal encontrava-se no Louvre, com o rei. É de conhecimento geral quais eram os alertas do rei contra a rainha. Uma das causas mais importantes dessa precaução era a amizade da rainha com a duquesa de Chevreuse. A seus olhos e em suas convicções, a sra. de Chevreuse ajudava a rainha em suas intrigas políticas, mas também em suas intrigas amorosas, o que o atormentava ainda mais.

Ao ouvir as primeiras palavras do cardeal, de que a duquesa, exilada em Tours, viera a Paris e permanecera na cidade por cinco dias, despistando a polícia, o rei se enfureceu. Porém, quando Sua Eminência acrescentou que iria desenrolar os fios mais obscuros dessa trama, e que no momento de prender em flagrante o emissário da rainha junto à exilada um mosqueteiro ousara interromper violentamente o curso da justiça, caindo, com a espada em punho, sobre os honestos representantes da lei, Luis XIII não se conteve.

Foi então que o sr. de Tréville entrou, frio, educado e trajado de modo impecável.

— Muito bem, sr. duque, já calculou? — indagou o rei.

— Sim, Sire. Hoje é dia 20 de setembro, e os vereadores da cidade darão uma festa dia 3 de outubro. Isso seria muito conveniente, pois o senhor não daria a impressão de ceder à rainha. — Depois o cardeal acrescentou: — Sire, não se esqueça de dizer à Sua Majestade, na véspera dessa festa, que desejaria ver como ficaria com as doze agulhetas de diamante.

XVI
O casal Bonacieux

Era a segunda vez que o cardeal falava nessa história das agulhetas de diamante. Luis XIII, intrigado com tal insistência, pensou que essa recomendação escondia um mistério.

Mais de uma vez o rei tinha sido humilhado porque o cardeal, cuja polícia era excelente, estava mais bem informado sobre as intimidades de sua vida do que ele próprio. Esperava, com uma conversa com Ana d'Áustria, esclarecer essa questão e em seguida voltar à Sua Eminência com algum segredo que o cardeal conhecesse ou não, o que, num caso ou noutro, elevaria imensamente sua estima aos olhos de seu ministro. Foi, portanto, ao encontro da rainha e, como de costume, abordou-a com ameaças contra aqueles que a cercavam.

— Mas, mas, Sire — bradou Ana d'Áustria, cansada desses vagos ataques —, o senhor não me diz absolutamente o que há em seu coração.

— Senhora, em breve haverá um baile no Hôtel de Ville. Desejo que, para honrar meus bravos vereadores, a senhora apareça em toalete de gala, ostentando as magníficas agulhetas de diamante que lhe dei. Eis minha resposta.

A resposta era terrível. Ana d'Áustria pensou que Luis XIII sabia de tudo. Empalideceu e, fitando o rei com olhos apavorados, balbuciou:

— Sim, Sire.

— A senhora irá a esse baile?

— Irei.

— Com suas agulhetas?

— Sim.

A rainha ficou ainda mais pálida, como se possível, e o rei percebeu e se regozijou com aquela fria crueldade, um dos maus traços de seu caráter.

— Mas quando esse baile será realizado? — perguntou Ana d'Áustria.

— Em breve, senhora. Não me lembro exatamente o dia, perguntarei ao cardeal.

— Foi então o cardeal quem lhe avisou dessa festa?

— Foi, senhora.

— Foi ele quem lhe disse para me pedir que compareça com as agulhetas?

— O que importa, senhora, se foi ele ou se fui eu? A senhora usará as agulhetas?

— Sim, Sire.

— Muito bem — disse o rei, retirando-se. — Muito bem, estou contando com isso.

O rei parecia encantado.

— Estou perdida — murmurou a rainha —, perdida! O cardeal sabe de tudo, é ele que está instigando o rei, que ainda não sabe de nada, mas que logo descobrirá tudo. Estou perdida!

Então, diante da desgraça que a ameaçava, e do desamparo que sentia, a rainha desatou a chorar.

— O que posso fazer para ajudar Vossa Majestade? — perguntou de repente uma voz cheia de doçura e piedade.

A rainha virou-se rapidamente; não podia se enganar ao ouvir aquela voz: era uma amiga que falava.

De fato, a uma das portas que dava para o apartamento da rainha, estava a bela sra. Bonacieux.

— É verdade — continuou a sra. Bonacieux —, há traidores aqui, mas ninguém é mais dedicada a Vossa Majestade do que eu. Essas agulhetas que o rei está lhe pedindo, a senhora as deu ao duque de Buckingham, não foi? Pois bem, é preciso reavê-las.

— Sim, sem dúvida é necessário reavê-las — respondeu a rainha —, mas o que fazer? Como as conseguirei de volta?

— É preciso enviar alguém até o duque.

— Mas quem? Quem? Em quem confiar?

— Tenha confiança em mim, senhora. Faça-me essa honra, minha rainha, e encontrarei um mensageiro.

— Mas será necessário escrever.

— Claro! É indispensável. Duas palavras escritas por Vossa Majestade e seu selo pessoal.

— Mas essas duas palavras serão minha condenação!

— Sim, ainda mais se caírem em mãos infames. Mas eu me responsabilizo de que essas duas palavras chegarão a seu destino. Meu marido é um homem inocente e honesto, que não tem ódio nem amor por ninguém. Ele fará o que eu quiser, e partirá sem saber o que está levando.

A rainha tomou as mãos da mulher entre as suas, com um sentimento afetuoso, e as manteve ali como se para ler os sentimentos no fundo de seu coração e, ao ver apenas sinceridade naqueles belos olhos, beijou as mãos carinhosamente.

— Faça isso e salvará minha vida! — exclamou ela.

— Ó, não exagere. É um serviço que tenho a honra de lhe prestar. Dê-me a carta, senhora, o tempo urge.

A rainha correu até uma mesinha, escreveu duas linhas, selou a carta e a entregou à sra. Bonacieux, que beijou as mãos da rainha, escondeu o papel junto ao seio e desapareceu com a agilidade de um passarinho.

Dez minutos depois, estava em casa. O sr. Bonacieux ali estava, sozinho. Tentava, com dificuldade, arrumar a desordem encontrada, pois se deparara com móveis meio quebrados e os armários quase vazios. As reflexões do sr. Bonacieux, porém, eram cor-de-rosa. Rochefort o chamara de seu amigo, e não parava de lhe dizer que o cardeal tinha um grande apreço por ele.

— Nossa sorte mudou muito desde que a vi, sra. Bonacieux. E não ficarei surpreso se daqui a alguns meses fizermos inveja aos outros — disse ele.

— É verdade, sobretudo se quiser seguir as instruções que vou lhe dar. Há uma boa e santa ação a fazer, senhor, e ao mesmo tempo muito dinheiro a ganhar.

A sra. Bonacieux sabia que ao falar de dinheiro com o marido ela tocava em seu ponto fraco.

— Muito dinheiro a ganhar!

— Sim, muito.

— Mais ou menos quanto?

— Talvez umas mil pistolas.

— O que é preciso fazer?

— Partir imediatamente para Londres, lhe darei um papel do qual o senhor não se separará sob nenhuma circunstância e o entregará em mãos.

— Eu, ir a Londres! Intrigas, sempre intrigas! Obrigado, agora desconfio delas, o sr. cardeal informou-me a respeito.

— O cardeal! — exclamou a sra. Bonacieux. — O senhor viu o cardeal?

— Ele mandou me chamar — respondeu com orgulho o comerciante. — Apertou minha mão e me chamou de amigo! Ouviu, senhora? Sou amigo do cardeal! Tenho a honra de servir a um grande homem!

— Está a serviço do cardeal?

— Estou, senhora, e como seu servo não permitirei que participe de complôs contra a segurança do Estado, nem que sirva às intrigas de uma mulher que não é francesa e tem um coração espanhol.

— Por acaso o senhor sabe o que é o Estado de que está falando? — questionou a sra. Bonacieux, dando de ombros.

— Ê, ê! — disse o sr. Bonacieux, batendo numa bolsa arredondada que tiniu com um barulho de metal. — O que a senhora diz disso?

— De onde vem esse dinheiro?

— A senhora não imagina?

— Do cardeal?

— Dele e de meu amigo, o conde de Rochefort.

— O conde de Rochefort! Mas foi ele quem me raptou!

— A senhora não me disse que esse rapto era um assunto político?

— Senhor, considerava-o covarde, avarento e imbecil, não sabia que era também desprezível.

A sra. Bonacieux contemplou por um momento aquele rosto estúpido, de uma obstinação inquebrantável, como a dos tolos que têm medo.

— É porque suas fantasias podem ter más consequências — retomou o sr. Bonacieux. — E estou me precavendo.

— Desistirei, então — disse a jovem com um suspiro. — Está bem, não se fala mais nisso.

— Se ao menos a senhora me dissesse o que vou fazer em Londres — continuou o sr. Bonacieux, lembrando-se um pouco tarde demais de que Rochefort lhe havia recomendado tentar descobrir os segredos de sua esposa.

— É inútil que lhe diga — respondeu a jovem, com uma desconfiança instintiva que a deixava hesitante. — Trata-se de uma bagatela de uma compra com a qual ganharíamos muito dinheiro.

O sr. Bonacieux resolveu, no mesmo instante, ir ao encontro do conde de Rochefort para lhe dizer que a rainha estava procurando um mensageiro que fosse a Londres.

— Desculpe-me deixá-la, cara sra. Bonacieux, mas tenho um encontro com um amigo. Não sabia que a senhora viria me ver.

O sr. Bonacieux beijou a mão de sua esposa e se afastou rapidamente.

— Vamos — disse a sra. Bonacieux quando ficou sozinha. — Só faltava essa! Esse imbecil se tornar cardinalista! Ah, sr. Bonacieux, nunca o amei muito, mas agora é bem pior: eu o odeio! E, palavra de honra, o senhor vai me pagar.

No momento em que dizia essas palavras, uma batida no teto fez com que ela levantasse a cabeça, e uma voz ressou através do assoalho.

— Querida sra. Bonacieux, abra a portinha do jardim. Vou descer para vê-la.

XVII
O amante e o marido

— Ah, senhora! — disse d'Artagnan, entrando pela porta que a jovem lhe abrira. — Permita-me que lhe diga, a senhora tem um marido deplorável!

— O senhor ouviu nossa conversa? Como?

— Graças a uma invenção minha, que me permitiu também ouvir a conversa animada que a senhora teve com os guardas de Sua Eminência.

— Ó! E o que o senhor ouviu do que dizíamos?

— Mil coisas, sobretudo que a rainha precisa de um homem corajoso, inteligente e devoto, que faça para ela uma viagem a Londres. Tenho ao menos duas das qualidades exigidas, portanto, estou me apresentando.

A sra. Bonacieux não respondeu, mas seu coração bateu de alegria e uma leve esperança brilhou em seus olhos.

— Que garantia o senhor me dá caso eu consinta em lhe confiar essa missão?

— Meu amor pela senhora.

A sra. Bonacieux encarou o jovem. Ele tinha tal ardor no olhar que ela se sentiu inclinada a confiar nele. Contou-lhe então o terrível segredo, do qual parte já lhe tinha sido revelada pelo acaso. Foi uma declaração de amor mútua.

D'Artagnan estava radiante de orgulho e alegria. O segredo que conhecia, a mulher que ele amava, a confiança e o amor faziam dele um gigante.

— Partirei. Partirei imediatamente!

— Como partirá? E seu regimento? E seu capitão?

— Pela minha alma! A senhora me fez esquecer de tudo isso, querida Constance. Procurarei esta noite o sr. de Tréville, e lhe pedirei para obter por mim esse favor de seu cunhado, o sr. des Essarts.

— Isso não é tudo. Ainda há outra coisa. O senhor talvez não tenha dinheiro.

— Talvez é exagero — disse d'Artagnan, sorrindo.

— Então tome esta bolsa — disse a sra. Bonacieux, abrindo um armário e tirando a bolsa que, meia hora antes, seu marido havia alisado com tanto carinho.

— A bolsa do cardeal! — exclamou d'Artagnan, desatando a rir. — Por Deus! Será duplamente divertido salvar a rainha com o dinheiro de Sua Eminência!

— Silêncio — disse sra. Bonacieux, estremecendo. — Alguém está falando na rua!

— É a voz…

— De meu marido!

— A senhora tem razão. Temos de sair!

— Sair como? Se sairmos, ele nos verá.

— Então é preciso subir para minha casa.

— Vamos, confio no senhor, meu amigo.

Discretos como sombras, os dois se esgueiraram pelo caminho, subiram a escada sem qualquer ruído e entraram no quarto de d'Artagnan. Para maior segurança, este trancou a porta. Aproximaram-se da janela, e, por uma fenda na veneziana, viram Bonacieux conversando com um homem de capa. Ao notá-lo, d'Artagnan deu um salto, desembainhou a espada e encaminhou-se para a porta.

Era o homem de Meung.

— O que vai fazer? — indagou a sra. Bonacieux. — Estamos perdidos!

— Mas eu jurei matar esse homem!

— Em nome da rainha, proíbo-lhe que corra riscos alheios à viagem!

D'Artagnan se aproximou da janela e prestou atenção. O sr. Bonacieux abrira a porta, e vendo a casa vazia retornou até o homem de capa, que ficara sozinho por um instante.

— Ela não está — informou ele. — Deve ter voltado para o Louvre.

— O senhor tem certeza de que ela não desconfiou com que intenções o senhor saiu?

— Tenho — respondeu o sr. Bonacieux, vaidoso. — É uma mulher superficial.

— O cadete dos guardas está em casa?

— Creio que não. Como o senhor está vendo, a janela dele está fechada.

— Mesmo assim é preciso verificar. Suba!

O sr. Bonacieux subiu até o quarto de d'Artagnan e bateu à porta. No momento em que o dedo do homem encostou na madeira, os dois jovens sentiram o coração bater mais forte.

— Não há ninguém em casa — concluiu Bonacieux.

— Não importa, é melhor entrarmos. Estaremos mais seguros do que aqui.

— Ah, meu Deus! Não vamos ouvir mais nada! — murmurou a sra. Bonacieux.

— Pelo contrário, ouviremos até melhor! — assegurou-lhe d'Artagnan.

Ele tirou três ou quatro ladrilhos, colocou um tapete no chão, ajoelhou-se e fez sinal para que a sra. Bonacieux se inclinasse sobre a abertura, como ele.

— Tem certeza de que não há ninguém? — disse o homem da capa.

— Tenho — respondeu o sr. Bonacieux.

— E o senhor pensa que sua esposa…
— Voltou para o Louvre.
— Sem falar com ninguém, a não ser com o senhor?
— Estou certo disso.
— É um ponto muito importante, entende?
— Então a notícia que lhe trouxe tem muito valor?
— Muito, caro Bonacieux. Não lhe escondo isso.
— Então o cardeal vai ficar contente comigo?
— Traidor! — murmurou a sra. Bonacieux.
— Pouco importa — continuou o homem da capa. — O senhor foi um tolo por não fingir que aceitava a missão. Teria a carta agora. E o Estado que estão ameaçando estaria a salvo, e o senhor…
— E eu?
— O cardeal lhe daria títulos de nobreza.
— Ele lhe disse isso?
— Sim, eu sabia que ele queria lhe fazer uma surpresa.
— Fique tranquilo — falou o sr. Bonacieux. — Minha esposa me adora e ainda há tempo…
— Grande idiota! — murmurou a sra. Bonacieux.
— Voltarei ao Louvre — explicou ele —, pedirei que a chamem, digo-lhe que refleti melhor, volto ao assunto, obtenho a carta e vou correndo procurar o cardeal.
— Pois então vá logo! Daqui a pouco estarei de volta para saber o resultado de sua empreitada.
O homem de capa saiu.
— Que infame! — disse a sra. Bonacieux.
— Silêncio! — repreendeu d'Artagnan, apertando-lhe a mão.
Um grito terrível interrompeu as reflexões de d'Artagnan e da sra. Bonacieux. Era seu marido, que tinha dado pela falta da bolsa e gritava:
— Pega ladrão!
O sr. Bonacieux gritou durante muito tempo. Vendo que ninguém aparecia, saiu, ainda gritando.

— Agora que ele foi embora, é sua vez de partir — disse a sra. Bonacieux. — Coragem, mas sobretudo prudência, e pense que deve lealdade à rainha.

— A ela e à senhora! — exclamou d'Artagnan. — Fique tranquila, bela Constance, voltarei digno de seu agradecimento. Mas voltarei digno de seu amor?

A única resposta da jovem foi o rubor que tomou sua face. Alguns segundos depois, d'Artagnan também saiu, envolto numa ampla capa de cavaleiro, levantada pela bainha de uma longa espada.

XVIII
A viagem

D'Artagnan encaminhou-se diretamente para a casa do sr. de Tréville. Imaginava que dali a alguns minutos o cardeal seria avisado por aquele diabo desconhecido, e não havia um minuto a perder.

O sr. de Tréville estava no seu salão, rodeado por sua corte habitual de cavalheiros. D'Artagnan foi direto a seu gabinete, e pediu que o avisassem que precisava falar-lhe de um assunto muito importante.

— Você mandou me chamar, meu jovem amigo? — perguntou o sr. de Tréville.

— Sim, e o senhor me desculpará, espero, quando souber de que assunto importante se trata.

— Diga, então. Estou ouvindo.

— Trata-se nada menos do que da honra e talvez da vida da rainha. O acaso me fez conhecedor de um segredo.

— Que espero que o senhor guardará, meu rapaz, ao preço de sua vida.

— Mas devo contá-lo ao senhor, pois só o senhor pode me ajudar na missão que Sua Majestade me confiou.

— Guarde o seu segredo, e diga-me o que deseja.

— Desejo que o senhor me consiga de seu cunhado uma licença de 15 dias.

— E a partir de quando?

— De hoje à noite.

— Vai sair de Paris?

— Estou em missão.

— Pode me dizer aonde vai?

— A Londres.

— Alguém tem interesse em que você não chegue a seu destino?

— O cardeal, creio, daria tudo no mundo para me impedir de chegar.

— Vai sozinho?

— Vou.

— Tem dinheiro?

D'Artagnan fez soar as moedas na bolsa que levava.

— Trezentas pistolas.

— Está bem. Com isso, pode-se ir até o fim do mundo. Vá, então.

O jovem despediu-se do sr. de Tréville, que lhe estendeu a mão. D'Artagnan a apertou com um misto de respeito e reconhecimento. Desde que chegou a Paris, só tinha a agradecer a ajuda desse homem que sempre considerou importante, digno e leal.

Às duas da manhã, nosso aventureiro saiu de Paris pela barreira de Saint-Denis. Planchet ia atrás, armado até os dentes.

A uma légua de Beauvais, num lugar em que o caminho se estreitava entre dois taludes, encontraram oito ou dez homens que, aproveitando que ali a estrada não era calçada, fingiam trabalhar.

Quando nossos dois amigos apareceram, cada um desses homens recuou até a vala e pegou um mosquete ali escondido.

— É uma emboscada! — exclamou d'Artagnan. — Não troquemos tiros e vamos em frente, depressa!

Galoparam durante duas horas, embora os cavalos estivessem tão cansados que d'Artagnan receou que logo se recusassem a continuar. Chegaram a Amiens à meia-noite, e se dirigiram ao albergue Lis d'Or.

No dia seguinte, galopando sem parar, d'Artagnan e Planchet, de uma só tirada, chegaram a Saint-Omer. Puseram os cavalos para descansar, segurando as rédeas entre os braços, enquanto comiam alguma coisa, de pé, na rua. Depois seguiram viagem.

A cem passos da entrada de Calais, o cavalo de d'Artagnan caiu, e não houve modo de fazê-lo levantar. Sangue brotava pelo nariz e pelos olhos. Restava o de Planchet, que, no entanto, empacou e não houve modo de fazê-lo andar.

Largaram os cavalos na estrada e correram ao porto. Planchet mostrou a seu senhor um cavalheiro que chegava com seu lacaio, e que estava apenas cinquenta passos à frente. Aproximaram-se do cavalheiro, que parecia muito apressado. Suas botas estavam empoeiradas, e ele perguntou se não podia seguir imediatamente para a Inglaterra.

— Nada seria mais fácil — respondeu o dono de um barco prestes a partir —, mas esta manhã recebemos ordem de não deixar embarcar quem não tivesse uma permissão escrita do sr. cardeal.

— Eu tenho essa permissão — afirmou o cavalheiro, tirando um papel do bolso. — Aqui está.

— Leve-a ao chefe do porto para que a vise, e dê-me a preferência.

— Onde posso encontrá-lo?

— Em sua casa de campo, a um quarto de légua da cidade. Pode vê-la daqui, é aquele telhado de ardósia ao pé daquela pequena elevação.

— Muito bem — disse o fidalgo.

Acompanhado pelo criado, dirigiu-se à casa de campo do chefe do porto.

D'Artagnan e Planchet o seguiram.

Uma vez fora da cidade, d'Artagnan apertou o passo e alcançou-o.

— O senhor me parece muito apressado — comentou o jovem.

— É verdade, estou com muita pressa. Fiz sessenta léguas em 44 horas, e preciso chegar a Londres amanhã ao meio-dia.

— Fiz o mesmo caminho em quarenta horas e preciso chegar a Londres às dez da manhã.

— Que pena, senhor, mas cheguei primeiro e não serei o segundo a passar.

— Que pena, senhor, mas cheguei em segundo e serei o primeiro a passar.

— A serviço do rei! — disse o fidalgo.

— A serviço meu! — respondeu d'Artagnan.

— O que o senhor deseja?

— A ordem que o senhor possui, visto que não tenho nenhuma e preciso de uma.

— O senhor está brincando, presumo.

— Não, eu nunca brinco.

— Meu bravo jovem, vou arrebentar-lhe a cabeça. Lubin, minhas armas!

— Planchet! — chamou d'Artagnan. — Encarregue-se do criado, eu me encarrego do senhor!

Planchet atacou Lubin e, como era muito forte, derrubou-o de costas no chão e pôs o joelho em seu peito.

— Faça seu trabalho, senhor — disse Planchet. — Já fiz o meu.

Ao ouvir isso, o fidalgo desembainhou a espada para atacar d'Artagnan, mas o adversário era mais forte. Em três segundos, d'Artagnan deu-lhe três estocadas; na terceira, ele caiu como uma pedra.

D'Artagnan procurou no bolso em que o vira guardar a ordem de passagem e a pegou. Estava em nome do conde de Wardes.

Enquanto isso, Lubin gritava como um louco, pedindo socorro.

Planchet pôs-lhe a mão no pescoço e apertou.

— Espere! — disse d'Artagnan.

E, tirando o lenço, amordaçou-o.

— Vamos amarrá-lo numa árvore — propôs Planchet.

Fizeram tudo conscienciosamente, depois puseram o conde de Wardes perto de seu criado. Como a noite já caía, e o amarrado e o ferido estavam perto do bosque, era evidente que ali ficariam até o dia seguinte.

— Agora, à casa do chefe do porto! — ordenou d'Artagnan.

O jovem foi conduzido ao interior da casa e anunciado como conde de Wardes.

— O senhor tem uma ordem assinada pelo cardeal?

— Tenho, senhor. Aqui está.

— Muito bem! Está em ordem e bem recomendada! — disse o chefe. — Parece que Sua Eminência quer impedir que alguém chegue à Inglaterra.

— É, um certo sr. d'Artagnan.

— O senhor o conhece pessoalmente?

— Perfeitamente!

— Faça-me então sua descrição.

— Nada mais fácil!

E d'Artagnan deu, traço por traço, a descrição do conde de Wardes. Contente com essa informação, o chefe do porto visou o salvo-conduto e o entregou a d'Artagnan, que o saudou, agradeceu e partiu.

Lá fora, ele e Planchet correram até o porto. O navio estava prestes a zarpar, o dono já esperava no cais.

— Tudo bem? — perguntou ele ao ver d'Artagnan.

— Eis minha ordem de passagem visada.

— E o outro cavaleiro?

— Ele não pode partir hoje, mas fique tranquilo — disse d'Artagnan. — Pagarei as duas passagens.

— Nesse caso, partamos.

D'Artagnan e Planchet pularam no escaler. Cinco minutos depois, estavam no navio.

Já era tempo: no mar, a uma meia légua da costa, d'Artagnan viu brilhar uma luz e ouviu-se um estrondo. Era o tiro de canhão que anunciava o fechamento do porto.

D'Artagnan estava morto de cansaço. Puseram-lhe um colchão no tombadilho, ele se deitou e dormiu.

No dia seguinte, às dez horas, o navio aportava em Dover.

Mas isso não era tudo: era preciso chegar a Londres. Na Inglaterra, o correio era muito eficiente. D'Artagnan e Planchet pegaram um cavalo cada um, um carteiro cavalgava à frente, e em quatro horas chegaram à entrada da capital.

D'Artagnan não sabia uma palavra em inglês, mas escreveu o nome do duque de Buckingham num papel, e todos lhe indicaram o palácio.

Buckingham estava caçando em Windsor com o rei.

D'Artagnan dirigiu-se ao criado de quarto de confiança do duque, que falava francês, e lhe disse que chegara de Paris para um assunto de vida ou morte e precisava falar com o duque naquele mesmo instante.

Falava com tal confiança que convenceu Patrice — era este o nome do ministro do duque — a selar dois cavalos. Ele se encarregou de conduzir o jovem guarda.

Chegaram ao castelo, onde se informaram: o rei e Buckingham estavam caçando aves nos pântanos.

— Quem devo anunciar a milorde, o duque?

— O jovem que, certa noite, o desafiou na Pont-Neuf, em Paris.

Patrice esporeou seu cavalo, alcançou o duque e lhe anunciou, nos termos que relatamos, que um mensageiro o esperava.

Buckingham, desconfiando de que alguma coisa estava acontecendo na França, nem perdeu tempo em perguntar quem o esperava, galopou imediatamente ao encontro de d'Artagnan.

— Aconteceu alguma coisa com a rainha? — indagou Buckingham, cuja questão continha todo seu pensamento e seu amor.

— Acho que não, mas creio que ela corre um grande risco, do qual só Vossa Graça pode salvá-la.

— Eu? O quê? Ficarei muito feliz se puder servi-la de alguma forma! Fale, fale!

— Tome esta carta — disse d'Artagnan.

— Quem a mandou?

— Penso que foi Sua Majestade.

— Sua Majestade! — exclamou Buckingham, empalidecendo tanto que d'Artagnan pensou que estivesse se sentindo mal.

O duque partiu o lacre.

— Deus do céu! O que li! — exclamou ele. — Patrice, fique aqui, ou melhor, procure o rei onde ele estiver e suplique-lhe bem humildemente que me desculpe, mas um assunto da maior importância me chama a Londres. Venha, senhor, venha.

E ambos retornaram a galope, a caminho da capital.

XIX
A condessa de Winter

Ao longo do caminho, o duque tomou conhecimento por d'Artagnan de tudo o que este sabia. Juntando o que ouvia a suas lembranças, pôde ter uma ideia bastante exata da situação, de cuja gravidade, aliás, a carta da rainha, embora curta e tão pouco explícita, dava a justa medida.

Chegando ao pátio de seu palácio, apeou e, sem nem ao menos se preocupar com o que lhe aconteceria, jogou a rédea sobre o pescoço do cavalo, encaminhando-se para a escadaria.

Andava tão depressa que d'Artagnan mal conseguia segui-lo. Atravessou vários salões, de uma elegância que os fidalgos franceses nem sequer poderiam imaginar, e por fim adentrou um quarto de dormir, misto de bom gosto e riqueza. Na alcova desse quarto, escondida pela tapeçaria, havia uma porta que o duque abriu com uma chavinha de ouro que trazia pendurada ao pescoço, presa a uma corrente do mesmo metal.

— Venha — ordenou a d'Artagnan —, e se tiver a felicidade de ser admitido em presença da rainha, diga-lhe o que viu.

Encorajado pelo convite, d'Artagnan seguiu o duque, que fechou a porta ao passarem. Encontravam-se em uma pequena capela forrada de seda da Pérsia e brocado dourado, iluminada feericamente por um grande número de velas. Acima de uma espécie de altar, sob um dossel de veludo azul, encimado por plumas brancas e vermelhas, havia um retrato em tamanho natural de Ana d'Áustria, tão parecido com ela que d'Artagnan deu um grito de surpresa: parecia que a rainha estava prestes a falar. Ainda sobre o altar, mas abaixo do retrato, estava o cofre que encerrava as agulhetas de diamante.

O duque se aproximou do altar e se ajoelhou, como faria um padre diante de Cristo. Em seguida, abriu o pequeno cofre.

— Tome — disse, tirando do cofre uma longa fita azul reluzindo com os diamantes. — Pegue e leve essas preciosas agulhetas com as quais jurei que seria enterrado. A rainha as deu, a rainha as retoma. Que sua vontade, como a de Deus, seja feita acima de todas as coisas.

Depois beijou uma a uma as agulhetas de que iria se separar. De repente, deu um grito terrível.

— O que foi? — perguntou preocupado d'Artagnan

— Está tudo perdido! — exclamou Buckingham. — Faltam duas agulhetas, aqui só há dez. Foram roubadas! Isso é obra do cardeal. Veja, as fitas que as prendiam foram cortadas com uma tesoura.

— Se milorde pudesse identificar quem cometeu o roubo...

— Espere! Espere! A única vez que usei essas agulhetas foi no baile do rei. A condessa de Winter se aproximou de mim. Essa mulher é uma agente do cardeal.

— Então ele tem agentes no mundo inteiro! — exclamou d'Artagnan.

— É verdade — respondeu Buckingham. — É um grande adversário. Quando será esse baile?

— Na próxima segunda-feira.

— Na próxima segunda-feira! Ainda faltam cinco dias! Patrice! — chamou, abrindo a porta da capela.

— Patrice! Meu joalheiro e meu secretário!

O criado saiu com uma rapidez que demonstrava o hábito de obedecer cegamente e sem responder.

O secretário foi o primeiro a chegar. Encontrou Buckingham escrevendo algumas ordens de próprio punho.

— Sr. Jackson — começou o duque —, vá ver o lorde chanceler e diga-lhe que eu o encarrego da execução dessas ordens. Quero que sejam promulgadas imediatamente.

— Mas, meu senhor, se o lorde chanceler me perguntar os motivos que levaram Vossa Graça a tomar medidas tão extraordinárias, o que devo responder?

— Que este é o meu desejo.

— Será essa a resposta que ele deverá dar caso Sua Majestade queira saber por que nenhum navio deve sair dos portos da Grã-Bretanha?

— Nesse caso, ele diria que decidi declarar guerra, e essa medida é meu primeiro ato de hostilidade contra a França

O secretário curvou-se e saiu.

— Estamos resolvidos nesse aspecto — disse Buckingham. — Se as agulhetas ainda não partiram para a França, só chegarão lá depois de nós.

— Como assim?

— Proibi a saída de qualquer navio que nesse momento esteja nos portos de Sua Majestade.

D'Artagnan observou estupefato aquele homem, que colocava o poder ilimitado que detinha a serviço de seus amores, e se admirou ao ver os fios frágeis e desconhecidos que às vezes sustentam o destino do povo e a vida dos homens.

Chegou o joalheiro: era um irlandês, muito hábil em sua arte, e que confessava ganhar cem mil escudos por ano com o duque de Buckingham.

— Sr. O'Reilly — disse o duque —, veja essas agulhetas e diga-me quanto vale cada uma.

— Mil e quinhentas pistolas, milorde — respondeu o joalheiro.

— Quanto tempo o senhor levaria para fazer duas agulhetas como estas? Estão faltando duas.

— Oito dias, milorde.

— Pagarei três mil pistolas por cada uma, mas preciso delas para depois de amanhã.

— Milorde as terá.

— O senhor é um homem precioso, sr. O'Reilly, mas isso não é tudo: estas agulhetas não podem ser confiadas a ninguém, é preciso que sejam feitas neste palácio.

— Impossível, milorde. Somente eu sou capaz de forjá-las, para que não se note a diferença entre as novas e as antigas.

— Então, meu caro sr. O'Reilly, o senhor é meu prisioneiro. Decida-se. Diga-me de que auxiliares necessita e que ferramentas deverão trazer.

O joalheiro conhecia o duque, sabia que qualquer observação seria inútil, e se decidiu no mesmo instante. Buckingham conduziu o joalheiro ao aposento que lhe havia destinado e que, em meia hora, se transformou numa oficina.

Dois dias depois, às onze horas, as duas agulhetas estavam prontas, réplicas tão bem-feitas, tão incrivelmente iguais, que Buckingham não era capaz de reconhecer quais eram as novas. Qualquer um, por mais experiente que fosse nesse assunto, teria se enganado como ele.

O duque mandou imediatamente chamar d'Artagnan.

— Tome, aqui estão as agulhetas que veio buscar. Seja testemunha de que fiz tudo que fosse humanamente possível.

— Tranquilize-se, milorde. Direi tudo o que vi.

— E agora, como posso agradecer?

— Não se esqueça, milorde, estou a serviço do rei e da rainha da França. Fiz tudo pela rainha, e nada pelo senhor.

— Vá ao porto, procure o brigue *Sund* e dê esta carta ao capitão. Ele o conduzirá a um pequeno porto onde certamente não o esperam. Ao chegar lá, entre numa pobre estalagem: não há engano possível, só há uma. Chame o estalajadeiro e diga *Forward*.

— E o que isso quer dizer?

— Para a frente. É uma senha. Ele lhe dará um cavalo já arreado e lhe mostrará o caminho a seguir; encontrará mais quatro estalagens no caminho.

D'Artagnan despediu-se do duque e rumou rapidamente para o porto. Diante da Torre de Londres, encontrou o barco que procurava e entregou a carta ao capitão, que zarpou de imediato.

Cinquenta navios esperavam a partida. Passando ao lado de um deles, d'Artagnan pensou reconhecer a mulher de Meung, a mesma que o fidalgo desconhecido havia chamado de Milady, e que ele tinha achado lindíssima. Porém, graças à correnteza do rio e ao forte vento que soprava, o navio andava tão depressa que logo estava fora de alcance.

No dia seguinte, às nove da manhã, aportaram. D'Artagnan dirigiu-se à estalagem, procurou o estalajadeiro e pronunciou a palavra *Forward*. O homem fez sinal para que o seguisse e o levou à estrebaria, onde o esperava um cavalo já arreado.

A mesma cena se repetiu outras três vezes. Em Pontoise, d'Artagnan mudou pela última vez de montaria, e às nove horas entrava a todo galope no pátio do palácio do sr. de Tréville.

Percorrera cerca de sessenta léguas em 12 horas.

O sr. de Tréville o recebeu como se o tivesse visto naquela manhã. Apenas apertou sua mão um pouco mais intensamente do que de costume, e anunciou que a companhia do sr. des Essarts estava de guarda no Louvre e que ele podia dirigir-se a seu posto.

XX
O balé de Merlaison

No dia seguinte, em Paris só se falava da festa que os senhores vereadores ofereceriam ao rei e à rainha, e na qual Suas Majestades deviam dançar o famoso balé de Merlaison, o favorito do rei.

Às seis horas da tarde os convidados começaram a chegar. À medida que entravam, eram instalados no grande salão.

Às nove horas, chegou a sra. Primeira-Presidente. Como era, depois da rainha, a pessoa mais importante de festa, foi recebida pelos dignatários da cidade e encaminhada para o seu camarote, que ficava em frente ao da rainha.

Às dez horas, preparou-se a mesa de doces para o rei, diante do bufê de prata da cidade, guardado por quatro arqueiros. À meia-noite, ouviram-se gritos e aclamações: era o rei que caminhava pelas ruas que o conduziam do Louvre ao Hôtel de Ville, todas iluminadas com lanternas coloridas.

Logo em seguida, os senhores vereadores, em seus trajes de gala e precedidos por seis sargentos, cada um levando um archote, foram ao encontro do rei. Todos repararam que Sua Majestade parecia triste e preocupado.

Meia hora depois da entrada do rei, novas aclamações anunciaram a chegada da rainha. Os vereadores repetiram tudo o que haviam feito, indo ao encontro de sua ilustre convidada. Quando entrou no salão, todos repararam que, como o rei, ela também parecia triste e, sobretudo, cansada.

No momento em que entrava, abriu-se a cortina de uma pequena tribuna, permitindo ver o rosto pálido do cardeal, vestido de cavalheiro espanhol. Seus olhos se fixaram nos da rainha, e um terrível sorriso apareceu em seus lábios: ela não estava usando as agulhetas de diamantes.

De repente, o rei e o cardeal apareceram numa das portas do salão. O cardeal lhe falava em voz baixa e o rei estava muito pálido. Atravessou a multidão, aproximou-se da rainha e disse-lhe com voz alterada:

— Senhora, diga-me, por favor, por que não colocou as agulhetas de diamante quando sabia que eu gostaria de vê-las.

A rainha olhou à sua volta, e então viu, atrás do rei, o cardeal sorrindo de modo diabólico.

— Sire — disse ela —, posso mandar buscá-las no Louvre, onde se encontram, e assim os desejos de Vossa Majestade serão satisfeitos.

— Faça isso, senhora, mas faça o mais rápido possível: o balé vai começar daqui a uma hora.

A rainha o saudou com um gesto de submissão e seguiu as damas que deviam conduzi-la a seu gabinete. O rei, por sua vez, seguiu para o seu.

Houve um momento de tumulto e confusão no salão. Todos perceberam que algo acontecera entre o rei e a rainha, mas não sabiam o quê. Não ouviram nada. Os violinos tocavam bem alto, mas também não eram ouvidos.

O rei foi o primeiro a sair de seu gabinete. Estava com um de seus mais elegantes trajes de caça: esse era o que lhe caía melhor, e vestido desse modo parecia de fato o primeiro fidalgo de seu reino.

O cardeal se aproximou e lhe entregou uma caixa. Ao abri-la, o rei encontrou duas agulhetas de diamante.

— O que isso quer dizer? — perguntou ao cardeal.

— Nada — respondeu ele. — Se a rainha tem mesmo as agulhetas de diamante, o que eu duvido, conte-as, e se encontrar apenas dez, pergunte a Sua Majestade quem lhe roubou essas duas agulhetas.

O rei encarou o cardeal como se quisesse interrogá-lo, porém não teve tempo de fazer perguntas: um grito de admiração ecoou de todas as bocas. Se o rei parecia o primeiro fidalgo de seu reino, a rainha decerto era a mais bela mulher da França.

É verdade que o traje de caçadora lhe caía como uma luva: ela usava um chapéu de feltro com plumas azuis, um casaco de veludo cinza-pérola fechado com colchetes de diamante, e uma saia de cetim azul toda bordada de prata. Em seu ombro esquerdo cintilavam as agulhetas, sustentadas por um laço da mesma cor que as plumas e a saia.

O rei estremeceu de alegria; já o cardeal, de ira. Entretanto, como estavam ambos muito distantes, não podiam contar as agulhetas. A rainha as exibia, mas seriam elas dez ou 12?

Nesse momento, os violinos deram o sinal do balé. O rei se adiantou, todos se puseram em seus lugares, e o balé começou. O rei estava diante da rainha, e cada vez que passava perto dela devorava com os olhos as agulhetas, cujo número não conseguia descobrir. O suor frio cobria a testa do cardeal.

O balé durou uma hora: tinha 16 entradas.

Terminou sob os aplausos da multidão. Cada um reconduziu a dama a seu lugar e o rei aproveitou o privilégio de se mover de onde se encontrava para dirigir-se rapidamente à rainha.

— Agradeço-lhe, senhora, pela deferência que mostrou para com meus desejos, mas creio lhe faltarem duas agulhetas, que lhe trago aqui.

Com essas palavras, entregou à rainha as duas agulhetas dadas pelo cardeal.

— Como, Sire? — indagou a jovem soberana, fingindo-se surpresa. — Dá-me ainda duas outras? Ficarei então não com 12, mas com 14?

O rei, claro, contou as agulhetas: havia 12 delas no ombro de Sua Majestade.

O rei chamou o cardeal.

— Muito bem! O que significa isso, sr. cardeal? — perguntou em tom severo.

— Significa, Sire — respondeu o cardeal —, que eu desejava presentear Sua Majestade com essas duas agulhetas, e não ousando oferecê-las eu mesmo, adotei esse subterfúgio.

— Estou ainda mais agradecida a Vossa Eminência — respondeu Ana d'Áustria, com um sorriso que provava não acreditar naquela engenhosa galanteria —, pois estou certa de que essas duas agulhetas lhe custaram tão caro quanto as 12 custaram a Sua Majestade.

Em seguida, saudando o rei e o cardeal, a rainha tomou o caminho do cômodo onde tinha se vestido e onde devia se despir.

A atenção que tivemos de dar aos personagens ilustres nos afastou um instante daquele a quem Ana d'Áustria devia o triunfo que acabava de obter contra o cardeal e que, abatido, ignorado, perdido na multidão amontoada numa das portas, observava essa cena, compreendida apenas por quatro pessoas: o rei, a rainha, o cardeal e ele.

A rainha seguiu para seus aposentos. D'Artagnan preparava--se para se retirar quando sentiu que o tocavam levemente no ombro. Virou-se e viu uma jovem que fazia sinal para que ele a acompanhasse. Estava com o rosto coberto por uma máscara de veludo negro, mas ele reconheceu no mesmo instante o guia costumeiro, a graciosa e espirituosa sra. Bonacieux.

Depois de um ou dois minutos de voltas e mais voltas, a sra. Bonacieux abriu uma porta e conduziu o rapaz a um gabinete totalmente às escuras. Fez-lhe outro sinal de silêncio e abrindo uma segunda porta, escondida por uma tapeçaria, desapareceu.

D'Artagnan permaneceu no escuro e esperou. Enfim, uma mão e um braço adoráveis pela forma e pela brancura passaram pela tapeçaria. Ele compreendeu que era sua recompensa; ajoelhou-se, pegou a mão e a beijou respeitosamente. Em seguida, essa mão se retirou, colocando na dele um objeto que d'Artagnan reconheceu ser um anel. A tapeçaria logo se fechou e o jovem se viu novamente na mais completa escuridão.

Ele pôs o anel no dedo e esperou. Estava claro que tudo aquilo ainda não terminara. De fato, a porta se abriu e a sra. Bonacieux adiantou-se.

— Silêncio! — disse ela. — Silêncio! Vá embora por onde veio!

— Mas onde e quando poderei revê-la? — indagou d'Artagnan.

— Um bilhete que encontrará ao voltar para casa lhe dirá. Agora vá!

Ela empurrou d'Artagnan para fora do gabinete. Ele obedeceu sem resistência e sem objeção, o que provava que estava realmente apaixonado.

XXI
O encontro

D'Artagnan voltou correndo para casa. Planchet veio abrir-lhe a porta.

— Alguém trouxe uma carta para mim? — foi logo perguntando.

— Ninguém trouxe carta alguma, mas há uma que chegou por conta própria: encontrei-a no feltro verde da mesa de seu quarto.

D'Artagnan seguiu para o quarto e abriu a carta. Era da sra. Bonacieux e estava escrita nestes termos:

> "Temos os mais sinceros agradecimentos a fazer e transmitir ao senhor. Esteja esta noite, pelas dez horas, em Saint-Cloud, perto do pavilhão adossado à casa do sr. d'Estrées.
>
> C.B."

D'Artagnan leu e releu o bilhete, beijou dezenas de vezes essas linhas traçadas pela mão de sua linda amante. Enfim se deitou, adormeceu, e teve sonhos dourados.

Às sete horas da manhã levantou-se e chamou Planchet.

— Planchet — disse ele —, vou passar o dia fora, porém, às sete da noite, esteja pronto com dois cavalos. Pegue um mosquete e duas garruchas. Conto com você. — E fazendo um último gesto de recomendação, saiu.

O sr. Bonacieux estava na porta de sua casa.

— Por onde o senhor tem andado esses dias todos? — perguntou o sr. Bonacieux em um tom de perfeita camaradagem. — Um rapaz bonito como o senhor não obtém longas folgas de sua amada, e estava sendo esperado ansiosamente em Paris, não é?

— Meu Deus! — respondeu, rindo, d'Artagnan. — Estou vendo que não se pode esconder nada do senhor, caro sr. Bonacieux. É verdade, estava sendo esperado.

Um pensamento nublou a mente e a expressão do sr. Bonacieux, mas foi algo tão breve que d'Artagnan nem percebeu.

— E vamos ser recompensados por nossa diligência — continuou o comerciante. — Falo somente para saber se vamos voltar tarde.

— Por que pergunta? Será que pretende me esperar?

— Não, é que depois de minha prisão e do roubo em minha casa, me apavoro cada vez que ouço abrir uma porta, sobretudo à noite.

— Tudo bem! Não se apavore se eu voltar a uma hora, às duas, ou se nem voltar para casa.

Desta vez o sr. Bonacieux ficou tão pálido que d'Artagnan não pôde deixar de perceber, e perguntou o que ele tinha.

— Nada — respondeu Bonacieux. — Desde meus infortúnios, estou sujeito a essas fraquezas, e acabei de sentir um calafrio. Não ligue para isso, o senhor tem que se preocupar apenas em ser feliz.

— Talvez a sra. Bonacieux venha esta noite visitar o domicílio conjugal.

— A sra. Bonacieux não está livre esta noite. O serviço a reteve no Louvre.

— Que pena para o senhor, meu caro estalajadeiro. Quando estou feliz gosto que todo mundo também esteja, mas parece que não é possível.

O jovem então se afastou, rindo da brincadeira que pensava que só ele podia entender.

— Divirta-se — respondeu o sr. Bonacieux com ar sepulcral.

D'Artagnan dirigiu-se à casa do sr. de Tréville, que estava muito contente: o rei e a rainha haviam agido de modo encantador com ele durante o baile.

— Agora ficou evidente que sua volta foi decisiva para o triunfo da rainha e a humilhação do cardeal — disse o sr. de Tréville. — Trata-se, porém, de ter muito cuidado.

— O que tenho a temer? — perguntou d'Artagnan.

— Tudo. Acredite. O cardeal não é homem de esquecer uma mistificação enquanto não tiver acertado suas contas com o mistificador, e este me parece ser certo gascão conhecido meu.

— O senhor acredita que o cardeal saiba, como o senhor, que fui eu que precisei ir a Londres?

— Diabos! Foi de Londres que trouxe esse anel que brilha em seu dedo?

— Esse diamante não vem de um inimigo, senhor. Vem da rainha.

— E através de quem a rainha lhe fez chegar esse presente?

— De ninguém, senhor. Deu-me ela mesma.

— Como?

— Dando-me a mão a beijar.

— Ouça-me — advertiu o sr. de Tréville —, quer que lhe dê um conselho, um bom conselho, um conselho de amigo?

— Seria uma honra, senhor.

— Vá ao primeiro joalheiro que achar e venda esse diamante. As pistolas não têm nome, meu rapaz, e esse anel tem um terrível, que pode trair quem o usar.

— Vender este anel! Um anel que me foi dado por minha soberana! Nunca! — exclamou d'Artagnan.

— Então vire a pedra para dentro, pobre rapaz, pois todo mundo sabe que um cadete de Gasconha não encontra joias assim no cofre de sua mãe.

— O senhor acredita mesmo que eu tenho algo a temer?

— Quero dizer, rapaz, que alguém que dorme sobre um explosivo com o pavio aceso deve se considerar mais seguro que o senhor.

— Diabos! — respondeu d'Artagnan, que começava a se preocupar com o tom de certeza do sr. de Tréville. — O que devo fazer?

— Ficar sempre em guarda. Se for atravessar uma ponte, teste as tábuas; se passar diante de uma casa em construção, olhe para cima com medo que um tijolo lhe caia na cabeça; se voltar tarde, que seu criado o acompanhe, e se confia nele, que ele esteja armado. Desconfie de todos, de seu amigo, de seu irmão, de sua amante, sobretudo de sua amante.

— De minha amante — repetiu ele de modo automático. — E por que desconfiar mais dela do que de qualquer outra pessoa?

— A amante é um dos meios favoritos do cardeal.

D'Artagnan pensou no encontro proposto pela sra. Bonacieux para aquela mesma noite. Mas é preciso dizer, a favor de nosso herói, que a opinião negativa do sr. de Tréville sobre as mulheres em geral não lhe inspirou a menor desconfiança a respeito de sua formosa amante.

D'Artagnan despediu-se do sr. de Tréville, mais do que nunca emocionado pela sua solicitude paternal.

— Ah, senhor! — chamou Planchet ao vê-lo chegar. — Como estou contente em vê-lo!

— E por quê, Planchet?

— O senhor confia no sr. Bonacieux?

— Eu? Nem um pouquinho. Mas por que me pergunta isso?

— Porque, enquanto o senhor conversava com ele, não perdi um movimento de sua fisionomia.

— E o que viu?

— Uma fisionomia de traidor, senhor.

XXII
O pavilhão

D'Artagnan passou na casa de Athos, na de Porthos e em seguida na de Aramis. Não encontrou ninguém. Até os criados estavam fora.

Às sete horas, encontrou Planchet com as armas. D'Artagnan tinha sua espada. Pegou duas garruchas e cada um montou num cavalo, partindo sem fazer barulho. Planchet ia atrás de seu senhor, a dez passos de distância.

D'Artagnan atravessou o rio e seguiu o caminho para Saint--Cloud, muito mais bonito na época do que hoje em dia. Enquanto estavam na cidade, Planchet manteve a distância que tinha se imposto, mas logo que o caminho começou a ficar mais deserto e escuro, foi se aproximando discretamente.

— Vamos cavalgar a noite toda, senhor?

— Não, Planchet. Você já chegou.

— Já cheguei? E o senhor?

— Ainda vou um pouco mais longe. Se estiver com frio, entre numa dessas estalagens ali adiante e me espere até amanhã de manhã, às seis horas.

D'Artagnan apeou do cavalo, entregou as rédeas a Planchet e se afastou rapidamente, abrigando-se em sua capa.

Vendo-se sozinho, Planchet foi depressa bater na porta de uma casa com toda a aparência de uma estalagem de periferia.

Entretanto, d'Artagnan continuou seu caminho e chegou a Saint-Cloud, onde rodeou o castelo, pegou uma ruela afastada e logo encontrou o pavilhão indicado. O lugar estava completamente deserto. Um grande muro, ao qual se encostava o pavilhão, fechava de um lado a ruela; do outro lado, uma cerca viva escondia dos passantes um jardinzinho, ao fundo do qual havia uma modesta cabana.

D'Artagnan chegara ao lugar do encontro, mas como não lhe tinham dito como anunciar sua presença, resolveu esperar.

Não se ouvia o menor ruído. D'Artagnan se encostou na cerca depois de dar uma olhada a sua volta. O sino de Saint-Cloud soou dez e meia. D'Artagnan sentiu um calafrio percorrer-lhe o corpo. Seus olhos fitavam o pequeno pavilhão, cujas janelas estavam todas fechadas, exceto uma, no primeiro andar, através da qual brilhava uma luz suave.

Ocorreu-lhe que talvez tivesse lido mal o bilhete e que o encontro fosse apenas às onze horas. Aproximou-se da janela, e aproveitando a luminosidade tirou a carta do bolso, e releu. Não tinha se enganado: o encontro era mesmo às dez.

Voltou para seu posto, já um pouco preocupado com aquele silêncio e aquela solidão.

Soaram onze horas.

D'Artagnan começou realmente a temer que algo muito grave tivesse acontecido à sra. Bonacieux. Aproximou-se do muro e tentou escalá-lo: mas o muro tinha sido chapiscado recentemente, então ele não conseguiu. Olhou as árvores: uma delas se inclinava sobre a ruela, e d'Artagnan pensou que, do meio dos galhos, poderia ver o que se passava no pavilhão.

Subir na árvore foi fácil. Em um minuto d'Artagnan estava no meio dos galhos. Através das vidraças, seus olhos perscrutaram o interior do pavilhão.

Algo estranho, que arrepiou d'Artagnan da sola dos pés ao último fio de cabelo: a luz suave iluminava uma cena de desordem terrível. Uma das vidraças da janela estava quebrada, a porta do aposento fora arrombada, uma mesa sobre a qual devia haver uma deliciosa ceia estava caída no chão; frascos quebrados e frutas esmagadas cobriam o assoalho. Tudo naquele cômodo revelava uma luta violenta e desesperada.

D'Artagnan apressou-se em descer da árvore com o coração acelerado. Tudo aquilo era prova de que uma grande desgraça acontecera. Lembrou-se então do casebre aparentemente mudo e cego, mas que sem dúvida tinha visto e ouvido alguma coisa, e talvez pudesse falar. O portão estava fechado, mas d'Artagnan pulou por cima e aproximou-se do casebre, apesar dos latidos de um cachorro preso numa corrente.

À primeira batida, ninguém respondeu. Enfim, uma velha veneziana se abriu, e a cabeça de um velhinho apareceu.

D'Artagnan contou-lhe ingenuamente sua história, omitindo os nomes. Disse-lhe ter marcado um encontro com uma jovem diante do pavilhão e, como não a encontrara, tinha subido na árvore e visto toda a desordem do lugar.

— Senhor, não me pergunte nada. Se eu lhe dissesse o que vi, certamente não me aconteceria nada de bom — confessou o velhinho.

— Então o senhor viu alguma coisa? — insistiu d'Artagnan. — Pelo amor de Deus, fale! Diga o que viu e lhe dou minha palavra de cavalheiro que nenhuma de suas declarações sairá de meu coração.

O velho viu tanta sinceridade e tanta dor no rosto de d'Artagnan que lhe disse em voz baixa:

— Eram mais ou menos nove horas quando ouvi um barulho na rua. Fui abrir a porta e vi três homens a alguns passos de distância. Nas sombras, havia uma carruagem. "Ah, meus bons senhores", exclamei. "O que desejam?"

"'Você deve ter uma escada', disse um deles, que parecia ser o chefe do grupo.

"'Tenho a que uso para colher minhas frutas.'

"'Traga-a e volte para dentro. Tome um escudo pelo incômodo que estamos lhe causando. Lembre-se apenas de que se disser uma só palavra do que vai ver, estará perdido.'

"Ao dizer isso, jogou-me um escudo, que apanhei, e pegou minha escada. Fingi que entrava em casa, mas deslizando no escuro escondi-me num maciço de sabugueiro de onde poderia assistir a tudo sem ser visto. Os três homens avançaram com a carruagem sem nenhum ruído, e dela retiraram um homenzinho baixo, gordo e grisalho, que subiu na escada com cuidado, olhou dissimuladamente para o interior do quarto, desceu com cautela e murmurou em voz baixa: 'É ela!'

"Imediatamente aquele que tinha falado comigo dirigiu-se à porta do pavilhão, abriu-a com uma chave que trazia, fechou a porta e desapareceu. Ao mesmo tempo, os outros dois subiram pela escada. O homenzinho continuava perto da porta, o cocheiro mantinha os cavalos em silêncio.

"De repente, gritos altos ecoaram no pavilhão. Uma mulher chegou à janela, e abriu-a como se fosse saltar, mas quando viu os homens, recuou. Os dois se lançaram sobre ela. Então não vi mais nada, porém ouvi o barulho de móveis se quebrando. A moça gritava e pedia socorro. Logo os gritos foram abafados. Os três homens se aproximaram da janela com a mulher nos braços; descendo pela escada, dois deles a puseram na carruagem, o homenzinho entrou atrás dela. O que ficou no pavilhão fechou a vidraça e saiu pela porta um minuto depois. Seus dois companheiros já o esperavam a cavalo. Ele também montou. A partir desse momento não vi mais nada."

D'Artagnan, arrasado por aquela notícia tão terrível, permaneceu mudo e imóvel, enquanto todos os demônios do ódio e do ciúme gritavam em seu coração.

— Mas não se desespere, meu caro fidalgo. Eles não a mataram, é isso que importa.

— O senhor sabe identificar quem era o homem que comandou essa infame expedição?

— Um alto, magro, moreno, bigodes negros, olhos negros, parecia um fidalgo.

— É ele, ele mais uma vez! — exclamou d'Artagnan. — E o outro, o mais velho?

— Esse certamente não era um fidalgo, posso garantir.

— Um criado, talvez — murmurou d'Artagnan. — Ah! Pobre mulher, pobre mulher! O que lhe fizeram?

— O senhor me prometeu segredo — lembrou o velhinho.

— E renovo minha promessa. Um cavalheiro só tem uma palavra, e eu lhe dei a minha.

D'Artagnan continuou seu caminho, desolado. Estava desesperado. Bateu sucessivamente em todos as estalagens onde viu alguma luz. Em nenhuma delas encontrou Planchet. Na sexta, começou a refletir que a procura era um tanto precipitada. Só combinara de encontrá-lo às seis da manhã e até lá o criado tinha o direito de ir aonde quisesse.

Então parou na sexta estalagem, pediu uma garrafa de vinho da melhor qualidade, encostou-se no cantinho mais escuro e decidiu esperar o nascer do sol.

Lá pelas seis horas se levantou, pagou o vinho e saiu para ver se não teria mais sorte em encontrar Planchet de manhã do que à noite.

De fato, a primeira coisa que viu em meio ao nevoeiro úmido foi o honesto Planchet, que o esperava com os dois cavalos na porta de uma estalagem de segunda, diante da qual d'Artagnan passara, mas sem notá-la.

XXIII
A esposa de Athos

Em vez de voltar diretamente para casa, d'Artagnan apeou na porta do sr. de Tréville. Estava decidido a lhe contar tudo o que se passara.

O sr. de Tréville ouviu o relato do jovem com uma gravidade que provava haver nessa aventura muito mais do que um romance.

— Hum... — disse ele. — Isso está me cheirando a alguma coisa de Sua Eminência.

— Mas... o que fazer? — perguntou d'Artagnan.

— Nada, absolutamente nada. Verei a rainha e lhe contarei os detalhes do desaparecimento dessa pobre mulher; detalhes que chamarão sua atenção e talvez eu tenha uma boa notícia para você. Deixe isso comigo.

D'Artagnan sabia que o sr. de Tréville fazia sempre mais do que havia prometido. Despediu-se, então, cheio de reconhecimento pelo passado e pelo futuro. Uma ideia súbita lhe ocorreu: o homenzinho baixo, gordo e grisalho era o próprio Bonacieux. O marido ordenara o sequestro da esposa!

D'Artagnan sentiu vontade de pular no pescoço do comerciante e estrangulá-lo, mas já explicamos que ele era um jovem muito prudente, então se conteve.

— Desculpe-me, sr. Bonacieux, se abuso do senhor desse jeito, mas estou morrendo de sede. Por favor, me dê um copo de água. Não se recusa isso a vizinhos.

Sem esperar a permissão de seu senhorio, d'Artagnan entrou sem cerimônia na casa e deu uma olhadela para a cama: estava arrumada, Bonacieux não havia se deitado. Então estava voltando para casa, devia ter acompanhado sua esposa até o lugar onde a tinham levado, ou apenas até a primeira parada para a troca de cavalos.

— Obrigado, mestre Bonacieux — disse d'Artagnan esvaziando seu copo. — Já consegui tudo o que queria do senhor.

O jovem deixou o comerciante surpreso com essa estranha despedida.

No alto da escada, encontrou Planchet e lhe disse:

— Acho que você tem razão a respeito de nosso senhorio. Decerto é um canalha desprezível. Agora vamos à procura de nossos amigos, que devem estar preocupados conosco.

Planchet o seguiu e eles saíram.

O primeiro que encontraram foi Athos. Gostava de vinho na mesma medida em que era um grande senhor. Portanto, bebia. Vendo chegar d'Artagnan, pediu mais vinho, e do melhor.

— Muito bem — disse Athos, enchendo os dois copos. — O que lhe aconteceu, amigo? Está com uma cara sinistra.

— Pobre de mim! Sou o mais infeliz de todos nós!

— Você, infeliz! Vamos, conte-me isso.

— Mais tarde — disse d'Artagnan.

— Mais tarde! E por que mais tarde? É porque pensa que estou bêbado, d'Artagnan? Pois saiba que o vinho me deixa com as ideias mais claras. Fale, sou todo ouvidos.

D'Artagnan contou-lhe sua aventura com a sra. Bonacieux. Athos escutou tudo sem pestanejar, e quando ele acabou, disse:

— Que infelicidade tudo isso! Que infelicidade!

— Sempre diz "que infelicidade", querido Athos, o que não está de acordo com você, que nunca amou.

O olhar vidrado de Athos inflamou-se subitamente, mas foi só uma fagulha. Logo se tornou embaçado e vago como antes.

— É verdade — disse tranquilamente. — Nunca amei. Considero o amor uma loteria, cujo prêmio é a morte. Creia-

-me, o amigo foi muito feliz por ter perdido, querido d'Artagnan. Se tenho um conselho para lhe dar é este: perca sempre.

— Mas então, você que é filósofo — disse d'Artagnan — ensine-me, ajude-me, preciso saber e ser consolado.

— Consolado de quê?

— De minha infelicidade.

— Sua infelicidade me faz rir — retrucou Athos. — Estou curioso em saber o que você diria se eu lhe contasse uma história de amor.

— Aconteceu com você?

— Comigo ou com um de meus amigos, que importância tem isso?

— Conte, estou ouvindo

Athos parou um instante para refletir, e, à medida que refletia, d'Artagnan o via empalidecer. Estava no estágio de embriaguez em que bêbados vulgares caem e dormem; sonhava em voz alta. Esse sonambulismo da embriaguez tinha algo de assustador.

— Um de meus amigos, um de meus amigos, escute bem, não eu — disse Athos, interrompendo-se com um sorriso sombrio —, um de meus amigos, um dos condes de minha província, quer dizer, do Berry, nobre como um Montmorency, aos 25 anos apaixonou-se por uma moça de 16, bela como o próprio amor. Ela não o agradava, ela o enlouquecia. Morava num pequeno vilarejo com seu irmão, que era padre. Os dois tinham chegado à cidade vindos não se sabe de onde, mas vendo-a tão bela e o irmão tão piedoso, ninguém pensou em lhes perguntar nada. Além disso, dizia-se que eram de boa família. Meu amigo, que era o senhor da região, teria podido seduzi-la, tomá-la à força. Quem viria ajudar dois estrangeiros, dois desconhecidos? Infelizmente, ele era um homem de bem e a desposou. O tolo, o ingênuo, o imbecil!

— Mas por que tudo isso, já que ele a amava? — perguntou d'Artagnan.

— Espere — disse Athos. — Levou-a para seu castelo, fez dela a primeira dama da província, e é preciso fazer-lhe justiça, ela fazia jus à sua posição.

— E então? — perguntou d'Artagnan.

— Então, um dia em que tinha ido caçar com o marido, ela caiu do cavalo e desmaiou. O conde precipitou-se para socorrê-la, e como ela sufocava em suas vestes, rasgou-as com o punhal, descobrindo seu ombro. Adivinhe o que ela tinha no ombro, d'Artagnan! — provocou Athos, dando uma gargalhada. — Uma flor de lis! Estava marcada!

Athos esvaziou em um só trago o copo que tinha na mão.

— Que horror! — exclamou d'Artagnan. — O que está me dizendo?

— A verdade. O anjo era um demônio. A moça era uma ladra.

— E o que fez o conde?

— O conde era um grande senhor, tinha pleno direito de justiça sobre suas terras. Acabou de rasgar as roupas da condessa, atou-lhe as mãos atrás das costas e a enforcou numa árvore... Mas parece que meu vinho acabou.

Athos pegou a última garrafa que restava, segurou-a pelo gargalo e a virou de uma só vez na boca, esvaziando-a como teria feito com um copo.

Em seguida, deixou a cabeça mergulhar em suas mãos. D'Artagnan, aturdido, permaneceu de pé diante dele.

— Isso me curou das mulheres belas, poéticas e amorosas — disse Athos, levantando-se. — Deus o abençoe! Bebamos!

— Então ela morreu? — balbuciou d'Artagnan

— Claro! — disse Athos. — Dê-me seu copo.

— E seu irmão? — acrescentou timidamente d'Artagnan.

— Procurei-o para mandar enforcá-lo, mas ele tinha se adiantado e deixado a paróquia desde a véspera. Provavelmente era seu amante e seu cúmplice.

— Ó, meu Deus. Meu Deus! — exclamou d'Artagnan, atordoado com essa terrível aventura.

Não podia mais suportar essa conversa, que o deixaria louco. Pôs a cabeça entre as mãos e fingiu dormir.

— Os jovens não sabem beber — disse Athos, penalizado. — E olhe que esse ainda é dos melhores!

XXIV
Milady

D'Artagnan ficara atordoado com a terrível confidência de Athos e, no dia seguinte, passou na casa do amigo desejando chegar a uma conclusão. Porém, encontrou Athos muito calmo e senhor de si, como o mais sutil e imperturbável dos homens.

— Eu estava caindo de bêbado ontem, caro d'Artagnan. Aposto que falei mil tolices!

— Não, não disse nada de mais — respondeu d'Artagnan.

— Pensei que tinha lhe contado uma história das mais lastimáveis. Não pode deixar de saber, caro amigo, que há duas espécies de embriaguez: as alegres e as tristes; a minha é das mais tristes, é meu pecado capital, reconheço, mas, tirando isso, sou um bom bebedor.

Athos disse isso de modo tão natural que abalou as convicções de d'Artagnan.

A chegada de Aramis desviou a conversa.

— Comecei a escrever um poema em versos monossílabos. É uma tarefa difícil, mas o mérito está justamente em sua dificuldade. É um poema de amor. Lerei o primeiro canto para vocês. São quatrocentos versos e dura um minuto.

— Meu Deus, querido Aramis — disse d'Artagnan, que detestava tanto versos quanto o latim —, acrescente ao mérito da dificuldade o mérito da brevidade, e estará certo, pelo menos, que seu poema tem dois méritos.

— Como eu dizia — continuou Aramis —, ele exprime paixões honestas. Vocês verão. Ah, meus amigos, e se fôssemos rever esse bom Porthos?

Encontraram-no sentado diante de uma mesa onde, embora estivesse sozinho, o jantar fora posto para quatro pessoas. Esse jantar compunha-se de carnes preparadas de modo sofisticado, vinhos escolhidos a dedo e frutas magníficas.

— Por Deus! — disse Porthos, se levantando. — Vocês chegaram bem na hora! Estava tomando a sopa e vocês vão jantar comigo.

— Mas esse jantar não era só para você, querido Porthos? — perguntou Aramis.

— Não, estava esperando alguns cavalheiros que acabaram de mandar me avisar que não viriam. Vocês os substituirão e não perderei com a troca. Olá, Mousqueton! Cadeiras e dobre o vinho, por favor!

Os quatro amigos fizeram as honras do jantar, cujas sobras foram destinadas aos senhores Mousqueton, Bazin, Planchet e Grimaud.

Algum tempo depois, d'Artagnan viu Porthos dirigindo-se para a igreja de Saint-Leu, e instintivamente o seguiu. Porthos entrou no santuário depois de alisar o bigode e acertar a barbicha, o que sempre significava de sua parte as intenções mais conquistadoras. D'Artagnan continuou a segui-lo sem ser visto.

Acontecia um sermão, e a igreja estava cheia.

D'Artagnan notou uma bela senhora sentada perto do coro. Atrás dela, um negrinho que trouxera a almofada na qual estava ajoelhada, e uma criada segurando a bolsa brasonada que guardava o livro onde ela lia a missa.

D'Artagnan ficou muito impressionado com a dama da almofada, em quem reconheceu a dama de Meung e também a de Londres, que seu perseguidor, o homem da cicatriz, havia saudado com o nome de Milady.

Quando o sermão acabou, Milady dirigiu-se à pia de água benta, e d'Artagnan a seguiu sem que ela percebesse. Viu-a subir numa carruagem e ouviu-a ordenar ao cocheiro que se dirigisse para Saint-Germain.

Era inútil tentar seguir a pé uma carruagem atrelada a dois vigorosos cavalos. D'Artagnan então voltou para casa.

Encontrou Planchet na rua de Seine, parado diante de uma confeitaria. Deu-lhe ordem de selar dois cavalos na estrebaria do sr. de Tréville, um para ele, d'Artagnan, outro para o próprio Planchet.

E assim foi feito. D'Artagnan e Planchet montaram e tomaram o caminho para Saint-Germain.

D'Artagnan ia pensando, olhava para todos os lados, procurando algum vestígio da bela inglesa, quando, no andar térreo de uma linda casa, viu aparecer uma figura conhecida.

Planchet foi o primeiro a reconhecê-la.

— Ei, senhor — disse ele, dirigindo-se a d'Artagnan —, não reconheceu aquele cara de boca aberta, olhando para o nada? É o pobre Lubin, lacaio do conde de Wardes, aquele que o senhor ridicularizou mês passado em Calais.

— É mesmo — respondeu d'Artagnan. — Estou lembrando agora. Você acha que ele o reconheceu?

— Meu Deus, senhor, ele estava tão atrapalhado que duvido que tenha guardado de mim uma imagem muito nítida.

— Pois bem, vá conversar com ele e procure saber, na conversa, se seu patrão morreu.

Planchet apeou, foi direto a Lubin, que realmente não o reconheceu, e os dois criados começaram a conversar em total sintonia enquanto d'Artagnan empurrava os dois cavalos para uma ruela, e, rodeando uma casa, voltava para assistir à conversa por trás de uma cerca de avelaneiras. Após um minuto de observação, ouviu um barulho e viu passar diante dele a carruagem de Milady. Inclinou-se apoiando no pescoço do cavalo, para poder ver tudo sem ser visto.

A linda cabeça loura de Milady apareceu na portinhola, dando ordens à sua criada. Esta última, bonita moça de vinte anos, alerta e vivaz, pulou do estribo onde estava sentada, conforme o costume da época, e se dirigiu para a parte externa onde d'Artagnan vira Lubin. Porém, por acaso, uma ordem vinda do interior chamara Lubin, de sorte que Planchet estava sozinho, procurando por todos os lados por onde d'Artagnan havia desaparecido.

A moça se aproximou dele, tomando-o por Lubin, e deu-lhe um pequeno bilhete.

— Para seu senhor — disse ela. — E tenha pressa. Pegue logo.

Voltou correndo para a carruagem, que tinha dado a volta, dirigindo-se ao caminho por onde viera. Ela pulou para o estribo e a carruagem partiu.

Planchet desceu da varanda, entrou na ruela e encontrou d'Artagnan vinte passos adiante. D'Artagnan, que tinha visto tudo, foi a seu encontro.

— É para o senhor — disse Planchet, entregando-lhe o bilhete. — A criada disse: "Para seu senhor." Como não tenho outro senhor... Era bem bonitinha, aquela moça!

D'Artagnan abriu a carta e leu estas palavras:

— "Uma pessoa que se interessa pelo senhor mais do que pode dizer gostaria de saber quando poderia passear na floresta. Amanhã, um lacaio vestido de vermelho e preto vai ao hotel do Champ du Drap d'Or saber sua resposta."

— Ó! — falou d'Artagnan para si mesmo. — Parece que Milady e eu estamos preocupados com a mesma pessoa. Planchet! Como está passando nosso bom sr. de Wardes? Não morreu?

— Não, senhor, está tão bem quanto poderia estar após três golpes de espada, mas ainda muito fraco, pois perdeu quase todo o sangue.

— Muito bem, Planchet, você é o rei dos lacaios. Agora monte, e vamos alcançar a carruagem.

Não demorou muito. Ao cabo de cinco minutos avistaram a carruagem parada do outro lado da estrada. Um cavalheiro vestido de modo pomposo estava parado à porta.

A conversa entre Milady e o cavalheiro estava tão animada que d'Artagnan parou do outro lado sem que ninguém notasse sua presença. Falavam inglês, língua desconhecida para d'Artagnan, mas pelo tom da conversa o jovem julgou que a bela inglesa estava furiosa. O diálogo terminou com um gesto que não lhe deixou dúvidas: um golpe com o leque dado com tanta força que o pequeno adereço voou partindo-se em mil pedaços.

O cavalheiro deu uma gargalhada que pareceu exasperar Milady. D'Artagnan achou que era hora de intervir.

— Senhora — chamou ele —, permita-me oferecer-lhe meus serviços.

— Senhor — respondeu Milady —, seria de todo o coração que me poria sob sua proteção, se a pessoa que me incomoda não fosse meu irmão.

— Por que esse desmiolado tem que se meter? — gritou o cavalheiro que Milady designara como seu irmão. — Por que ele não continua seu caminho?

— Desmiolado é o senhor — rebateu d'Artagnan —, e não sigo meu caminho porque me apraz continuar aqui.

Poderíamos pensar que Milady interviria nesse início de provocação, porém, ela ordenou friamente ao cocheiro:

— Já para o palácio.

A bonita criada lançou um olhar preocupado a d'Artagnan, que parecia ter-lhe causado uma boa impressão.

A carruagem partiu, deixando os dois homens face a face. O cavalheiro fez um movimento para segui-la.

— Ei, senhor, está parecendo ainda mais desmiolado que eu — disse d'Artagnan —, pois se esqueceu de que começamos uma briguinha.

— O senhor está vendo muito bem que não tenho espada.

— Espero que tenha uma em casa — replicou d'Artagnan. — Escolha a mais longa e venha me mostrar hoje à noite.

— Onde, por favor?

— Atrás do Luxemburgo.

— Está bem, estarei lá.

— A que horas?

— Seis horas. Tenho três amigos que ficarão bem contentes de entrar nessa brincadeira.

— Três? Ótimo! Isso vem bem a calhar! — disse d'Artagnan. — Também tenho três.

— E então, quem é o senhor?

— Sou o sr. d'Artagnan, fidalgo gascão, servo da guarda real, companhia do sr. des Essarts. E o senhor?

— Eu sou lorde de Winter, barão de Sheffield.

— Sou seu servo, senhor barão.

D'Artagnan esporeou seu cavalo e, partindo a galope, retomou a direção de Paris.

Foi direto à casa de Athos, contou-lhe o que tinha acontecido, mas não mencionou a carta ao conde de Wardes.

Athos ficou encantado quando soube que iria lutar com um inglês. Mandaram logo os lacaios chamar Porthos e Aramis, para pô-los a par da situação.

XXV
Ingleses e franceses

Chegada a hora, dirigiram-se com os quatro lacaios a um terreno abandonado destinado às cabras, situado atrás do Luxemburgo. Athos deu uma moeda ao pastor das cabras para que se afastasse. Os quatro lacaios ficaram de sentinela. Logo um grupo silencioso se aproximou, adentrou o terreno e se uniu aos mosqueteiros.

— Senhores — disse Athos, dirigindo-se ao mesmo tempo aos mosqueteiros e a seus adversários —, estamos prontos?

— Sim! — responderam a uma só voz ingleses e franceses.

— Então, em guarda! — disse Athos.

Logo oito espadas brilharam sob os raios do sol poente, e o combate começou com um entusiasmo bem natural a homens duplamente inimigos.

Athos esgrimia com tanta calma e método que parecia estar numa sala de armas.

Porthos manejava a espada com muita elegância e prudência.

Aramis se movia como um homem muito apressado.

Athos foi o primeiro a matar seu adversário; tinha desferido um único golpe, mas lhe atingira o coração. Porthos, o segundo, e estendeu seu adversário na relva: tinha lhe atravessado a coxa.

Aramis empurrou o seu tão vigorosamente que, após ter dado uns cinquenta passos, ele acabou fugindo, sob as vaias dos lacaios.

Quanto a d'Artagnan, havia apenas se defendido, mas quando viu seu adversário cansado, deu-lhe um vigoroso empurrão que fez voar sua espada. Vendo-se desarmado, o barão recuou dois ou três passos, mas nesse movimento seu pé escorregou e ele caiu de costas.

D'Artagnan, com um salto, encostou a espada em sua garganta.

— Poderia matá-lo, senhor, mas dou-lhe a vida pelo amor de sua irmã.

D'Artagnan estava louco de alegria. Havia realizado o plano que tinha preparado.

Encantado por estar lidando com um fidalgo, o inglês o abraçou.

— E agora, meu jovem amigo, se quiser, posso apresentá-lo à minha irmã hoje mesmo, pois desejo que ela também o tenha em suas boas graças.

D'Artagnan corou de prazer e se inclinou em sinal de assentimento.

Lorde de Winter comprometeu-se a ir buscá-lo para a apresentação. D'Artagnan começou voltando para casa, a fim de se arrumar convenientemente para a ocasião. Lorde de Winter chegou na hora combinada.

Uma carruagem elegante esperava embaixo, e como estava atrelada a dois cavalos excelentes, chegaram em poucos minutos.

Milady, que morava na Place Royale, recebeu d'Artagnan muito gentilmente. Sua casa era luxuosíssima.

— A senhora está vendo — disse lorde de Winter ao apresentar d'Artagnan a Milady — um jovem fidalgo que teve minha vida em suas mãos e que não quis aproveitar essa vantagem, embora fôssemos duplamente inimigos, já que eu o insultei e sou inglês. Agradeça-lhe, senhora, se tem alguma amizade por mim.

Milady franziu brevemente as sobrancelhas, um rápido pensamento enevoou sua mente e sua face, mas um sorriso bastante estranho aflorou em seus lábios, uma tríplice nuance que o jovem percebeu, sentindo um calafrio.

— Seja bem-vindo, senhor — disse Milady, com uma voz cuja doçura contrariava os sintomas de mau humor que d'Artagnan acabara de notar. — O senhor adquiriu hoje direitos a meu eterno reconhecimento.

O inglês contou todo o combate sem omitir um detalhe sequer, e Milady escutou com a maior atenção. No entanto, via-se que esse relato não lhe agradava. Lorde de Winter nada percebeu. Quando acabou, aproximou-se de uma mesa onde estavam dispostos, sobre uma bandeja, uma garrafa de vinho espanhol e alguns copos. Encheu dois deles e convidou d'Artagnan a beber.

D'Artagnan aproximou-se da mesa e pegou o segundo copo. Entretanto, não perdia Milady de vista, e percebeu no espelho como sua expressão mudara.

Agora que pensava não estar sendo vista, deixou transparecer em sua fisionomia um sentimento que lembrava a ferocidade.

A bonita criada, em quem d'Artagnan já havia reparado, entrou na sala; disse algumas palavras em inglês a lorde de Winter, que pediu a d'Artagnan permissão para se retirar, desculpando-se por se tratar de assunto da maior urgência.

A conversa ficou animada. Milady contou que lorde de Winter era apenas seu cunhado, não seu irmão. Ela havia se casado com o mais jovem da família, que a deixara viúva com um filho. Seu filho era o único herdeiro de lorde de Winter, se ele não se casasse. Tudo isso deixava d'Artagnan entrever um véu que ocultava alguma coisa que ele ainda não conseguia distinguir.

Aliás, depois de meia hora de conversa, d'Artagnan estava convencido de que Milady era sua compatriota: falava um francês de tamanhas pureza e elegância que não deixava dúvidas a esse respeito.

D'Artagnan desdobrou-se em ditos galantes e em declarações de devoção. Era hora de se retirar. Despediu-se de Milady e saiu do salão sentindo-se o mais feliz dos homens.

Voltou no dia seguinte e foi ainda mais bem recebido que na véspera. Lorde de Winter não estava. Milady lhe perguntou se às vezes não lhe ocorria pôr-se a serviço do sr. cardeal. O jovem fez mil elogios a Sua Eminência. Milady mudou de assunto sem nenhuma afetação e perguntou a d'Artagnan, com o ar mais inocente do mundo, se ele nunca havia ido à Inglaterra. D'Artagnan lhe respondeu que fora enviado pelo sr. de Tréville, para tratar de uma entrega de cavalos.

Na mesma hora que na véspera, d'Artagnan se retirou. No corredor, encontrou a bela Ketty — era este o nome da criada. Ela o olhou com uma misteriosa expressão de bondade que não deixava dúvidas. D'Artagnan, porém, estava tão preocupado com a senhora que só dava atenção ao que vinha dela.

Ele voltou à casa de Milady no dia seguinte e no outro. E a cada vez era recebido mais gentilmente. Também a cada vez, fosse na antecâmara, no corredor ou na escadaria, encontrava a bela criada.

XXVI
Criada e patroa

Entretanto, apesar dos gritos de sua consciência, d'Artagnan estava ficando cada vez mais apaixonado por Milady. Certa noite em que chegava despreocupado, encontrou a criada junto à porta de entrada. Desta vez, no entanto, a bela Ketty tomou-lhe levemente a mão.

— Gostaria muito de lhe dizer duas palavras, senhor cavalheiro — balbuciou ela.

— Fale, minha jovem, estou escutando.

— Aqui é impossível. O que tenho a lhe dizer é um grande segredo.

Ketty, que até então não tinha largado a mão de d'Artagnan, levou-o para uma escadinha escura e curva, e depois de fazê-lo subir uns 15 degraus, abriu uma porta.

— Entre, senhor cavalheiro — pediu ela. — Aqui estaremos sozinhos e poderemos conversar.

— E que quarto é esse, linda jovem?

— É meu quarto, senhor. É interligado ao de minha senhora. Mas fique tranquilo, ela não poderá ouvir o que diremos, ela nunca se deita antes de meia-noite.

D'Artagnan lançou um rápido olhar à sua volta. Era um quartinho encantador, de bom gosto e limpo, mas, apesar disso, seus olhos se fixavam naquela porta que Ketty lhe dissera levar ao quarto de Milady.

Ketty adivinhou o que se passava na alma do rapaz e deu um suspiro.

— O senhor ama muito minha senhora — comentou.

— Muito! Mais do que posso colocar em palavras! Estou louco de amor!

— É uma pena! Minha senhora não gosta nem um pouquinho do senhor.

— Ela a encarregou de me dizer isso?

— Não, meu senhor! Fui eu mesma, por me interessar pelo senhor, que resolvi alertá-lo.

— Obrigada, minha boa Ketty, mas apenas pela intenção, pois a confidência, decerto há de convir, não é nada agradável. No entanto, até que me dê uma prova do que diz…

— O que o senhor diria dessa prova aqui?

Ketty tirou de seu peito um pequeno bilhete.

— Para mim? — perguntou d'Artagnan, apoderando-se rapidamente do papel.

— Não, para outro.

— O nome dele! O nome dele! — exigiu saber d'Artagnan.

— O conde de Wardes.

A lembrança da cena de Saint-Germain voltou rapidamente à memória do pretencioso gascão. Com um movimento rápido como o pensamento, ele rasgou o envelope e leu.

— "O senhor não respondeu ao meu primeiro bilhete. Está doente ou esqueceu os olhares que me dirigiu no baile do sr. de Guise? Chegou a ocasião, conde, não a deixe passar!"

D'Artagnan empalideceu. Seu amor-próprio fora ferido. Sentiu-se ferido em seu amor.

— Pobre e querido sr. d'Artagnan! — disse Ketty.

— Você sabe o que é o amor? — perguntou d'Artagnan, olhando-a pela primeira vez com um pouco mais de atenção.

— Infelizmente, sim!

— Pois então, em vez de me lastimar, poderia me ajudar a vingar-me de sua senhora.

— Que espécie de vingança seria essa?

— Gostaria de conquistá-la, de suplantar meu "rival".

— Jamais o ajudarei a fazer isso, senhor! — exclamou Ketty.

— E por que não?

— Por duas razões.

— Quais?

— A primeira é que minha senhora jamais o amará: o senhor feriu seu coração.

— Eu? Em que pude feri-la?

— Jamais revelarei isso a ninguém... a não ser ao homem que saberá ler em meu coração.

D'Artagnan observou Ketty pela segunda vez. A jovem era de um frescor e uma beleza que faria inveja a muitas duquesas.

— Ketty — disse ele —, lerei até o fundo de sua alma quando você quiser.

Ele lhe deu um beijo.

— Não! — exclamou Ketty. — O senhor não me ama!

— E isso a impede de me dizer a segunda razão?

— A segunda razão, senhor cavalheiro — retomou Ketty, encorajada pelo beijo —, é que, no amor, é cada um por si.

Então d'Artagnan se lembrou dos olhares lânguidos de Ketty, dos encontros na antecâmara, na escada, no corredor, das mãos se tocando, dos suspiros abafados; no entanto, totalmente imerso no desejo de agradar à grande dama, ele havia desdenhado a criada: quem caça a águia não se preocupa com o passarinho.

Mas, desta vez, nosso gascão viu o partido que podia tirar desse amor que Ketty acabara de lhe confessar de modo tão ingênuo: a interceptação das cartas endereçadas ao conde de Wardes, informantes no lugar e entrada a qualquer hora. Como podemos ver, o malvado já sacrificava a pobre moça em seu pensamento.

— Pois bem! Você quer, querida Ketty, que lhe dê uma prova desse amor de que duvida?

— De que amor? — perguntou a jovem.

— Desse que estou pronto a sentir por você.

— E qual é essa prova?

— Quer que esta noite eu passe com você o tempo que de costume passo com sua senhora?

— Ó! — Ketty suspirou. — De muito boa vontade!

— Pois bem, querida jovem — disse d'Artagnan, acomodando-se numa poltrona —, venha aqui para que lhe diga que você é a mais linda criada que já vi.

Ele lhe disse tudo isso tão bem que a pobre moça, querendo acreditar nele, assim o fez... O tempo passou depressa, soou a meia-noite, e quase ao mesmo tempo ouviu-se a sineta no quarto de Milady.

— Deus do céu! — exclamou Ketty. — Minha senhora está me chamando! Vá embora, vá embora rápido!

D'Artagnan se levantou, pegou o chapéu como se tivesse a intenção de obedecer, depois, abrindo a porta de um grande armário, meteu-se no meio das roupas de Milady.

— Ketty! — chamou Milady com voz severa. — Deve estar dormindo, pois não vem quando a chamo!

D'Artagnan ouviu a porta de comunicação se abrir com violência. Milady reclamou ainda algum tempo com a criada, depois se acalmou e passou a falar sobre d'Artagnan.

— Não vi nosso gascão esta noite — disse Milady.

— Como, senhora? — falou Ketty — Ele não veio? Será que é infiel, antes de ser feliz?

— Não! Eu me conheço, Ketty. Esse já conquistei!

— O que a senhora vai fazer?

— O que vou fazer? Fique tranquila, Ketty. Há entre mim e esse homem algo que ele não percebe... ele quase me fez perder meu crédito com Sua Eminência... eu me vingarei!

— Pensei que a senhora o amasse...

— Amá-lo? Eu o detesto! Um bobo, que tem a vida de lorde de Winter nas mãos e não o mata, o que me faz perder trezentas mil libras de renda!

D'Artagnan arrepiou-se até o último fio de cabelo ao ouvir aquela doce criatura censurar-lhe por não ter matado um homem que lhe dera provas de amizade.

— Eu já teria me vingado, entretanto, não sei por que, o cardeal me recomendou que o poupasse. Volte para seu quarto agora, mas amanhã trate de ter uma resposta àquela carta que lhe entreguei.

— Para o sr. de Wardes?

— Isso mesmo, para o sr. de Wardes.

D'Artagnan ouviu a porta se fechar, depois o barulho dos dois ferrolhos que Milady colocava para encerrar-se em seu quarto com segurança. Ele empurrou a porta do armário.

— Meu Deus! — disse Ketty bem baixinho. — O que o senhor tem? Está tão pálido!

— Criatura abominável! — murmurou d'Artagnan.

Ele puxou Ketty para junto de si. Não havia como resistir. A resistência faz muito barulho! Por isso, Ketty cedeu.

No dia seguinte, d'Artagnan voltou à casa de Milady. Ela estava de muito mau humor. Entretanto, mais pelo fim da noite, a bela leoa amansou, escutou sorrindo as doces declarações de d'Artagnan e deu-lhe até a mão para beijar.

D'Artagnan saiu, sem saber mais o que pensar. Encontrou Ketty na porta e, como na véspera, subiu até seu quarto, só voltando para casa às cinco horas da manhã.

Às onze, viu Ketty chegar. Trazia um novo bilhete de Milady. D'Artagnan desdobrou o papel e leu o que se segue.

— "É a terceira vez que lhe escrevo para dizer que eu o amo. Tome cuidado para que não lhe escreva uma quarta vez para lhe dizer que o detesto. Caso tenha se arrependido do modo como agiu comigo, a jovem que lhe entregar este bilhete lhe dirá de que maneira um homem galante pode obter meu perdão."

D'Artagnan pegou uma pena e escreveu:

"Senhora, até agora duvidei que fosse a mim que haviam sido endereçados seus dois primeiros bilhetes, pois me considerava indigno de tamanha honra. Hoje, no entanto, tenho de acreditar no excesso de sua bondade. Esta noite às onze horas vou pedir-lhe perdão. Esperar mais um dia seria agora, a meus olhos, ofendê-la novamente.

Aquele que a senhora tornou o mais feliz dos homens,
Conde de Wardes"

Esse bilhete em primeiro lugar era uma falsidade, em segundo, uma indelicadeza. Do ponto de vista de nossos costumes atuais, seria mesmo uma infâmia, mas se transigia menos naquela época do que se faz hoje. Aliás, d'Artagnan sabia que Milady era culpada de trair figuras das mais importantes. E por ela tinha muito pouca estima. Entretanto, apesar da pouca estima, sentia uma paixão ardente por essa mulher.

— Tome — disse, entregando a Ketty o bilhete já selado. — Dê essa carta a Milady. É a resposta do sr. de Wardes.

A pobre Ketty ficou mortalmente pálida, ela desconfiava do que continha aquele bilhete.

— Ah! O senhor não me ama! — exclamou ela. — E eu sou muito infeliz!

A esta reclamação, d'Artagnan respondeu de uma maneira que enganou Ketty. Prometeu que à noite, saindo da casa de sua senhora, subiria ao seu quarto.

Essa promessa acabou por consolar a criada.

XXVII
À noite todos os gatos são pardos

Chegou enfim a noite tão esperada por d'Artagnan. Como de costume, apresentou-se por volta das nove horas na casa de Milady. Encontrou-a com um humor encantador; nunca havia sido tão bem recebido. Nosso gascão viu que seu bilhete tinha surtido efeito.

Ketty entrou na sala trazendo *sorbet*. D'Artagnan observou as duas mulheres, uma após a outra, e foi forçado a admitir que a natureza tinha se enganado ao constituí-las: dera à grande dama uma alma venal e vil, e à criada o coração de uma duquesa.

Às dez horas, Milady começou a parecer preocupada. D'Artagnan compreendeu o que isso significava. Ela olhava o relógio, se levantava, tornava a se sentar, sorria para d'Artagnan como se quisesse dizer: "O senhor é muito amável, mas seria encantador se fosse embora."

D'Artagnan levantou-se e pegou seu chapéu, depois saiu. Dessa vez Ketty não o esperava em lugar nenhum. Foi preciso que ele encontrasse sozinho a escada e o quartinho. Ketty estava sentada com a cabeça entre as mãos e chorava. Ouvindo a voz de d'Artagnan, levantou a cabeça. O próprio d'Artagnan ficou apavorado com sua expressão perturbada. Ainda que seu coração não fosse muito sensível, ficou emocionado com aquela dor silenciosa. No entanto, estava muito interessado em seus projetos, principalmente no de agora, e por nada no mundo mudaria seus planos. Não deu, portanto, nenhuma esperança a Ketty, apenas lhe apresentou sua ação como uma simples vingança.

A vingança se tornaria ainda mais fácil, pois Milady recomendara a Ketty que apagasse todas as luzes da casa, até mesmo as de seu quarto. Antes do dia clarear, o sr. de Wardes deveria sair, sempre na escuridão.

Como a hora se aproximava, Milady chamou Ketty e a fez apagar tudo. Mal d'Artagnan viu, pelo buraco da fechadura, que tudo estava escuro, saiu.

— Que barulho é esse? — perguntou Milady.

— Sou eu — respondeu d'Artagnan à meia-voz. — Eu, o conde de Wardes.

— Conde, conde, o senhor bem sabe que o espero.

Se a raiva e a dor devem torturar uma alma, é a de um amante que recebe, sob um nome que não é o seu, as declarações de amor dirigidas a seu feliz rival.

D'Artagnan se encontrava numa situação dolorosa que não previra, o ciúme devorava seu coração, e ele sofria quase tanto quanto a pobre Ketty, que chorava no mesmo momento no quarto ao lado.

— Sim, conde — dizia Milady com sua voz mais doce. — Estou muito feliz com o amor que seus olhares e suas palavras exprimem cada vez que nos encontramos. Eu também o amo. Amanhã quero alguma prova do amor que tem por mim, e como o senhor poderia me esquecer, tome.

Ela passou um anel para a mão de d'Artagnan.

O primeiro movimento do jovem foi devolvê-lo, mas Milady acrescentou, emocionada:

— Não, não, guarde esse anel em nome de meu amor. Aliás, aceitando-o, o senhor me fará um favor muito maior do que poderia imaginar.

Nesse momento, d'Artagnan estava a ponto de revelar tudo. Abriu a boca para dizer a Milady quem ele era, mas ela continuou:

— Pobre anjo que aquele monstro gascão quase matou! Seus ferimentos ainda o fazem sofrer?

— Sim, muito — disse d'Artagnan, sem saber bem o que responder.

— Fique tranquilo — murmurou Milady —, eu o vingarei, e cruelmente!

— Caramba! — disse d'Artagnan, como se para si mesmo. — Ainda não chegou o momento das confidências

Foi necessário algum tempo para que ele se recuperasse desse diálogo. Mas todas as ideias de vingança tinham se esvanecido por completo. Essa mulher exercia sobre ele um poder inacreditável, e ele a odiava e a amava ao mesmo tempo. Nunca imaginara que dois sentimentos tão antagônicos pudessem habitar o mesmo coração e, ao se unirem, formassem um amor estranho e um tanto diabólico.

Entretanto, acabara de soar uma hora. Era preciso se separar dela. D'Artagnan, ao se despedir de Milady, sentiu mais que uma tristeza, e no adeus apaixonado que trocaram um novo encontro foi marcado para a semana seguinte.

Dois dias depois, pela manhã, d'Artagnan correu à casa de Athos. Queria lhe pedir um conselho. Contou-lhe tudo.

— Sua Milady parece-me uma criatura desprezível, mas mesmo assim você errou ao enganá-la — disse Athos.

Enquanto falava, Athos observava atentamente a safira cercada de diamantes que tomara o lugar do anel da rainha no dedo de d'Artagnan; a joia fora cuidadosamente guardada num estojo.

— Está vendo esse anel? — perguntou d'Artagnan, todo orgulhoso de exibir um presente tão rico.

— Sim, ele me lembra uma joia de família. Não acreditava que existissem duas safiras de tamanha pureza. Você a trocou pelo seu diamante?

— Não, é um presente de minha bela inglesa, ou melhor, de minha bela francesa, pois, mesmo que ainda não tenha lhe perguntado, estou convencido de que nasceu na França.

— Esse anel lhe foi dado por Milady? — indagou Athos com uma voz em que era fácil perceber uma intensa emoção.

— Por ela própria. Deu-me na noite passada.

— Mostre-me esse anel.

— Aqui está — respondeu d'Artagnan, tirando-o do dedo.

Athos o examinou, empalidecendo. Experimentou-o depois no anular da mão esquerda. Era como se tivesse sido feito para ele. Uma expressão de ira e vingança tomou a face normalmente calma do fidalgo.

— É impossível que seja o mesmo. Como esse anel foi parar nas mãos de Milady? — questionou Athos.

Ele devolveu a joia para d'Artagnan sem, no entanto, tirar os olhos dela.

— Espere. Devolva-me essa safira. O anel de que estava falando deve ter uma das faces arranhada, em consequência de um acidente.

D'Artagnan tirou mais uma vez o anel e deu-o a Athos, que estremeceu.

— Veja! — indicou ele. — Veja! Não é estranho?

Mostrou a d'Artagnan o arranhão que sabia existir.

— Mas quem lhe deu essa safira, Athos?

— Minha mãe, que a herdara da mãe dela, minha avó. É uma joia antiga que não devia nunca sair da família.

— E você… a vendeu? — perguntou d'Artagnan, hesitante.

— Não — continuou Athos com um sorriso estranho. — Dei-o durante uma noite de amor, assim como o deram a você.

D'Artagnan ficou pensativo. Parecia-lhe ver abismos na alma de Milady. Recolocou o anel, não mais no dedo, mas no bolso.

— Escute — disse Athos —, sabe como o estimo, d'Artagnan. Se tivesse um filho, não o amaria tanto. Pois bem, creia-me, renuncie a essa mulher, tenho a intuição de que há nela algo de fatal.

— Tem razão — respondeu d'Artagnan. — Vou deixá-la. Asseguro-lhe que ela me dá medo.

Voltando para casa, d'Artagnan encontrou Ketty esperando por ele. Sua senhora estava louca de amor, queria que o conde antecipasse a segunda visita. A pobre Ketty, pálida e temerosa, esperava a resposta de d'Artagnan. Athos tinha muita influência sobre o jovem. D'Artagnan então escreveu a seguinte carta:

> "Não conte comigo, senhora, para o próximo encontro: desde a minha convalescença tenho tantas ocupações desse gênero que tive de estabelecer certa ordem. Quando chegar a sua vez, terei a honra de participar à senhora.
>
> Beijo-lhe as mãos,
> Conde de Wardes"

Passou então a carta aberta a Ketty, que a leu, a princípio sem nada compreender, mas quase ficou louca de alegria após uma segunda leitura.

Milady abriu a carta com a mesma pressa que Ketty tivera em trazê-la. Mas ficou lívida ao ler a primeira palavra e depois amassou o papel.

— Que carta é essa? — perguntou.

— É a resposta à carta da senhora — respondeu Ketty, tremendo.

— Impossível! — exclamou Milady. — Impossível! — Depois, tremendo, continuou: — Meu Deus! Será que ele sabe?

Fez um sinal a Ketty para que saísse.

XXVIII
Sonho de vingança

À noite, Milady deu ordem de fazer entrar o sr. d'Artagnan assim que chegasse, como de costume. Mas ele não veio.

No dia seguinte, Ketty foi visitar d'Artagnan e lhe contou o que acontecera na véspera. Ele sorriu. A ira de Milady era sua vingança.

À noite, como na véspera, Milady esperou inutilmente o gascão.

No dia seguinte, Ketty se apresentou na casa de d'Artagnan, não mais alegre e alerta como nos dias precedentes, mas com uma tristeza mortal. Tirou uma carta do bolso e a entregou ao jovem.

A carta trazia a letra de Milady, só que dessa vez era endereçada a d'Artagnan, e não ao conde de Wardes. Ele a abriu e leu o que se segue:

> "Caro sr. d'Artagnan,
>
> Não é bonito negligenciar assim seus amigos. Meu cunhado e eu o esperamos inutilmente ontem e anteontem. Acontecerá o mesmo esta noite?
>
> Sua reconhecida,
> Lady de Winter"

— É muito simples — disse d'Artagnan. — Meu crédito sobe com a baixa do conde de Wardes.

— E o senhor vai? — perguntou Ketty.

— Escute, querida jovem — disse o gascão, que procurava se desculpar, a seus próprios olhos, por faltar à promessa que fizera a Athos. — Compreende que não seria de boa política não responder a esse convite? Milady poderia desconfiar de alguma coisa e quem poderia imaginar até onde iria a vingança de uma mulher desse temperamento.

— Ó, meu Deus! O senhor sabe apresentar as coisas de modo a ter sempre razão. E se nessa ocasião a agradasse com sua verdadeira face? Seria bem pior que da primeira vez.

D'Artagnan acalmou-a como pôde e lhe prometeu manter-se insensível às seduções de Milady.

Exatamente às nove horas, estava na Place Royale.

Milady, com o ar mais afetuoso que conseguiu, animou a conversa. Aos poucos, ficou mais comunicativa e perguntou a d'Artagnan se ele tinha uma amante.

— Ai de mim! — respondeu d'Artagnan. — A senhora pode ser tão cruel a ponto de me fazer tal pergunta, logo a mim, que desde que a conheci só respiro e suspiro pela senhora?

— Então o senhor me ama? Mas o senhor sabe que quanto mais orgulhosos são os corações, mais difícil é possuí-los?

— As dificuldades não me amedrontam — rebateu d'Artagnan. — Apenas as impossibilidades me apavoram.

— Nada é impossível a um amor verdadeiro.

D'Artagnan aproximou rapidamente sua cadeira da de Milady.

— Vejamos — disse ela. — O que o senhor faria para provar esse amor de que fala?

— Tudo o que a senhora pedir. Ordene, estou pronto.

— Tudo?

— Tudo!

— Pois bem... — começou ela. — Tenho um inimigo, um inimigo mortal. Posso contar com o senhor?

— Pode, senhora. Meu braço e minha vida lhe pertencem, assim como meu amor.

— Mas como eu poderia pagar por tal serviço? Conheço os apaixonados. São pessoas que não fariam nada sem algo em troca.

— A senhora sabe a única resposta que desejo — disse d'Artagnan, puxando-a suavemente para junto de si.

Ela pouco resistiu.

— Diga-me o nome do infame que fez chorar esses belos olhos!

— Mulheres como eu não choram — respondeu Milady. — Amo sua dedicação.

— Que pena! É só isso que ama em mim?

— Também amo o senhor — disse ela, tomando-lhe a mão.

A pressão ardente fez d'Artagnan estremecer, como se, pelo contato, o ardor que queimava em Milady ganhasse também seu corpo.

— A senhora me ama! — exclamou ele. — Ah! Se fosse verdade, seria de perder o juízo!

Tomou-a nos braços. Ela não tentou afastar os lábios de seu beijo, e ele se sentiu arrebatado pelo amor.

Milady aproveitou a oportunidade.

— Ele se chama... — disse ela.

— De Wardes, eu sei — completou d'Artagnan.

— Como sabe? — questionou Milady, tomando-lhe as mãos e tentando ler a resposta em seus olhos.

D'Artagnan sentiu que errara, deixara-se levar pela emoção.

— Diga, diga — insistiu Milady. — Como sabe?

— Sei porque ontem, num salão onde me encontrava, de Wardes mostrou um anel que lhe fora dado pela senhora.

— O miserável! — gritou Milady.

— Eu a vingarei desse miserável.

— E quando serei vingada?

— Amanhã, imediatamente, quando quiser. Mas seria justo deixar-me ir ao encontro da morte sem ter me dado nada mais que uma esperança?

— É muito justo — respondeu ela carinhosamente. — Então, está tudo decidido?

— Exceto o que estou pedindo, querida alma! Não tenho amanhã pelo qual esperar!

— Silêncio! Estou ouvindo meu irmão! Não há necessidade de que ele o encontre aqui.

Ela tocou a sineta. Ketty apareceu.

— Saia por essa porta — ordenou ela, empurrando uma portinha secreta. — Volte às onze horas, e então acabaremos nossa conversa. Ketty o levará a meu quarto.

A pobre moça pensou que cairia para trás ao ouvir essas palavras.

Milady estendeu a mão a d'Artagnan, que a beijou carinhosamente.

— Vejamos — disse ele, se retirando e mal respondendo às queixas de Ketty. — Vejamos... Não sejamos idiotas. Decerto essa mulher é abominável. Precisamos ter cuidado.

XXIX
O segredo de Milady

D'Artagnan deixou Milady, mas não subiu imediatamente para o quarto de Ketty por duas razões: a primeira delas, porque assim evitaria as queixas, a segunda porque gostaria de pôr em ordem seus pensamentos.

O que estava claro era que ele amava loucamente Milady, e que ela não o amava nem um pouquinho. Entretanto, d'Artagnan também se sentia estimulado por um novo sentimento de vingança: possuir aquela mulher, mas sob seu próprio nome, e não queria renunciar a isso.

Deu cinco ou seis voltas na Place Royale, virando-se a cada dez passos para observar a luz nos aposentos de Milady, que podia ser vista através das venezianas.

Enfim, a luz se apagou.

Com essa luz extinguiu-se também a última indecisão no coração de d'Artagnan. Ele se lembrou dos detalhes da primeira noite e, com a mente a todo vapor, voltou e se dirigiu ao quarto de Ketty.

A jovem, mortalmente pálida, quis deter seu amante, mas Milady, com os ouvidos à escuta, percebera o barulho que ele fez e, então, abriu a porta.

— Venha — chamou ela.

Tudo isso era de uma imoralidade inacreditável, de uma audácia tão monstruosa que d'Artagnan se acreditou enredado numa dessas intrigas fantásticas que só acontecem nos sonhos. Ainda assim, correu para Milady, cedendo à mesma atração que o ímã exerce sobre o ferro.

A porta se fechou ao entrarem. Ketty, por sua vez, lançou-se contra a porta.

O ciúme e a fúria a levavam a uma revelação. No entanto, ela estaria perdida se confessasse ter ajudado semelhante artimanha. Além disso, já perdera d'Artagnan. Este último pensamento de amor lhe aconselhou um último sacrifício.

D'Artagnan, por sua vez, finalmente alcançara a realização de todos os seus sonhos. Não era mais o rival que amavam nele, era ele próprio que pareciam amar. Uma voz secreta lhe dizia, bem no fundo do coração, que ele não passava de um instrumento de vingança, acariciado enquanto se esperava que ele matasse, mas o orgulho, o amor-próprio e a loucura calaram essa voz.

Deixou-se levar inteiramente pelas sensações do momento. Milady não foi mais para ele aquela mulher com intenções fatais, ela se tornou uma amante ardente, apaixonada, entregando-se a um amor que parecia sentir.

Não poderíamos dizer o tempo que durou a noite para Milady, mas d'Artagnan pensava estar com ela havia apenas duas horas quando o dia raiou pelas fendas da janela e logo invadiu o quarto com sua luz pálida.

Então Milady, vendo que d'Artagnan ia deixá-la, lembrou-lhe da promessa que fizera de vingá-la do conde de Wardes.

— Estou pronto — disse d'Artagnan —, mas primeiramente gostaria de estar seguro de uma coisa: que a senhora me ama.

— Parece-me que lhe dei a prova disso.

— Se a senhora me ama, não teme um pouco por mim?

— O que posso temer?

— Que eu seja ferido gravemente, talvez até morto.

— Impossível. Acho que o senhor está hesitando agora.

— Não, não estou hesitando, mas interesso-me pelo conde.

— O senhor?

— Sim, eu, porque sou o único a saber...

— O quê?

— Que ele está longe de ser, ou melhor, de ter sido tão culpado como a senhora pensa.

— Explique-se — disse Milady, perturbada.

— Desde que tenha o seu amor. Porque o tenho, não é verdade?

— Todo, inteiro. Mas continue.

— Tenho uma confissão a fazer. Se não acreditasse em seu amor, nada diria. No entanto, se por amar demais me tornar culpado a seus olhos, a senhora me perdoará.

— Talvez. Qual é essa confissão?

— A senhora marcou um encontro com o conde de Wardes quinta-feira passada neste mesmo quarto, não foi?

— O senhor está me matando!

— Fique tranquila, a meu ver a senhora não é culpada de nada. Wardes não pode se vangloriar de nada.

— Por quê? O senhor mesmo disse que o anel...

— O anel, meu amor, está comigo. O conde de Wardes de quinta-feira e o d'Artagnan de hoje são a mesma pessoa.

O jovem imprudente esperava uma reação de surpresa e pudor, ou uma tempestade que se dissolveria em lágrimas, mas, curiosamente, estava enganado, e seu engano não durou muito.

Pálida e terrível, Milady ergueu-se e, empurrando d'Artagnan com um soco violento no peito, levantou-se da cama.

O dia já estava quase claro.

D'Artagnan a segurou pelo penhoar, de fino tecido das Índias, mas, com um movimento vigoroso e violento, ela tentou fugir. Então o tecido se rasgou, deixando os ombros nus, e sobre um deles, roliço e branco, d'Artagnan, com uma emoção inexprimível, reconheceu a flor de lis, essa marca indelével impressa pela mão aviltante do carrasco. Ele permaneceu na cama, mudo, imóvel e petrificado. Milady, contudo, sentiu-se denunciada pelo próprio terror de d'Artagnan. Sem dúvida, ele havia visto tudo:

agora conhecia seu segredo, segredo terrível ignorado por todos, menos por ele.

— Miserável! — bradou ela. — Você me traiu, e ainda por cima descobriu meu segredo. Você morrerá!

Ela correu até seu cofre de marchetaria pousado na penteadeira, abriu-o com uma mão ávida e trêmula, tirou um pequeno punhal com cabo de ouro e lâmina estreita e pontiaguda, e deu um salto sobre d'Artagnan seminu. Embora fosse corajoso, o jovem apavorou-se diante daquele rosto transfigurado, daquelas pupilas dilatadas, daqueles lábios sangrentos. Recuou até a parede e, encontrando sua espada, desembainhou-a com a mão suada.

Sem se preocupar com a espada, Milady tentou subir na cama para atingi-lo, e só parou quando sentiu a ponta da espada em sua garganta.

Tentou agarrá-la com as mãos, porém d'Artagnan sempre a afastava, apontando-a ora para o peito, ora para os olhos. Tentou sair pela porta que dava para o quarto de Ketty. Entretanto, Milady se jogava violentamente sobre ele, com uma exaltação terrível.

— Muito linda senhora, acalme-se — aconselhava ele. — Ou desenho mais uma flor de lis no outro ombro.

— Infame, infame! — gritava Milady.

Com o barulho que faziam, ela derrubando os móveis para alcançá-lo, ele se escondendo atrás dos móveis para fugir dela, Ketty abriu a porta.

D'Artagnan estava apenas a três passos. Com um impulso lançou-se direto, rápido como um raio, e fechou a porta contra a qual apoiou-se com todo seu peso, enquanto Ketty fechava os ferrolhos.

Milady começou a dar punhaladas na porta, algumas das quais atravessaram a madeira. Cada golpe era acompanhado por uma horrível imprecação.

— Depressa, depressa, Ketty. Ajude-me a sair daqui! Se lhe dermos tempo, ela mandará os lacaios me matarem!

— Mas você está nu!

— É verdade — concluiu d'Artagnan, só agora percebendo seu estado. — Dê-me qualquer coisa para vestir! Mas depressa! É caso de vida ou morte!

Ketty sabia disso muito bem. Em um segundo, cobriu-o com um vestido florido, um grande chapéu e uma capinha. Deu-lhe pantufas e puxou-o pelas escadas. Estava na hora. Milady já havia tocado a sineta e acordado a casa inteira. Ouvindo a voz de Ketty, o porteiro abriu a porta ao mesmo tempo em que Milady, seminua, gritava pela janela:

— Não abra!

XXX
Como Athos comprou seu equipamento sem muito trabalho

D'Artagnan estava tão perturbado que, sem se preocupar com o que aconteceria a Ketty, atravessou correndo metade de Paris, só parando na porta de Athos.

Grimaud veio abrir, com os olhos inchados de sono, e apesar de seu silêncio habitual, desta vez falou:

— Ei, o que quer aqui, gracinha?

D'Artagnan tirou o chapéu. Grimaud assustou-se ainda mais. Athos saiu do quarto, de roupão.

— Grimaud — disse ele —, vejo que você se permitiu falar.

O criado apontou para d'Artagnan. Athos reconheceu o amigo e, apesar de fleumático, deu uma gargalhada ao se deparar com aquele estranho disfarce.

— Não ria, meu amigo — pediu d'Artagnan, dirigindo-se ao quarto de Athos. — Juro que não há motivo para rir. Aconteceu-me algo terrível.

— Fale — disse Athos, fechando a porta. — Por acaso matou o cardeal? Parece muito desnorteado.

— Athos, prepare-se para ouvir uma história inacreditável: Milady é marcada com uma flor de lis no ombro esquerdo.

— Ah! — gritou o mosqueteiro, como se tivesse recebido um tiro no coração.

— Vejamos — disse d'Artagnan. — Você tem certeza de que a *outra* está mesmo morta?

— A *outra*? — indagou Athos com voz quase inaudível.

— Sim, aquela de quem você falou naquele dia... Essa é uma mulher de 26 a 28 anos.

— Loura, não é?

— Sim.

— De olhos azul-claros de uma transparência estranha, com sobrancelhas e cílios negros?

— Sim.

— Alta, bem-feita de corpo? Falta-lhe um dente no lado esquerdo?

— Sim.

— A flor de lis é pequena, de um vermelho meio desbotado por causa dos cremes que usa?

— Sim.

— Quero vê-la, d'Artagnan.

— Tenha cuidado, Athos. Você quis matá-la. Ela é mulher de querer dar-lhe o troco, e de não errar.

D'Artagnan contou-lhe então tudo o que acontecera.

— Há um terrível mistério nisso tudo, Athos! Tenho certeza de que essa mulher é espiã do cardeal!

— Nesse caso, tenha cuidado você. Não o deixarei mais sozinho.

Athos tocou a sineta. Grimaud entrou. Athos fez-lhe um sinal para ir buscar algumas roupas na casa de d'Artagnan.

— A safira que Milady me deu é sua, meu caro amigo! Você não disse que era uma joia de família?

— Minha mãe me deu esse anel, e eu, doido que fui, dei-o a essa miserável!

— Então fique com ele.

— Não. Ficar com esse anel depois que ele passou pelas mãos da infame? Jamais. Esse anel foi conspurcado, d'Artagnan.

— Venda-o, então.

— Vender uma joia que herdei de minha mãe? Para mim, seria uma profanação!

— Você pode empenhá-lo. Conseguiria bem uns mil escudos por ele.

— É uma boa ideia! Façamos isso, mas com uma condição: que sejam quinhentos escudos para você e quinhentos para mim.

— Não esqueça que também tenho um anel.

— De que gosta muito, pelo menos foi o que percebi.

— Está bem, aceito! — disse d'Artagnan.

Nesse momento chegou Grimaud, acompanhado por Planchet, que trazia as roupas de seu senhor. D'Artagnan se vestiu, Athos fez o mesmo. Em segundos os dois, seguidos por seus criados, chegaram sem incidentes à rua dos Fossoyeurs. O sr. Bonacieux estava à porta, e dirigiu-se a d'Artagnan com um tom zombeteiro.

— Ó, meu caro locatário! — cumprimentou ele. — Apresse-se, uma bela jovem o espera em sua casa, e as mulheres, como o senhor bem sabe, não gostam que as façam esperar!

— É Ketty! — exclamou d'Artagnan.

De fato, d'Artagnan encontrou a pobre moça tremendo, escondida perto de um canto da porta. Ao vê-lo, exclamou:

— O senhor prometeu me salvar da ira de Milady! Lembre-se de que foi o senhor que me perdeu.

— Acalme-se, Ketty — pediu d'Artagnan. — Mas o que aconteceu depois de minha partida?

— Os lacaios acordaram com os gritos de Milady, que estava louca de raiva. Então pensei que ela poderia imaginar que eu era sua cúmplice. Peguei o pouco dinheiro que tinha, minhas melhores roupas e fugi. Ajude-me a sair de Paris.

— Espere. Já sei o que fazer. Planchet, vá buscar Aramis. Mas que ele não se demore.

— Ficarei onde quiserem — disse Ketty —, contanto que fique bem escondida, que ninguém saiba onde estou.

— Ketty — começou d'Artagnan —, você nunca ouviu falar de uma jovem senhora que foi raptada certa noite?

— Meu Deus! Senhor cavalheiro, será que ainda ama essa mulher?

— Eu, não. É um dos meus amigos que a ama. Mas silêncio. É a mulher desse homem horroroso que você viu na porta quando entrou aqui.

— Ó! — exclamou Ketty. — O senhor me fez lembrar do medo que senti! Tomara que ele não tenha me reconhecido!

— Como? Já viu esse homem?

— Ele foi duas vezes à casa de Milady, há 15 dias mais ou menos. E voltou ontem à noite.

— Ontem à noite?

— Sim, um pouco antes de o senhor chegar.

— Meu caro Athos, estamos envolvidos numa rede de espiões. Você acha que ele a reconheceu, Ketty?

— Ao vê-lo, abaixei a aba de meu chapéu, mas talvez tenha sido tarde demais.

— Desça, Athos, e verifique se ele ainda está à porta.

Athos desceu, mas logo voltou.

— Ele saiu, a casa está fechada.

— Foi fazer seu relatório.

Nesse momento, Aramis chegou.

Relataram-lhe os fatos, insistindo que era urgente encontrar um lugar para Ketty entre suas importantes relações.

— Muito bem — disse Aramis, enrubescendo. — A sra. de Bois-Tracy me pediu, para uma de suas amigas que mora na província, creio, uma criada de quarto de confiança. Se você, caro d'Artagnan, se responsabilizar pela senhorita...

— Ó, senhor! — exclamou Ketty. — Serei muito dedicada!

— Então está tudo resolvido — disse d'Artagnan.

Sentando-se a uma mesa, Aramis escreveu um bilhetinho que selou com um anel e entregou a Ketty.

— Agora, minha menina, sabe que nem você nem eu podemos ficar aqui. Temos de nos separar. Nos encontraremos novamente em dias melhores — prometeu d'Artagnan.

— E quando nos encontrarmos, o senhor verá que ainda o amarei como o amo hoje.

— Promessa de jogador — disse Athos, enquanto d'Artagnan descia para levar Ketty até a porta.

Aramis voltou para casa, e Athos e d'Artagnan saíram para resolver o caso do anel.

Como previra nosso gascão, conseguiram facilmente trezentas pistolas pela joia. Com sua experiência de *connaisseur*, Athos levou apenas três horas para comprar todo o equipamento de campanha de um mosqueteiro. Foi assim que encontrou em casa recursos inesperados.

XXXI
O cardeal

Às quatro horas, os quatro amigos estavam reunidos na casa de Athos. De repente, Planchet entrou trazendo uma grande epístola quadrada e resplandecente, com as armas de Sua Eminência, o cardeal-duque.

— Vejamos, senhores, o que deseja de mim Sua Eminência!

D'Artagnan abriu a carta.

"Sr. d'Artagnan, guarda do rei, companhia do sr. des Essarts, é esperado esta noite, às oito horas, no Palais-Cardinal.

La Houdinière, capitão dos guardas."

— Diabos! — exclamou Athos. — Eis um encontro bem preocupante.

— Hum... — disse Aramis. — Eu não iria. Um fidalgo prudente pode se desculpar de não comparecer à presença de Sua Eminência, sobretudo se tiver razão para acreditar que não é para receber cumprimentos.

— Estou de acordo com Aramis — afirmou Porthos.

— Senhores — disse d'Artagnan —, apesar do que possa acontecer, eu irei.

— Mas e a Bastilha? — preocupou-se Aramis.

— Vocês me tirarão de lá — respondeu d'Artagnan.

— Claro! — exclamaram Porthos e Aramis, como se fosse a coisa mais simples do mundo. — Mas como vamos partir em breve para La Rochelle, seria melhor não arriscar essa tal de Bastilha.

— Façamos melhor — disse Athos. — Não o deixemos sozinho a noite inteira: cada um o espera num portão do palácio, com mais três mosqueteiros. Se virmos sair um carro fechado, o atacamos.

— Athos, decerto você nasceu para general do exército. O que acharam do plano? — indagou Aramis.

— Admirável! — repetiram todos em coro.

— Vou até o quartel avisar nossos camaradas para estarem prontos às oito horas — disse Porthos. — O encontro será na praça do Palais-Cardinal.

D'Artagnan era bem popular na gloriosa corporação dos mosqueteiros do rei, pois todos sabiam que um dia seria um deles. Já o consideravam um camarada. Aceitaram, portanto, de boa vontade a missão para a qual eram convidados. Tratava-se, aliás, segundo todas as probabilidades, de pregar uma peça no cardeal e em sua gente, e para esse gênero de expedição esses dignos cavalheiros estavam sempre prontos.

Athos dividiu-os em três grupos, tomou o comando de um, deu o segundo a Aramis e o terceiro a Porthos, depois cada grupo foi se esconder em frente a uma saída.

Ao soar as oito horas, d'Artagnan entrou corajosamente pela porta principal.

O porteiro lhe fez sinal para que o seguisse. D'Artagnan percorreu um corredor, atravessou um grande salão, entrou numa biblioteca e viu-se diante de um homem sentado à uma mesa, escrevendo. Reconheceu o cardeal.

Ninguém tinha um olhar mais perscrutador do que o cardeal de Richelieu. D'Artagnan sentiu esse olhar percorrer suas veias como uma febre.

— O senhor é da família d'Artagnan do Béarn? — perguntou o cardeal.

— Sim, monsenhor, sou filho daquele que lutou nas guerras religiosas ao lado do grande Henrique, pai de Sua Majestade.

— Foi o senhor que partiu há oito meses de sua terra natal para tentar a sorte na capital?

— Sim, monsenhor.

— O senhor veio por Meung, onde lhe aconteceu alguma coisa?

— Monsenhor, eis o que aconteceu...

— É inútil — interrompeu o cardeal com um sorriso que indicava já conhecer a história. — O senhor foi recomendado ao sr. de Tréville, não foi?

— Sim, monsenhor, mas justamente nesse episódio de Meung...

— A carta foi perdida, sim, já sei disso. Porém, o sr. de Tréville é um hábil fisionomista, que reconhece os homens à primeira vista. Desde então muita coisa aconteceu, sem falar de seus assuntos na Inglaterra...

— Monsenhor, eu ia...

— Caçar em Windsor, ou em qualquer outro lugar, isso não interessa a ninguém. Eu sei disso porque na minha posição devo estar a par de tudo. Na volta o senhor foi recebido por uma pessoa importante.

— Monsenhor, receio ter incorrido no desagrado de Vossa Eminência.

— E por quê, senhor? Por ter seguido as ordens de seus superiores com mais inteligência e coragem do que qualquer outro? Incorrer no meu desagrado quando o senhor merece elogios! São aqueles que não obedecem que eu castigo, e não os que, como o senhor, obedecem... bem demais. O senhor é corajoso, sr. D'Artagnan, é prudente, o que é ainda melhor. Gosto de homens de cabeça e de coração, porém, embora ainda tão jovem, o senhor tem inimigos poderosos. Se não tomar cuidado, eles o perderão!

— Ai de mim, monsenhor! Eles farão isso facilmente, pois são fortes e têm muito apoio, enquanto eu estou sozinho!

— É verdade. Embora sozinho, o senhor já fez muita coisa, e não duvido que faça ainda mais. Entretanto, creio que o senhor necessita ser guiado, pois, se não me engano, veio a Paris com a ambiciosa ideia de fazer fortuna. Vejamos: o que diria de um posto de oficial entre meus guardas e de uma companhia após a campanha?

— Ah, monsenhor!

— Aceita, não é?

— Monsenhor... — repetiu d'Artagnan com uma expressão constrangida.

— Como assim? Está recusando?

— Sou um dos guardas de Sua Majestade, monsenhor, e não tenho razão de estar descontente.

— Mas me parece que meus guardas são também guardas de Sua Majestade!

— Monsenhor entendeu mal minhas palavras.

— Procura um pretexto, não é? Compreendo. O senhor tem esse pretexto. O aumento de salário, a campanha que se inicia, a oportunidade que lhe ofereço, isso para a sociedade. Para o senhor, a necessidade de proteção, pois, é conveniente saber, o senhor não consagra exclusivamente os seus dias e suas noites ao serviço do rei. Tenho um dossiê inteiro a seu respeito, no entanto, antes de lê-lo, quis conversar com o senhor. Sei que é um homem resoluto, e seus serviços são bem destinados, e ao invés de o prejudicarem, poderiam render-lhe bastante.

— Sua bondade me confunde, monsenhor. Enfim, como monsenhor me permite falar francamente…

D'Artagnan se deteve.

— Continue.

— Pois bem. Direi à Vossa Eminência que todos os meus amigos são mosqueteiros ou guardas do rei, e meus inimigos, por uma fatalidade inconcebível, estão com Vossa Eminência. Eu não seria bem recebido aqui, e ainda seria malvisto lá, se aceitasse o que monsenhor me oferece.

— Quer dizer que se recusa a me servir — concluiu o cardeal com despeito, mas no fundo, com estima. — Não lhe quero mal por isso, mas o senhor compreende, já me custa muito defender e recompensar os amigos, nada devendo aos inimigos. Vou lhe dar um conselho, sr. d'Artagnan: cuide-se muito bem, pois do momento em que eu deixar de protegê-lo, não darei nem um centavo pela sua vida.

— Aconteça o que acontecer, terei sempre um eterno reconhecimento por Vossa Eminência e pelo que o senhor fez por mim nesse momento.

— Muito bem, sr. d'Artagnan. Nos encontraremos depois da campanha. Manterei meus olhos no senhor pois estarei lá. E, ao voltar, talvez possamos nos entender.

— Ah, monsenhor! Poupe-me do peso de seu desagrado! Fique neutro, monsenhor, se acha que ajo como um cavalheiro.

— Jovem — disse Richelieu —, se eu puder lhe dizer mais uma vez o que lhe disse hoje, eu o direi.

Essa última frase de Richelieu exprimia uma dúvida terrível e afligiu d'Artagnan mais do que uma ameaça teria sido capaz. Ele abriu a boca para responder, mas o cardeal o dispensou com um gesto altivo.

D'Artagnan saiu, mas já à porta sentiu o coração fraquejar e quase voltou. No entanto, a lembrança da figura grave e severa de Athos o impediu: se fizesse com o cardeal o pacto que lhe havia sido proposto, Athos nunca mais lhe estenderia a mão. Athos o renegaria.

Foi esse medo que o deteve.

D'Artagnan desceu pela mesma escada por onde subira, e viu-se diante da porta. Athos e os mosqueteiros que esperavam sua volta já começavam a se inquietar. Ele os tranquilizou com poucas palavras, e Planchet correu para avisar os outros que era inútil continuar a montar guarda, visto que seu patrão saíra são e salvo.

Ao voltar para a casa de Athos, Porthos e Aramis se informaram da causa desse estranho encontro, mas d'Artagnan se contentou em lhes dizer que o sr. de Richelieu lhe propusera entrar para a sua guarda, com patente de oficial, mas ele havia recusado.

— E você teve razão! — exclamaram a uma só voz Porthos e Aramis.

Athos caiu num profundo devaneio e nada respondeu.

Quando ficou só com d'Artagnan, porém, disse:

— Você fez o que deveria fazer, d'Artagnan. Mas talvez tenha cometido um erro.

No dia seguinte, mal soaram as cornetas, os amigos se separaram: os mosqueteiros correram à casa do sr. de Tréville, os guardas à do sr. des Essarts. Cada capitão conduziu então sua companhia ao Louvre, onde o rei as passaria em revista.

Sua Majestade estava triste e parecia doente. De fato, na véspera, sentira-se febril no parlamento, quando presidia uma sessão solene. Ele queria passar a tropa em revista, esperando vencer a doença com esse primeiro impulso de vigor.

Passada a revista, os guardas puseram-se em marcha. Os mosqueteiros só partiriam junto com o rei.

XXXII
O cerco de La Rochelle

O cerco de La Rochelle foi um dos grandes acontecimentos políticos do reinado de Luis XIII e uma das grandes empreitadas militares do cardeal.

Das cidades importantes dadas por Henrique IV aos huguenotes, como praças-fortes, só restava La Rochelle. Tratava-se de destruir este último reduto do calvinismo, germe perigoso ao qual vinham se juntar o fermento da guerra civil e da guerra estrangeira.

Espanhóis, ingleses e italianos descontentes, aventureiros de todas as nações, mercenários de todas as seitas acorriam ao primeiro apelo sob a bandeira dos protestantes, e La Rochelle era, portanto, foco das dissenções e das ambições. Ainda havia mais: seu porto era a última porta aberta aos ingleses no reino de França; e, fechando-o à Inglaterra, nossa eterna inimiga, o cardeal completava a obra de Joana d'Arc e do duque de Guise.

Para Richelieu, tratava-se não só de livrar a França de um inimigo, mas de se vingar de um rival. O cardeal sabia que humilhando a Inglaterra aos olhos da Europa, ele humilhava o duque de Buckingham aos olhos da rainha.

A primeira vantagem coubera ao duque, chegando inesperadamente diante da ilha de Ré com noventa navios e mais ou menos vinte mil homens, surpreendendo assim o comandante das tropas reais da ilha, o conde de Toiras. Após um combate sangrento, Buckingham desembarcou.

Esse fato acelerou as intenções do cardeal, que, esperando que o rei e ele pudessem tomar o comando do cerco de La Rochelle, como estava previsto, fizera partir Monsieur, o duque de Orléans, irmão do rei, para dirigir as primeiras operações, e reuniu no teatro de operações todas as tropas de que pôde dispor.

Era desse destacamento enviado na vanguarda que fazia parte nosso amigo d'Artagnan.

O rei, febril, insistira em partir, mas como seu estado piorara, acabou sendo obrigado a parar em Villeroi.

Ora, onde parava o rei paravam os mosqueteiros; e d'Artagnan, que estava no regimento dos guardas, viu-se momentaneamente privado de seus amigos Athos, Porthos e Aramis. Ainda assim, chegou ao acampamento erguido diante de La Rochelle pelo dia 20 do mês de setembro do ano de 1627.

Os guardas sob o comando do sr. des Essarts foram instalados no convento da Ordem dos Mínimos. D'Artagnan, preocupado com a ambição de tornar-se mosqueteiro, fizera poucos amigos entre os guardas; por isso, estava isolado e ocupado com suas próprias reflexões.

Não eram reflexões alegres. Seus assuntos privados, como o amor e a fortuna, não tinham evoluído muito.

No amor, a única mulher que amou foi a sra. Bonacieux, e ela havia desaparecido sem que ele tivesse podido descobrir seu paradeiro.

Quanto à fortuna, ele se tornara inimigo do cardeal, isto é, do homem que fazia tremer os grandes do reino, a começar pelo rei.

Dois dias depois, às nove horas, ouviu-se o toque de reunir. O duque de Orléans visitava os postos. Os guardas se armaram, e d'Artagnan tomou seu lugar junto a seus companheiros.

Monsieur passou no front de batalha, depois todos os oficiais se aproximaram para cumprimentá-lo. Instantes depois, pareceu a d'Artagnan que o sr. des Essarts fazia-lhe sinal para se aproximar. O jovem deixou as fileiras e se adiantou para receber ordens.

— Monsieur procura voluntários para uma missão perigosa, mas que honrará os que a realizarem. Eu lhe fiz sinal para que ficasse a postos.

— Obrigado, capitão — disse d'Artagnan.

De fato, em poucos instantes, Monsieur elevou a voz e disse:

— Preciso de três ou quatro voluntários comandados por um homem de confiança.

— Quanto ao homem de confiança, tenho-o a meu dispor, monsenhor — disse o sr. des Essarts, apontando d'Artagnan. — Não faltarão voluntários.

— Quatro homens de boa vontade para virem morrer comigo! — exclamou d'Artagnan, erguendo a espada.

Dois guardas logo se apresentaram, e em seguida dois soldados se juntaram a eles; o número pedido foi logo alcançado.

Os inimigos haviam feito uma investida durante a noite e retomado uma fortificação. Não se sabia se a haviam evacuado ou se tinham ali deixado uma guarnição; era preciso chegar bem perto para verificar o estado do local.

D'Artagnan partiu com seus quatro companheiros e seguiu a trincheira; dois guardas marchavam a seu lado, os soldados vinham um pouco atrás. Valendo-se de camuflagens, chegaram a uma centena de passos da fortificação quando d'Artagnan deu por falta dos dois soldados. Imaginou que, amedrontados, tivessem ficado para trás e continuou a avançar. Na curva da contraescarpa, já estavam mais ou menos a sessenta passos da fortificação, que parecia abandonada. Não se via ninguém.

Os três rapazes perdidos se indagavam se deviam ir adiante quando uma cortina de fumaça cingiu o gigante de pedra e uma dúzia de balas zuniu ao redor de d'Artagnan e de seus companheiros. Já sabiam o que desejavam saber. Demorar mais tempo em um lugar tão perigoso teria sido uma imprudência inútil, então começaram a retirada.

Chegando à curva da trincheira que lhes serviria de proteção, um dos guardas caiu com uma bala no peito; o outro continuou a correr em direção ao acampamento.

Não querendo abandonar seu companheiro, d'Artagnan inclinou-se para levantá-lo. Nesse momento, ouviram dois tiros de fuzil. Uma bala arrebentou a cabeça do guarda ferido, a outra bateu na rocha após passar a cinco centímetros de d'Artagnan.

O jovem se virou bruscamente, pois essa bala não poderia ter partido da fortificação, já oculta pela curva da trincheira. Lembrou-se dos dois soldados que haviam desaparecido: decidiu testar e caiu sobre o corpo do companheiro, fingindo-se de morto.

Viu duas cabeças se levantarem, a uns vinte passos dali. Eram os dois soldados. D'Artagnan não tinha se enganado, esses homens o seguiram apenas para matá-lo, esperando que sua morte fosse atribuída ao inimigo.

Entretanto, como podia estar apenas ferido, aproximaram-se para acabar com ele. Felizmente, enganados pela astúcia de d'Artagnan, esqueceram-se de recarregar seus fuzis. Quando chegaram a uns dez passos, o jovem, que tivera o cuidado de não largar a espada ao cair, levantou-se de súbito e com um salto estava ao lado deles.

Os assassinos compreenderam que se fugissem para o acampamento sem matar seu homem seriam denunciados por ele. Um correu para a fortificação a fim de se juntar ao inimigo, mas os adversários rocheleses abriram fogo e ele caiu, ferido por uma bala que lhe perfurou o ombro. D'Artagnan atacou o outro: a luta não foi longa; a espada do guarda atravessou a coxa do assassino, derrubando-o. D'Artagnan pôs-lhe a ponta da espada na garganta.

— Por favor, não me mate! Misericórdia, misericórdia, eu lhe direi tudo!

— Miserável! Diga logo quem o encarregou de me assassinar!

— Uma mulher que não conheço, mas que chamam de Milady.

— Se você não conhece essa mulher, como sabe seu nome?

— Meu camarada a conhece, foi com ele que ela combinou tudo, não comigo. Ele tem até uma carta dela no bolso.

— Quanto ela lhes pagou por essa bela expedição?

— Cem luíses.

— Felizmente ela julga que eu valho alguma coisa. Terei misericórdia, mas com uma condição.

— Qual?

— Que você vá buscar a carta que seu camarada tem no bolso.

— Sob o fogo da fortificação? Misericórdia, senhor, piedade! Em nome de uma jovem que o senhor ama, que o senhor pensa que está morta, mas não está!

— E como você sabe que eu amo uma jovem e penso que ela está morta? — perguntou d'Artagnan.

— Por essa carta que meu amigo tem no bolso.

O terror estava de tal modo estampado no rosto do homem que d'Artagnan teve pena e, olhando-o com desprezo, disse:

— Pois bem. Vou lhe mostrar a diferença entre um homem de coragem e um covarde como você. Fique aqui, eu irei.

Com passos ágeis, olhos vigilantes, se valendo do terreno acidentado, d'Artagnan chegou ao segundo soldado. Colocou o assassino nos ombros no mesmo momento em que o inimigo abriu fogo.

Uma sacudidela, o ruído rouco de três balas que perfuravam a carne, um último grito e um frêmito de agonia provaram a d'Artagnan que aquele que tentara assassiná-lo acabara de lhe salvar a vida.

D'Artagnan alcançou a trincheira e jogou o cadáver ao pé do ferido, pálido como um defunto.

Entre vários papéis sem importância, encontrou a seguinte carta:

> "Já que você perdeu o rastro dessa mulher e ela agora está em segurança num convento, aonde você nunca deveria tê-la deixado chegar, procure ao menos não perder o homem; você sabe que tenho grande influência e que pagará caro os cem luíses que lhe dei."

A carta não estava assinada. Era claro, entretanto, que vinha de Milady. Por isso, guardou-a como prova e começou a interrogar o ferido, que confessou ter sido encarregado, com seu companheiro, de raptar a jovem senhora.

— Mas o que fizeram com ela? — perguntou d'Artagnan.

— Deveríamos levá-la para um local na Place Royale.

Então o jovem percebeu, estremecendo, que terrível sede de vingança levava aquela mulher a persegui-lo, e também a todos que ele amava, e como ela conhecia bem todos os assuntos da corte, já que descobrira tudo. Sem dúvida devia suas informações ao cardeal.

Mas no meio disso tudo, ele compreendeu também que seria possível encontrar a sra. Bonacieux, pois um convento poderia ser facilmente invadido. Essa ideia o alegrou e tornou-o mais clemente. Virou-se para o ferido e, lhe dando o braço, disse:

— Apoie-se em mim e vamos voltar para o acampamento.

O guarda que tinha retornado depois do primeiro ataque anunciara a morte de seus quatro companheiros. Houve, portanto, um misto de surpresa e alegria no regimento quando os viram chegar sãos e salvos.

D'Artagnan explicou com uma história improvisada a estocada recebida por seu companheiro. Contou a morte do outro soldado e os perigos por que tinham passado. Esse relato foi para ele a oportunidade de viver um verdadeiro triunfo. Todo o exército falou dessa expedição durante um dia inteiro, e monsieur, o duque de Orléans, o felicitou.

XXXIII
O vinho de Anjou

A única preocupação de d'Artagnan era não ter nenhuma notícia de seus amigos Athos, Porthos e Aramis. Porém, numa manhã do mês de novembro, tudo lhe foi explicado numa carta vinda de Villeroi.

> "Sr. d'Artagnan, os senhores Athos, Porthos e Aramis, após uma alegre reunião em minha casa, fizeram uma tal confusão que o preboste do castelo os deteve por alguns dias; cumpro as ordens que me deram de lhe enviar doze garrafas de meu vinho de Anjou, de que gostaram muito. Querem que o senhor beba à saúde deles com seu vinho favorito. Fiz o que me pediram e sou, com o maior respeito, seu humilde e obediente servidor,
>
> Godeau, estalajadeiro dos senhores mosqueteiros."

— Até que enfim! — exclamou d'Artagnan. — Eles pensam em mim nos seus prazeres, como eu pensei neles na minha grande aflição.

D'Artagnan, então, procurou dois guardas que tinham se tornado seus amigos e convidou-os a beber com ele o delicioso vinho de Anjou; marcaram a reunião para dali a dois dias.

No dia da solenidade, d'Artagnan encarregou Planchet de preparar tudo. Planchet chamou Fourreau, criado de um dos convidados, e aquele falso soldado que desejara matar d'Artagnan.

Chegada a hora do banquete, os convidados tomaram seus lugares e as iguarias foram dispostas sobre a mesa. Planchet servia, Fourreau abria as garrafas, e Brisemont — era este o nome do soldado — transvasava para garrafões de vidro o vinho que parecia ter sedimentado no fundo com os solavancos da estrada. A primeira garrafa de vinho estava um tanto turva, e Brisemont despejou aquela borra num copo. D'Artagnan permitiu que o bebesse.

Quando iam levar o primeiro copo aos lábios, todos foram interrompidos pelo troar dos canhões. Pensando que se tratasse de algum ataque imprevisto, os guardas se levantaram, empunhando suas espadas. Mal saíram da birosca, descobriram a causa de tanto barulho: os gritos de "Viva o rei! Viva o senhor cardeal!" ressoavam de todos os lados.

Enfim o rei estava chegando, acompanhado de todo o seu séquito e de um reforço de vinte mil homens. Seus mosqueteiros o precediam e o seguiam. D'Artagnan, alinhado com sua companhia, cumprimentou alegremente seus companheiros, que responderam com o olhar, e o sr. de Tréville, que foi o primeiro a reconhecê-lo.

Acabada a cerimônia de boas-vindas, os quatro amigos puderam se abraçar.

— Por Deus! — exclamou d'Artagnan. — Não poderia haver coisa melhor, e as carnes não tiveram tempo de esfriar! Não é, senhores? — acrescentou, virando-se para os dois guardas que apresentou a seus amigos.

— Ah! Parece que teremos banquete! — disse Porthos.

— Será que há vinho bebível nessa birosca? — perguntou Athos.

— Claro! O vinho de vocês.

— Nosso vinho? — Espantou-se Athos.

— Sim! O vinho que me enviaram da parte de vocês!

— De nossa parte? — exclamaram os três mosqueteiros.

— Olhem a carta do estalajadeiro — disse d'Artagnan, apresentando o bilhete a seus companheiros.

— Carta falsa — sentenciou Porthos.

D'Artagnan empalideceu.

— Vamos depressa, meus amigos! Ocorreu-me uma horrível suspeita. Será ainda uma vingança daquela mulher?

Foi a vez de Athos empalidecer.

D'Artagnan correu à birosca e a primeira coisa que viu foi Brisemont estendido no chão, contorcendo-se em atrozes convulsões. Planchet e Fourreau tentavam socorrê-lo. No entanto, era evidente que qualquer socorro seria inútil, o moribundo já tinha os traços crispados pela agonia. Logo expirou, em meio a terríveis torturas.

— Horrível! Horrível! — disse Athos, enquanto Porthos quebrava as garrafas.

— Ó, meus amigos! Vocês me salvaram a vida mais uma vez! Não só a minha, mas também a desses senhores! Senhores — continuou ele, dirigindo-se aos guardas —, vou pedir-lhes silêncio sobre toda essa aventura. Acontece que personalidades importantes poderiam estar envolvidas no que viram e o mal de tudo isso cairia sobre nós.

Os dois guardas aceitaram cortesmente as desculpas de d'Artagnan e, compreendendo que os quatro amigos desejavam ficar sozinhos, retiraram-se.

XXXIV
O albergue do Colombier-Rouge

Uma noite em que d'Artagnan estava nas trincheiras e não tinha podido acompanhá-los, Athos, Porthos e Aramis, montados em seus cavalos de batalha e envoltos em suas capas de guerra, com a mão na coronha de suas garruchas, voltavam de uma taberna que Athos descobrira, na estrada de La Jarrie, chamada de Colombier--Rouge, quando lhes pareceu ouvir um tropel se aproximando. Pararam imediatamente. Cerraram fileiras ocupando o meio da estrada e esperaram. Em alguns minutos, como a lua saía de trás de uma nuvem, viram surgir cavaleiros que, ao vê-los, pararam também.

— Quem vem lá? — gritou Athos.

— Quem vem lá pergunto eu — respondeu uma voz vibrante que parecia estar acostumada a comandar.

— Mosqueteiros do rei — disse Athos.

— De que companhia?

— Do sr. de Tréville

— Adiantem-se em ordem e venham me explicar o que fazem a esta hora por aqui.

Os três mosqueteiros avançaram. Um dos cavaleiros, o que tinha tomado a palavra, também avançou.

— O sr. cardeal! — exclamou Athos, estupefato.

O cardeal fez um sinal a seu escudeiro, que se aproximou.

— Estes três mosqueteiros nos acompanharão — disse em voz baixa. — Não quero que saibam que saí do acampamento e, se nos seguem, estaremos certos de que não falarão com ninguém.

— Somos cavalheiros, monsenhor — disse Athos. — Então nos peça nossa palavra e não se preocupe com nada.

— O senhor tem o ouvido apurado, sr. Athos — provocou o cardeal —, mas saiba que não é por desconfiança que lhes peço que nos acompanhem, mas pela minha segurança.

Os três mosqueteiros se curvaram.

— Por minha honra — disse Athos. — Vossa Eminência tem razão de nos levar consigo; encontramos na estrada algumas figuras assustadoras, e tivemos até com quatro dessas figuras uma briga no Colombier-Rouge.

— Uma briga? E por quê, senhores? — quis saber o cardeal.

— Os miseráveis estavam bêbados — disse Athos — e, sabendo que uma mulher havia chegado à noite na taberna, queriam forçar sua porta para violentá-la.

— E essa mulher era jovem e bela? — perguntou o cardeal um tanto inquieto.

— Nós não a vimos, monsenhor.

— Vocês fizeram bem em defender a honra de uma mulher, e como é para o albergue do Colombier-Rouge que estou me dirigindo, saberei se o que me contou é verdade.

— Essa senhora não estava sozinha, havia um cavaleiro trancado com ela — disse Athos —, mas, como ele não apareceu, presume-se que seja um covarde.

— Não julgue temerariamente, diz o Evangelho — replicou o cardeal, cobrindo o rosto com sua capa e recomeçando a cavalgar, mantendo-se de oito a dez passos à frente dos quatro companheiros.

Logo chegaram ao albergue silencioso e afastado. Sem dúvida o estalajadeiro sabia que visitante ilustre esperava, por isso tinha despachado os importunos.

O cardeal apeou dez passos antes de chegar à entrada e foi dar três batidas à porta, como combinado. Um homem envolto numa capa saiu e trocou algumas palavras com o cardeal. Em seguida, montou num cavalo arreado que estava amarrado no alpendre e partiu na direção de Surgères, que era também a direção de Paris.

O estalajadeiro se retirou: para ele, o cardeal era apenas um oficial que vinha visitar uma dama.

— Por acaso há algum quarto no térreo em que esses senhores possam me esperar perto de uma boa lareira? — indagou o cardeal.

O homem abriu a porta de um grande aposento, onde recentemente uma antiga estufa fora de funcionamento havia sido trocada por uma grande e excelente lareira.

— Tenho este aqui — respondeu ele.

— Está ótimo. Entrem, senhores, e me aguardem aqui. Voltarei em, no máximo, meia hora.

Enquanto os três companheiros entravam, o cardeal, sem pedir qualquer outra informação, subiu as escadas sem que ninguém precisasse lhe indicar o caminho.

XXXV
Da utilidade dos canos da estufa

Era evidente que, sem querer e movidos apenas pelo caráter cavalheiresco e aventureiro, nossos três mosqueteiros acabavam de prestar serviço a alguém que o cardeal honrava com sua proteção particular. Quem era este alguém? Foi a primeira pergunta que se fizeram os três. Em seguida, Porthos chamou o estalajadeiro e lhe pediu um jogo de dados.

Porthos e Aramis sentaram-se a uma mesa e começaram a jogar; Athos passeava, refletindo.

Enquanto refletia e passeava, ele passava de um lado para outro diante do cano de uma estufa quebrado ao meio, mas cuja outra extremidade entrava no quarto de cima. Toda vez que ele passava e voltava, ouvia um murmúrio de vozes que lhe chamou a atenção. Aproximou-se e distinguiu algumas palavras que pareciam merecer tão grande interesse que ele fez sinal aos companheiros para que se calassem, e, curvando-se para que seu ouvido estivesse na altura da abertura inferior, pôs-se a ouvir.

— Escute, Milady — dizia o cardeal. — É um assunto importante.

— Estou escutando, Vossa Eminência, com a maior atenção — respondeu uma voz de mulher que fez estremecer o mosqueteiro.

— Um pequeno navio com tripulação inglesa, cujo capitão é um dos meus, a espera na embocadura da Charente. Ele partirá amanhã de manhã.

Athos fez sinal a seus dois companheiros para virem escutar com ele.

— A senhora vai partir para Londres — continuou o cardeal. — Chegando lá, procure Buckingham em meu nome e diga-lhe que estou a par de tudo o que ele está preparando, mas não me preocupo, pois ao primeiro movimento que fizer, destruo a rainha.

— Tenho que lhe apresentar provas, para que ele possa julgar.

— Sem dúvida, e diga-lhe que divulgarei todos os detalhes de sua entrada e saída do Louvre na noite em que penetrou no palácio.

— E se ainda assim ele insistir?

— Se ele insistir... — Sua Eminência fez uma pausa e retomou: — Se insistir, depositarei minha esperança num desses acontecimentos que modificam a face dos Estados. Por exemplo, quando em 1610 o rei Henrique IV ia invadir ao mesmo tempo Flandres e a Itália para atingir a Áustria dos dois lados, pois bem, um desses acontecimentos não salvou a Áustria?

— Vossa Eminência está falando da facada da rua da Ferronnerie?

— Justamente — respondeu o cardeal. — Haverá sempre e em todo lugar um fanático desejoso de se tornar um mártir. Os puritanos, por exemplo, estão furiosos com o duque de Buckingham, e seus pregadores já o designam como o Anticristo.

— E então? — disse Milady.

— E então? — continuou o cardeal. — Bastaria encontrar uma mulher bela, jovem, hábil, que tivesse uma razão para se vingar do duque; uma mulher assim não é difícil de se encontrar.

— Sem dúvida — respondeu friamente Milady.

— Uma mulher assim, que pusesse o punhal nas mãos de um fanático, salvaria a França.

— Sim, mas seria cúmplice de um assassinato.

— Por acaso alguém descobriu os cúmplices de Ravaillac?

— Não, mas talvez porque estivessem numa posição alta demais para que se fosse buscá-los lá onde estavam, mas, monsenhor, eu não estou nessa posição.

— É justo — disse Richelieu. — O que a senhora desejaria?

— Uma ordem que ratificaria antecipadamente tudo o que eu acreditasse dever fazer para o bem da França.

— Mas seria preciso primeiramente encontrar a mulher de que falei e que gostaria de se vingar do duque.

— Ela já foi encontrada — afirmou Milady. — Agora que recebi as instruções de Vossa Eminência em relação a seus inimigos, monsenhor me permitiria dizer duas palavras a respeito dos meus?

— A senhora tem inimigos?

— Tenho, monsenhor, e os adquiri servindo Vossa Eminência.

— E quem são?

— Primeiramente, uma causadora de intrigas chamada Bonacieux.

— Ela está na prisão de Mantes.

— Estava, mas a rainha descobriu uma ordem do rei e fez com que a levassem para um convento.

— Que convento?

— Não sei. O segredo foi bem guardado.

— Eu saberei.

— E Vossa Eminência me dirá em que convento essa mulher está?

— Não vejo inconveniente nisso — respondeu o cardeal.

— Bem, tenho outro inimigo ainda mais perigoso. Vossa Eminência o conhece, é aquele que deu três estocadas no conde de Wardes, seu emissário, e que fez fracassar o caso das agulhetas.

— Ah! Ah! — disse o cardeal. — Sei de quem a senhora fala.

— Estou falando desse miserável d'Artagnan.

— É um jovem valente. Seria preciso ter uma prova de suas relações com Buckingham.

— Uma prova! — exclamou Milady. — Posso arranjar dez!

— Dê-me essa prova e o envio para a Bastilha.

— Monsenhor — continuou Milady —, troca por troca, vida por vida, homem por homem. Dê-me esse, eu lhe dou outro.

— Desejo lhe ser agradável, ainda mais porque esse pequeno d'Artagnan é um libertino, um duelista, um traidor. Dê-me papel, pena e tinta.

— Aqui, monsenhor.

Fez-se um momento de silêncio. Athos pegou seus dois companheiros pela mão e os levou para o outro lado do cômodo.

— Por que você não nos deixa ouvir o restante da conversa? — quis saber Porthos.

— Silêncio! Já ouvimos tudo o que precisávamos. Preciso sair — disse Athos.

— E o que diremos se o cardeal mandar chamá-lo?

— Não esperem que ele me chame, digam que saí em reconhecimento, pois o caminho não é seguro. Direi duas palavras ao escudeiro do cardeal. O resto é por minha conta, não se preocupem.

— Seja prudente, Athos — disse Aramis.

— Fique tranquilo. Você sabe, tenho sangue-frio.

Porthos e Aramis foram retomar seus lugares ao lado do encanamento da estufa. Quanto a Athos, saiu sem mistério algum, pegou seu cavalo, com quatro palavras convenceu o escudeiro da necessidade de uma vanguarda de reconhecimento para a volta, verificou se suas garruchas estavam carregadas e seguiu, como uma criança perdida, a estrada que levava ao acampamento.

XXXVI
Cena conjugal

Como Athos havia previsto, o cardeal não tardou a descer: com um rápido olhar, observou todos os cantos da sala.

— Onde está o sr. Athos? — perguntou ele.

— Monsenhor — respondeu Porthos —, ele partiu em missão de reconhecimento.

O escudeiro estava na porta, segurando pela rédea o cavalo do cardeal. Um pouco mais longe percebia-se um grupo de dois homens e de três cavalos; estes dois homens deviam conduzir Milady e vê-la embarcar.

O cardeal retomou o caminho do acampamento. Porém, voltemos a Athos. Uma vez fora de vista, o mosqueteiro pegou um desvio, deu a volta e esperou, escondido atrás de uma moita, a passagem do cardeal e de seu pequeno séquito. Esperou que os cavaleiros virassem a curva e voltou a galope para o albergue.

O estalajadeiro o reconheceu.

— Meu oficial se esqueceu de fazer uma recomendação importante à dama do primeiro andar, e me enviou para reparar esse esquecimento.

— Suba — disse o estalajadeiro. — Ela ainda está no seu quarto.

Athos subiu a escada sem fazer barulho, entrou no quarto e fechou a porta. Ouvindo o ruído do ferrolho, Milady se voltou.

— Quem é o senhor? — indagou ela.

Deixando cair sua capa e tirando o chapéu, ele dirigiu-se a Milady.

— A senhora está me reconhecendo?

Depois de dar um passo à frente, Milady recuou como se tivesse visto um fantasma.

— O conde de La Fère! — murmurou ela, empalidecendo.

— É, Milady, o conde de La Fère em pessoa, que voltou de propósito do outro mundo para ter o prazer de vê-la. Sentemo-nos e conversemos, como diria o sr. cardeal.

Dominada por um terror inexplicável, Milady sentou-se sem proferir uma palavra.

— Eu acreditava tê-la vencido — continuou Athos —, mas ou me enganei ou o inferno a ressuscitou. O inferno a enriqueceu, o inferno deu-lhe um outro nome, mas ele não apagou nem as manchas de sua alma nem a marca vergonhosa de seu corpo.

— Afinal, o que quer?

— Quero lhe dizer que, embora tenha estado distante de seus olhos, não a perdi de vista. Ouça: foi Milady quem cortou as duas agulhetas de diamante no ombro do duque de Buckingham; foi Milady quem mandou raptar a sra. Bonacieux; foi Milady que, apaixonada pelo conde de Wardes e acreditando passar a noite com ele, abriu a porta ao sr. d'Artagnan; foi Milady que, acreditando que o conde de Wardes a tinha enganado, quis mandar seu rival matá-lo; foi Milady que, ao ver que esse rival havia descoberto seu segredo infame, quis mandar dois assassinos matá-lo. Quando soube que as balas não o atingiram, enviou-lhe vinho envenenado; foi Milady, afinal, que neste mesmo quarto fez um pacto com o cardeal de Richelieu de matar o duque de Buckingham em troca da licença que ele lhe deu de mandar matar d'Artagnan.

— Mas então você é Satã? — provocou ela

— Em todo caso — disse Athos —, escute bem o que vou lhe dizer: matar ou mandar matar Buckingham, pouco me importa. Aliás, é um inglês. Mas se tocar em um fio de cabelo de d'Artagnan, juro que será o último crime de sua vida.

— O sr. d'Artagnan me ofendeu cruelmente — sussurrou Milady. — O sr. d'Artagnan morrerá.

Athos foi tomado por uma espécie de vertigem; levantou-se, pôs a mão no cinturão, pegou a garrucha e carregou-a. Levantou a arma, estendeu o braço de maneira que a arma quase tocasse a fronte de Milady, e, com uma voz ainda mais terrível porque sua calma revelava uma decisão irrevogável, disse:

— Senhora, entregue-me nesse mesmo instante o papel que o cardeal assinou, ou juro por minha alma que lhe estouro os miolos.

Vendo pela contração do rosto de Athos que ele ia mesmo disparar, Milady levou rapidamente a mão ao peito e tirou um papel que entregou ao mosqueteiro.

— Tome — disse ela. — E maldito seja.

Athos pegou o papel, passou a garrucha no cinturão, aproximou-se da luminária para verificar que era mesmo o papel do cardeal, desdobrou-o e leu:

> "É por minha ordem e pelo bem do Estado que o portador do presente fez o que fez.
>
> 3 de dezembro de 1627
> Richelieu"

— E agora que lhe arranquei os dentes — disse Athos, pegando sua capa e colocando o chapéu —, sua víbora, morda se puder.

Saiu do quarto sem nem olhar para trás.

Encontrou na porta os dois homens e o cavalo que seguravam pelas rédeas.

— Senhores — disse ele —, é ordem de monsenhor, os senhores sabem, que levem essa mulher sem perda de tempo, e a vigiem até vê-la embarcar.

Eles inclinaram a cabeça em sinal de assentimento.

Quanto a Athos, montou e se pôs a galope. Porém, em vez de seguir a estrada, passou pelos campos e só tomou a estrada a duzentos passos do acampamento.

— Quem vem lá? — gritou de longe quando avistou os cavaleiros.

— Creio que é nosso bravo mosqueteiro — disse o cardeal.

— Sim, monsenhor — respondeu Athos.

— Senhor Athos — disse o cardeal —, receba meus agradecimentos. Senhores, chegamos. Entrem pela porta à esquerda. A senha é Rei e Ré.

Dizendo estas palavras, o cardeal os saudou com um movimento de cabeça e se dirigiu à direita, seguido por seu escudeiro.

— E então — disseram juntos Porthos e Aramis, quando o cardeal não podia mais ouvi-los —, ele assinou o papel que ela queria.

— Já sei — disse tranquilamente Athos. — Tenho-o aqui!

Os três amigos não disseram mais nada até chegarem a seu alojamento.

Mandaram Mousqueton avisar Planchet que seu patrão era esperado no alojamento dos mosqueteiros logo que saísse das trincheiras.

Por outro lado, como havia previsto Athos, ao encontrar à porta os dois homens que a esperavam, Milady não opôs a menor resistência em segui-los. Pensou que seria melhor se manter em silêncio, partir discretamente, desempenhar com a costumeira habilidade a missão que lhe fora confiada, depois, com tudo feito como desejava o cardeal, viria reclamar sua vingança.

Após viajar a noite inteira, embarcou às oito horas.

XXXVII
A fortaleza de Saint-Gervais

D'Artagnan encontrou seus três amigos reunidos no mesmo quarto. Athos refletia, Porthos cofiava o bigode e Aramis fazia suas orações.

— Senhores — disse ele —, espero que o que têm para me dizer valha a pena. Senão eu jamais os perdoaria por me fazerem vir aqui em vez de me deixarem descansar após uma noite tentando tomar e desmantelar uma fortaleza. Ah! Se todos estivessem lá! Senhores, foi quente!

— Onde nós estávamos também não fez frio! — respondeu Porthos.

— Silêncio — disse Athos. — Diga-me, Aramis, já almoçou no albergue Parpaillot, não foi? Como é por lá?

— Comi muito mal.

— Não é isso que lhe estou perguntando, Aramis. Ninguém o incomodou?

— Não tivemos muitos importunos.

— Então vamos ao Parpaillot — disse Athos. — Aqui, as paredes são finas como folhas de papel.

D'Artagnan, que reconhecia a um simples gesto de seu amigo que o assunto era grave, tomou o braço de Athos e saiu com ele sem dizer nada.

No caminho encontraram Grimaud e Athos fez-lhe sinal para segui-los. Chegaram à taberna. Eram sete horas da manhã, o dia começava a clarear. Os amigos pediram uma refeição e entraram numa sala onde, segundo o estalajadeiro, não seriam incomodados.

Infelizmente, a hora não era própria para um conciliábulo; acabavam de tocar a alvorada, ninguém estava bem acordado, e para evitar o ar úmido iam beber um trago na taberna: dragões, suíços, guardas, mosqueteiros, soldados da cavalaria sucediam-se com uma rapidez que desagradava nossos quatro amigos.

— Os senhores estavam nas trincheiras ontem à noite, e tiveram que lutar com os rocheleses? — perguntou o soldado da cavalaria chamado Busigny.

— Os senhores não tomaram uma fortaleza? — perguntou um suíço que bebia rum num copo de cerveja.

— Sim, senhores, tivemos essa honra — respondeu d'Artagnan.

— Que bastião? — quis saber um dragão.

— A fortaleza Saint-Gervais — respondeu d'Artagnan.

— Mas é provável que esta manhã cheguem reforços para reparar o bastião — disse o soldado da cavalaria.

— Senhores, uma aposta! — disse Athos.

— Ah! Sim! — disse o suíço. — Uma aposta!

— Qual? — perguntou o soldado.

— Pois bem, sr. de Busigny — disse Athos —, aposto com o senhor que meus três companheiros, os senhores Porthos, Aramis, d'Artagnan e eu vamos almoçar na fortaleza Saint-Gervais e ali ficaremos por uma hora, marcada no relógio, mesmo que o inimigo faça algo para nos desalojar.

Porthos e Aramis se entreolharam, eles começavam a compreender.

— Meu Deus! — disse Porthos, cofiando o bigode. — É uma ótima aposta, espero.

— Aceito! — respondeu Busigny. — Agora vamos decidir o que está em jogo.

— Vocês são quatro, nós somos quatro, que tal um lauto jantar para oito? O que acham?

— Ótimo! — respondeu Busigny.

— Perfeito! — disse o dragão.

— Para mim está bem — disse o suíço.

O quarto ouvinte, que até então se mantivera calado, assentiu.

— O almoço desses senhores está pronto — disse o estalajadeiro.

— Pois bem, traga-o — ordenou Athos.

O estalajadeiro obedeceu. Athos chamou Grimaud, mostrou-lhe um pedaço de papel e fez o gesto de embrulhar as carnes que fossem trazidas.

Grimaud compreendeu na mesma hora, embrulhou as carnes, juntou as garrafas e pôs o cesto no braço.

— Sr. de Busigny — chamou Athos —, será que me permite acertar meu relógio pelo seu?

— Claro, senhor! São sete e meia.

Cumprimentando os assistentes estupefatos, os quatro jovens tomaram o caminho da fortaleza Saint-Gervais, seguidos por Grimaud.

Enquanto estavam dentro do acampamento, os quatro amigos não disseram uma palavra, mas ao ar livre d'Artagnan achou conveniente pedir uma explicação.

— Temos coisas importantes a nos dizer. Se vissem nós quatro conversando, o cardeal teria sido avisado 15 minutos depois de que estávamos reunidos em conselho.

— É verdade — disse d'Artagnan —, mas seremos indubitavelmente atingidos por uma bala.

— Ah, meu caro! As balas que devemos temer não são as do inimigo!

Chegando à fortaleza, os quatro amigos se viraram.

Mais de trezentos soldados de todos os países estavam reunidos à porta do acampamento, e podia-se ver o sr. de Busigny, o dragão, o suíço e até o quarto apostador.

Athos tirou o chapéu e espetou-o na espada, agitando-o no ar. Todos os espectadores responderam à sua saudação, acompanhando-a de um grande hurra.

XXXVIII
O conselho dos mosqueteiros

A fortaleza estava deserta, ocupada apenas por uma dúzia de mortos, tanto franceses como huguenotes.

— Senhores — disse Athos, que tomara o comando —, comecemos por recolher os fuzis e os cartuchos.

— Poderíamos jogar os mortos no fosso — sugeriu Porthos.

— Não façamos isso, eles podem nos servir — rebateu Athos.

— Nos servir? — indagou Porthos. — Você ficou louco, caro amigo.

— Não julgue temerariamente, dizem o Evangelho e o sr. cardeal — respondeu Athos. — Quantos fuzis?

— Doze — respondeu Aramis.

— Quantos tiros podemos dar?

— Uma centena.

— Procuremos as armas.

Os quatro se puseram ao trabalho. Quando estavam acabando, Grimaud fez sinal que o almoço estava servido.

Athos assentiu com um gesto, e indicou a Grimaud uma espécie de guarita onde ele compreendeu que deveria ficar de sentinela. Para atenuar a monotonia da guarda, Athos permitiu-lhe levar um pão, duas costeletas e uma garrafa de vinho.

 — Agora, todos à mesa! — disse Athos.

Os quatro amigos sentaram-se no chão, com as pernas cruzadas, como fazem os turcos e os alfaiates.

— Espero lhes proporcionar distração e glória — disse Athos. — Temos um almoço dos mais suculentos e quinhentas pessoas que nos tomam por loucos ou por heróis, duas classes de imbecis bem semelhantes.

— Mas e o segredo? — perguntou d'Artagnan.

— O segredo é que vi Milady ontem à noite. Ela tinha acabado de pedir sua cabeça ao cardeal, d'Artagnan.

— Minha cabeça ao cardeal! — exclamou d'Artagnan, pálido de terror. — É melhor então que eu dê um tiro na cabeça e tudo acabará.

— Essa é a última burrice que você deve fazer — disse Athos —, visto que é a única que não tem remédio. O que há, Grimaud? Considerando a gravidade da circunstância, eu lhe permito falar. Mas, por favor, seja lacônico.

— Uma tropa.

— De quantas pessoas?

— Vinte homens.

— A quantos passos?

— Quinhentos.

— Bem, ainda temos tempo de acabar nosso frango e de beber um copo de vinho à sua saúde, d'Artagnan.

— À sua saúde! — repetiram Porthos e Aramis.

Em seguida, esvaziando o copo, que colocou a seu lado, Athos se levantou calmamente, pegou o primeiro fuzil que encontrou e se aproximou de uma seteira. Porthos, Aramis e d'Artagnan fizeram o mesmo. Quanto a Grimaud, recebeu ordem de ficar atrás dos quatro amigos a fim de recarregar as armas.

Passado um momento, viram aparecer o grupo.

— Na verdade — disse Athos —, vou alertá-los.

Subiu numa brecha, o fuzil numa mão, o chapéu na outra.

— Senhores — disse o mosqueteiro, dirigindo-se aos que chegavam —, estamos almoçando nesta fortaleza, meus amigos e eu. Ora, nada é mais desagradável do que ser incomodado quando se está comendo. Pedimos-lhes, portanto, que esperem acabarmos de almoçar, a menos que lhes ocorra o desejo salutar de abandonar o partido da revolta e de vir beber conosco à saúde do rei da França.

— Tome cuidado! — exclamou d'Artagnan. — Eles estão mirando em você.

— São burgueses que atiram muito mal!

De fato, no mesmo instante, quatro tiros de fuzil foram disparados, e as balas vieram achatar-se em torno de Athos, sem tocá-lo.

Quatro tiros de fuzil responderam, porém foram mais bem dirigidos: três soldados caíram mortos e um ficou ferido. Uma segunda descarga matou o comandante e dois soldados, e o restante da tropa fugiu.

— Recarregue as armas, Grimaud, e, nós, acabemos o nosso almoço.

— Onde está Milady? — perguntou d'Artagnan.

— Ela vai para a Inglaterra com o objetivo de assassinar ou mandar assassinar Buckingham.

— Mas é infame! — exclamou d'Artagnan.

— Ó, quanto a isso pouco me importo — disse Athos. — Grimaud, pegue uma meia baioneta, amarre nela uma toalha e coloque no alto da fortaleza para que esses rebeldes vejam que estão tratando com leais soldados do rei.

Grimaud obedeceu. Um minuto depois, a bandeira branca tremulava. Uma tempestade de aplausos saudou sua aparição: metade do acampamento estava nas barreiras.

— Como?! — continuou d'Artagnan. — Não vou abandonar Buckingham assim!

— O duque é inglês — disse Athos. — O que mais me preocupava era conseguir tirar dessa mulher uma espécie de carta branca com a qual ela poderia se livrar de você e talvez de nós. E aqui está.

D'Artagnan desdobrou o papel e leu.

— Realmente, é uma absolvição de acordo todas as regras — disse Aramis.

— É preciso rasgar esse papel — afirmou d'Artagnan, que parecia estar lendo sua sentença de morte.

— Muito pelo contrário — disse Athos —, é preciso conservá-lo com a maior estima.

— Vocês não acham que torcer o pescoço dessa mulher é um pecado bem menor do que torcer o pescoço desses pobres huguenotes, cujo único crime é cantar em francês os salmos que cantamos em latim? — indagou Porthos.

— Felizmente ela está longe — observou Aramis.

— Ela me incomoda tanto na Inglaterra como na França — disse Athos.

— Ela me incomoda em qualquer lugar — continuou d'Artagnan.

— Já que você esteve com ela, por que não a enforcou? — perguntou Porthos. — Só os mortos não voltam mais.

— Você acredita nisso, Porthos? — respondeu Athos, com um sorriso sóbrio que só d'Artagnan entendeu.

— Tenho uma ideia — disse o jovem.

— Às armas! — gritou Grimaud.

Uma pequena tropa estava chegando, mas desta vez era composta apenas de soldados.

— E se voltássemos para o acampamento? — sugeriu Porthos. — A partida não está equilibrada.

— Impossível por três razões. A primeira é que não acabamos de almoçar; a segunda é que ainda temos coisas importantes para nos dizer; a terceira é que faltam ainda dez minutos para a hora marcada. Logo que o inimigo chegar à altura dos mosquetes, dispararemos. Se ele continuar a avançar, continuamos a atirar. Dispararemos enquanto tivermos fuzis carregados.

— Bravo! — exclamou Porthos. — Decerto, Athos, você nasceu para ser general e o cardeal, que se acredita um grande homem de guerra, é muito pouca coisa comparado a você.

Os quatro tiros de fuzil só detonaram uma vez, e quatro homens caíram.

O tambor começou a rufar e a pequena tropa avançou em passo de ataque. Então os tiros de fuzil se sucederam sem regularidade, mas sempre enviados com a mesma precisão. Entretanto, os inimigos continuavam a avançar com rapidez.

Ainda restavam 12 ou 15 soldados quando chegaram diante da fortaleza. Uma última saraivada os recebeu, mas não os deteve. Eles saltaram no fosso e se prepararam para escalar a brecha.

— Vamos, amigos! — gritou Athos. — Acabemos de uma vez. À muralha! À muralha!

E os quatro amigos, auxiliados por Grimaud, começaram a empurrar um enorme pedaço de muro que, soltando de sua base, caiu com um terrível estrondo no fosso. Ouviu-se uma gritaria, uma nuvem de poeira subiu em direção ao céu e isso foi tudo.

— Será que os esmagamos do primeiro ao último? — perguntou Athos.

— Meu Deus! Parece que sim! — disse d'Artagnan.

— Não — setenciou Porthos. — Estou vendo dois ou três fugindo.

Athos olhou o relógio.

— Senhores — disse ele —, faz uma hora que estamos aqui, a aposta está ganha; mas é preciso que sejamos bons jogadores. Aliás, d'Artagnan não nos contou sua ideia.

E os mosqueteiros se sentaram diante dos restos do almoço.

— Minha ideia: vou à Inglaterra, procuro o sr. de Buckingham e aviso-lhe que há um complô sendo tramado contra sua vida.

— Você não vai fazer isso, d'Artagnan — disse Athos, friamente.

— E por que não? Já não fiz uma vez?

— Sim, mas nessa época nós não estávamos em guerra. O que você quer fazer será considerado traição.

D'Artagnan compreendeu a força desse argumento e se calou.

— É preciso avisar a rainha — disse Aramis.

— É mesmo! — exclamaram a um só tempo Porthos e d'Artagnan.

— Avisar a rainha! — ecoou Athos. — E como fazer isso? Nossa carta ainda não terá chegado a Angers e já estaremos no calabouço.

— Eu me encarrego disso — disse Aramis, enrubescendo. — Conheço em Tours uma pessoa muito habilidosa.

— Ah! Ah! O que se passa na cidade? — disse Athos.

— Soaram o alarme.

— Verão que eles vão mandar contra nós um regimento inteiro — disse Athos.

— O tambor já se aproxima — observou d'Artagnan.

— Deixe-o aproximar-se — disse Athos. — Da cidade até aqui são 15 minutos. É mais tempo do que precisamos para elaborar nosso plano. Nunca encontraremos lugar mais conveniente. Eis, senhores, a ideia que tive.

— Diga, então.

— Deixem que eu dê a Grimaud algumas ordens indispensáveis. Grimaud — chamou Athos, indicando os defuntos —, você vai pegar esses senhores e colocá-los junto à muralha, com chapéu na cabeça e fuzil na mão.

— Ó, que grande homem! — exclamou d'Artagnan. — Estou entendendo o que quer!

— Essa Milady, esse demônio, tem um cunhado — disse Athos.

— Tem, conheço-o muito bem — respondeu d'Artagnan. — E creio que ele não tem muita simpatia pela cunhada.

— Como se chama o cunhado?

— Lorde de Winter.

— Onde ele está agora?

— Voltou para Londres.

— É deste homem que precisamos — afirmou Athos. — É ele quem devemos avisar!

— Acho que é o melhor a fazer. Avisamos ao mesmo tempo a rainha e lorde de Winter.

— Está bem. Mas quem levará a carta a Tours e a carta a Londres?

— Responsabilizo-me por Bazin — disse Aramis.

— E eu por Planchet — completou d'Artagnan.

— Realmente, se nós não podemos nos ausentar do acampamento, nossos criados podem — disse Porthos.

— Sem dúvida — respondeu Aramis —, e desde hoje devemos escrever as cartas, em seguida lhes daremos dinheiro e poderão partir.

— Daremos dinheiro a eles? — indagou Athos. — Vocês têm dinheiro?

Os quatro amigos se entreolharam e um pensamento nublou suas mentes, que por um momento haviam clareado.

— Alerta! — gritou d'Artagnan. — Quem falou em regimento?! Athos, é um verdadeiro exército!

— Ah! Ah! Você já acabou, Grimaud? — perguntou Athos.

Grimaud mostrou uma dezena de mortos que ele colocara nas atitudes mais pitorescas. Uns portavam armas, outros pareciam mirar para atirar, outros seguravam a espada.

— Meu Deus! — disse Athos. — Não tenho mais nada contra a retirada. Apostamos uma hora, ficamos uma hora e meia. Não há nada a dizer. Vamos!

Grimaud já se adiantara com o cesto e os restos do almoço. Os quatro amigos saíram atrás dele e mal tinham dado uma dezena de passos, quando:

— A bandeira! Arre! Não podemos deixar uma bandeira nas mãos dos inimigos, mesmo quando essa bandeira não passa de uma toalha!

Então Athos correu para a fortaleza, subiu na plataforma e tirou a bandeira no momento em que a tropa chegava ao alcance dos mosquetes. Os inimigos fizeram fogo cerrado contra aquele homem que, como por prazer, se expunha aos tiros.

Dir-se-ia que Athos era protegido por um feitiço qualquer: as balas passavam zunindo ao seu redor, mas nenhuma o atingia.

Uma segunda saraivada seguiu-se à primeira, e três balas, perfurando-a, transformaram realmente a toalha em bandeira.

Athos desceu. Seus companheiros, que o esperavam ansiosamente, o receberam com alegria.

Seguiu-se o barulho de um terrível tiroteio.

— O que é isso? — perguntou Porthos.

— Estão atirando em nossos mortos — respondeu Athos. — E quando descobrirem a brincadeira, estaremos longe do alcance das balas.

Os franceses, vendo nossos amigos voltarem marchando, receberam-nos com gritos de entusiasmo. O acampamento inteiro estava em polvorosa. Perto de duas mil pessoas tinham assistido, como a um espetáculo, à feliz fanfarronada de nossos amigos, fanfarronada de que estavam longe de saber o verdadeiro motivo. O cardeal pensou que havia um motim e mandou La Houdinière, capitão de seus guardas, informar-se do que estava acontecendo.

O relato foi transmitido ao mensageiro com todo o entusiasmo.

Naquela mesma noite, o cardeal falou com o sr. de Tréville sobre a façanha da manhã, que era o assunto das conversas do acampamento. O sr. de Tréville, que ouvira a história dos próprios heróis, contou-a a Sua Eminência com todos os detalhes, sem esquecer o episódio da toalha.

— Muito bem, sr. de Tréville. Consiga-me essa toalha, vou mandar bordar três flores de lis com fio de ouro e oferecê-la como estandarte à sua companhia.

— Monsenhor, há uma injustiça para com os guardas. O sr. d'Artagnan não é dos meus, pertence à companhia do sr. des Essarts.

— Pois bem, admita-o em sua companhia. Não é justo que quatro militares que se amam tanto não sirvam na mesma companhia.

Nessa mesma noite, o sr. de Tréville anunciou essa boa notícia a d'Artagnan e aos três mosqueteiros, e convidou a todos para almoçar com ele no dia seguinte.

D'Artagnan não cabia em si de felicidade. Sabemos que seu sonho sempre fora se tornar mosqueteiro.

Ainda na mesma noite foi prestar suas homenagens ao sr. des Essarts, e notificar-lhe a promoção que havia recebido. O sr. des Essarts, que gostava muito de d'Artagnan, ofereceu-se para pagar as despesas de equipamento exigidas pela mudança de corporação.

D'Artagnan recusou, mas, achando boa a ocasião, pediu-lhe que mandasse avaliar o diamante que lhe entregou e desejava vender.

No dia seguinte, às oito da manhã, o criado do sr. des Essarts entregou a d'Artagnan uma bolsa com sete mil libras de ouro.

Era o preço do diamante da rainha.

XXXIX
Questão de família

Athos havia encontrado o nome: *questão de família*. Uma questão de família não era submetida à investigação do cardeal; uma questão de família não interessava a ninguém.

Após o almoço com o sr. de Tréville, que foi muito alegre, combinaram de se encontrar à noite no alojamento de Athos, onde terminariam o assunto.

À noite, os quatro amigos se reuniram na hora prevista.

Aramis pegou a pena, refletiu alguns instantes e começou a escrever cerca de oito ou dez linhas com uma encantadora letrinha feminina, depois, com voz suave e lenta, como se cada palavra tivesse sido escrupulosamente mensurada, leu o que se segue:

> "Milorde,
> A pessoa que lhe escreve essas linhas teve a honra de cruzar espadas com o senhor num pequeno cercado da rua de l'Enfer. Como depois disso o senhor insistiu em se dizer amigo dessa pessoa, ela, reconhecendo essa amizade, quer lhe dar um bom conselho. Duas vezes o senhor escapou de ser vítima de uma parente próxima que o senhor acredita ser sua herdeira, pois ignora que antes de se casar na Inglaterra, ela já era casada na França. Porém, a terceira vez, que é esta, o senhor poderia sucumbir. Sua parente partiu para a Inglaterra durante a noite. Vigie sua chegada, pois ela tem grandes

e terríveis projetos. Caso o senhor queira realmente saber do que ela é capaz, leia seu passado no seu ombro esquerdo."

— Está ótimo — disse Athos —, e você escreve tão bem quanto um secretário de Estado, querido Aramis. Mesmo que esse aviso caísse nas mãos de Sua Eminência, não estaríamos comprometidos. Você está com o diamante?

— Melhor ainda, estou com o dinheiro.

D'Artagnan jogou a bolsa sobre a mesa.

— Quanto há nessa bolsinha? — perguntou Athos.

— Sete mil libras em luíses de doze francos.

— Sete mil libras! — exclamou Porthos. — Aquele diamantezinho valia sete mil libras!

— Parece que sim — disse Athos —, já que aí estão elas.

— Mas não pensamos ainda na rainha! — interrompeu d'Artagnan.

Aramis pegou a pena, pôs-se novamente a refletir e escreveu as seguintes linhas, que submeteu à apreciação de seus amigos:

"Minha querida prima,
Sua Eminência o cardeal, que Deus conserve para a felicidade da França e a confusão dos inimigos do reino, está quase acabando com os rebeldes heréticos de La Rochelle. É provável que o socorro da frota inglesa nem chegue às portas da praça; eu ousaria até dizer que o sr. de Buckingham será impedido de partir por algum acontecimento importante. Sua Eminência é o mais ilustre político dos tempos passados, dos tempos presentes e dos tempos vindouros. Ele escureceria o sol se o sol o perturbasse. Sonhei que esse inglês maldito tinha morrido. E a senhora sabe que meus sonhos nunca me enganam. Fique certa de me ver dentro de pouco tempo."

— Meu caro Aramis, você é o rei dos poetas — disse Athos. — Fala como o Apocalipse e é verdadeiro como o Evangelho. Só falta o endereço dessa carta.

Aramis dobrou o papel cuidadosamente e escreveu: *À senhorita Marie Michon, costureira em Tours.*

Os três amigos se entreolharam rindo: estavam encantados.

Planchet e Bazin levariam as cartas; discutiram-se os detalhes.

— É preciso que Planchet leve setecentas libras para ir e setecentas para voltar — disse Athos —, e Bazin, trezentas para ir e trezentas para voltar, o que reduzirá a soma a cinco mil libras. Cada um ficaria com mil libras e guardaríamos mil libras para um fundo de necessidades extraordinárias ou comuns. Estão de acordo?

— Meu querido Athos, você fala como Nestor, que era, como todos sabem, o mais sábio dos gregos — disse Aramis.

Chamaram Planchet para lhe dar as instruções. D'Artagnan já o havia avisado, primeiramente da glória, depois do dinheiro, e só por último dos perigos.

— Ah, senhor! — disse Planchet. — Eu conseguirei ou podem me cortar em quatro pedaços. Mesmo cortado em quatro, nenhum pedaço falará.

Pela manhã, quando Planchet já ia montar seu cavalo, d'Artagnan chamou-o à parte:

— Preste atenção. Quando tiver dado a carta a lorde de Winter e ele a tiver lido, você ainda lhe dirá: "Vigie Sua Graça lorde Buckingham, pois querem assassiná-lo." Mas isto, Planchet, é tão grave e tão importante que eu não quis confessar a meus amigos que lhe confiaria esse segredo, algo que nem quis escrever.

— Fique tranquilo, senhor, e verá que pode contar comigo.

No dia seguinte, Bazin partiu para Tours.

Os quatro amigos, durante o tempo dessas duas ausências, como é fácil imaginar, tinham mais do que nunca olhos vigilantes, nariz apurado e ouvidos à escuta.

Na manhã do oitavo dia, Bazin, sorrindo como de hábito, entrou no albergue de Parpaillot quando os quatro amigos estavam almoçando, e então disse, segundo o que fora combinado:

— Sr. Aramis, eis a resposta de sua prima.

Aramis leu a carta e passou-a a Athos, que leu em voz alta:

— "Meu primo, minha irmã e eu interpretamos muito bem os sonhos, e temos mesmo muito medo disso. Mas do seu, poderemos dizer, espero, que o sonho todo é mentira. Adeus! Passe bem e, de vez em quando, dê notícias. Marie Michon."

No 16º dia, d'Artagnan começou a dar sinais de agitação tão visíveis que não podia parar quieto, andava como uma sombra pelos caminhos por onde Planchet deveria voltar.

Passou-se o dia, caiu a noite.

— Estamos perdidos — disse d'Artagnan ao ouvido de Athos. — Planchet foi pego.

Mas eis que de repente, no escuro, uma figura familiar apareceu, e uma voz bem conhecida de d'Artagnan lhe disse:

— Senhor, eu lhe trago sua capa, pois está fazendo frio esta noite.

— Planchet! — exclamou d'Artagnan, louco de alegria.

Ao mesmo tempo, sentiu que Planchet lhe passava um bilhete.

Entraram na tenda, acenderam uma luz, e enquanto Planchet ficava na porta para que os quatro amigos não fossem surpreendidos, d'Artagnan quebrou o lacre e leu a carta tão esperada.

Ela continha apenas meia linha de uma letra bem britânica: *Thank you, be easy.*

O que queria dizer: Obrigado. Fique tranquilo

Athos pegou a carta das mãos de d'Artagnan, aproximou-a da lâmpada e queimou-a, só a largando quando ficou reduzida a cinzas.

XL
Fatalidade

No mesmo dia em que Planchet embarcava em Portsmouth com destino à França, Milady entrava no porto, com certo atraso causado pelo mar agitado e os ventos contrários.

A cidade fervilhava numa grande agitação: quatro grandes navios recentemente adquiridos iam ser lançados ao mar. Em pé no embarcadouro, ofuscante de ouro, diamantes e pedrarias, segundo seu costume, o chapéu adornado por uma bela pluma branca que lhe caía até o ombro, Buckingham estava cercado por seu estado-maior, quase tão reluzente quanto ele.

Milady, contemplando todo aquele aparato que ela deveria destruir, comparou-se mentalmente a Judith quando esta adentrou o acampamento assírio e viu o enorme conjunto de carros, cavalos, homens e armas que um gesto de sua mão devia dissipar como uma nuvem de fumaça.

O navio entrou na enseada, mas quando estavam se preparando para lançar âncora, uma pequena embarcação extraordinariamente armada aproximou-se e fez descer seu escaler, que veio na diração da escada. Nele estavam um oficial, um contramestre e oito remadores; só o oficial subiu a bordo e foi recebido com toda a deferência que inspira um uniforme.

O oficial se dirigiu durante alguns minutos ao capitão, mostrou-lhe um papel que trazia e que fez comparecer ao convés toda a tripulação. Quando isso foi feito, o oficial começou a passar em revista todos os que ali estavam, mas ao passar diante de Milady observou-a atentamente sem, no entanto, dizer uma só palavra.

O oficial pediu a bagagem de Milady e mandou colocá-la no escaler. Depois convidou-a a descer dando-lhe a mão.

Milady fitou-o, hesitante.

— Mas quem é o senhor? — perguntou ela.

— Sou um oficial da marinha inglesa — respondeu o rapaz.

— Então eu o seguirei, senhor.

E, dando a mão ao oficial, ela começou a descer os degraus da escada ao pé da qual o escaler os esperava.

Em cinco minutos, alcançaram a costa, onde um coche os aguardava. Milady subiu resoluta no coche, e o cocheiro partiu a galope.

Depois de 15 minutos, espantada com a extensão do trajeto, Milady olhou pela portinhola para ver aonde a estavam levando. Não se viam mais casas, e as árvores apareciam nas trevas como fantasmas negros correndo uns atrás dos outros.

— Mas nós já passamos da cidade, senhor — disse ela.

O oficial não respondeu.

— No irei adiante se o senhor não me disser aonde está me levando. Estou avisando, senhor!

A ameaça também não obteve resposta.

Milady quis abrir a portinhola e se jogar para fora do coche.

— Tenha cuidado, senhora — disse friamente o jovem oficial. — A senhora pode morrer se pular.

Enfim, após mais ou menos uma hora de viagem, o coche parou diante de uma grade de ferro que fechava um caminho que levava a um castelo de aparência severa, maciço e isolado. Então, como as rodas passavam sobre a areia fina, Milady escutou um ruído que reconheceu como o barulho do mar se quebrando contra uma costa escarpada.

O coche passou sob duas abóbodas e parou num pátio escuro e quadrado. Imediatamente a portinhola se abriu e o jovem ofereceu a mão a Milady, que se apoiou e desceu com toda a calma.

Sempre polido, o jovem oficial convidou Milady a entrar. Pararam diante de uma porta maciça, que com o movimento das dobradiças permitiu a entrada a um quarto destinado a Milady. O mobiliário era ao mesmo tempo apropriado a uma prisão e severo demais para a habitação de um homem livre. Entretanto, as barras de ferro nas janelas e vidros externos nas portas decidiram a favor da prisão.

— Em nome do céu, senhor! — exclamou Milady. — O que quer dizer tudo isso?

— A senhora está aqui no aposento que lhe foi destinado, senhora. Cumpri minhas ordens, o resto é com outra pessoa.

Nesse mesmo instante a porta se abriu e um homem entrou. Usava a espada junto à lateral do corpo e amassava um lenço com os dedos.

— Ó, Céus! Meu irmão! — exclamou Milady, estupefata. — É você?

— Sim, bela senhora! — respondeu lorde de Winter, fazendo uma saudação cortês e irônica. — Eu mesmo!

— Mas então, e esse castelo?

— É meu.

— Sou sua prisioneira?

— Mais ou menos.

— Mas é um terrível abuso de poder!

— Nada de belas palavras. Sentemo-nos e conversemos como convém a um irmão e uma irmã. — Depois, virando-se, disse: — Muito bem, eu lhe agradeço. Agora pode ir, sr. Felton.

XLI
Conversa entre irmãos

— Pois bem, conversemos, meu irmão — disse Milady com bom humor, pois estava decidida a obter nessa conversa as informações de que precisava para orientar seu comportamento.

— Diga-me, querida irmã, o que veio fazer na Inglaterra, já que tinha dito que nunca mais queria pôr os pés aqui?!

— Mas eu vim visitá-lo!

— Visitar-me? É esse seu único objetivo? Não tem outro?

— Não.

— Nossa! Quanto carinho, minha irmã!

— Não sou eu, por acaso, sua parente mais próxima?

— E também minha única herdeira, não é? Está bem instalada? Peça o que lhe falta, eu me esforçarei para lhe dar.

— Mas eu não tenho nem minhas aias nem meus criados!

— A senhora terá tudo isso. Diga-me apenas como seu primeiro marido tinha montado sua casa; embora eu seja somente seu cunhado, lhe darei o mesmo conforto.

— Meu primeiro marido! — exclamou Milady, encarando lorde de Winter com um olhar amedrontado.

— Sim, seu marido francês. Não estou falando de meu irmão. Aliás, se a senhora já o esqueceu, ele ainda vive, e posso lhe escrever. Ele me informará a respeito.

Um suor frio umedeceu a testa de Milady.

— O senhor está me insultando! — disse ela, com a voz abafada.

— Eu, insultando-a! — disse lorde de Winter com desprezo. — Na verdade, senhora, julga que isto seja possível?

— Realmente, o senhor está bêbado ou louco. Saia e mande-me uma mulher.

— Não poderia eu mesmo lhe servir de criada? Assim todos os nossos segredos ficariam em família.

— Insolente! — gritou Milady, jogando-se contra o barão, que a esperou, impassível, mas com a mão no punho da espada.

— Ora, ora, sei que a senhora está habituada a matar as pessoas, mas eu me defenderei, devo adverti-la.

— O senhor me parece um covarde, levantando a mão contra uma mulher!

— Talvez eu tenha uma desculpa: minha mão não foi a primeira mão masculina que teria tocado na senhora.

O barão apontou o ombro esquerdo de Milady, quase tocando-o. Milady deu um grito e recuou até o canto do quarto.

Lorde de Winter continuou, com uma fúria crescente.

— Se a memória de meu irmão não fosse sagrada para mim, a senhora iria apodrecer numa prisão do Estado ou saciar em Tyburn a curiosidade dos marinheiros. Daqui a 15 dias partirei para La Rochelle com o Exército, mas na véspera de minha viagem um navio virá buscá-la para conduzi-la a nossas colônias do sul. E fique tranquila, lhe darei um companheiro que lhe estourará os miolos na primeira tentativa que a senhora fizer de voltar à Inglaterra ou ao continente. Em 15 dias estarei fora daqui. Ah! Tente!

Lorde de Winter dirigiu-se à porta, abrindo-a bruscamente.

— Chamem o sr. Felton — ordenou ele. — Espere ainda um instante, senhora, vou recomendá-la a ele.

O jovem oficial entrou.

— Olhe bem esta mulher: ela é jovem, bela, possui todas as seduções da Terra. Pois bem, ela é um monstro que, aos 25 anos, é culpada de tantos crimes quanto você poderia ler durante um ano inteiro nos arquivos dos tribunais. Ela tentará seduzi-lo, tentará talvez até matá-lo. Felton, eu fiz com que fosse nomeado oficial, salvei sua vida uma vez, meu rapaz. Proteja-se contra esta mulher. Jure pela sua salvação conservá-la para o castigo que ela merece. Confio em sua palavra e em sua lealdade.

— Milorde — disse o jovem oficial —, juro-lhe que serei fiel como o senhor o deseja.

— E agora, senhora, trate de ficar em paz com Deus, pois a senhora está sendo julgada pelos homens.

Lorde de Winter saiu, fazendo um gesto a Felton, que o seguiu e fechou a porta.

Milady lentamente levantou a cabeça. Seu rosto havia retomado uma expressão de ameaça e desafio. Ela correu para ver se conseguia ouvir à porta, olhar pela janela, e voltou a se enterrar numa poltrona, divagando.

XLII
Oficial

Entretanto, o cardeal esperava notícias da Inglaterra, mas de lá só chegavam notícias desagradáveis ou ameaçadoras.

Enquanto isso, o exército real tinha uma vida folgada: não faltavam víveres, nem dinheiro no acampamento. Todos os regimentos rivalizavam em audácia e jovialidade.

Um dia, atacado por um tédio mortal, sem esperanças com as negociações com a cidade, sem notícias da Inglaterra, o cardeal saíra sem rumo, acompanhado apenas por Cahusac e de La Houdinière, andando ao longo das praias e misturando a imensidão de seus sonhos com a imensidão do oceano; chegou a passos lentos de seu cavalo a uma colina, do alto da qual pôde ver, atrás de uma cerca viva, sete homens rodeados por garrafas vazias. Quatro deles eram nossos mosqueteiros, preparando-se para ouvir a leitura de uma carta que um dos homens acabara de receber. Os três outros estavam ocupados em abrir um garrafão de vinho de Collioure: eram os lacaios desses senhores.

Fazendo sinal a seus companheiros para estacarem, o cardeal apeou do cavalo e se aproximou daqueles risonhos suspeitos, esperando que, ajudado pela areia que abafava seus passos, e pela sebe que o escondia, pudesse ouvir algumas palavras. A dez passos da sebe, ouviu o sotaque gascão de d'Artagnan. Não duvidou mais que os três outros fossem os que eram conhecidos como os inseparáveis; pode-se imaginar como aumentou seu desejo de ouvir a conversa! Porém, um grito rápido o fez estremecer.

— Oficial! — gritou Grimaud, apontando na direção da sebe.

Com um salto, os quatro mosqueteiros ficaram de pé e saudaram respeitosamente. O cardeal estava furioso.

— Parece-me que os senhores mosqueteiros estão bem seguros. Será que se consideram oficiais superiores?

— Monsenhor — respondeu Athos —, os mosqueteiros são oficiais muito superiores para seus lacaios.

— Não são lacaios — resmungou o cardeal —, são sentinelas. Os senhores sabem o que parecem, assim todos juntos, armados como estão e vigiados por seus lacaios? Parecem quatro conspiradores.

— Ó, verdade! — disse Athos. — Nós conspiramos, mas é contra os inimigos.

— Senhores — continuou o cardeal —, talvez encontrássemos em suas mentes o segredo de muitas coisas ignoradas, caso pudéssemos lê-las como os senhores estavam lendo essa carta que esconderam ao me ver chegar.

— Uma carta de mulher — disse Athos.

— Ó! — exclamou o cardeal. — É preciso ser discreto com esse tipo de carta. Pode-se, entretanto, mostrá-las a um confessor, e, como os senhores sabem, eu recebi as ordens.

— Monsenhor — disse Athos, com uma calma tanto mais terrível, pois estava arriscando sua cabeça ao dar essa resposta —, é uma carta de mulher, mas não está assinada nem por Marion Delorme nem pela duquesa d'Aiguillon.

O cardeal ficou pálido, o vislumbre de uma fagulha escura surgiu em seus olhos. Ele se virou, como se fosse dar uma ordem a Cahusac ou a La Houdinière. Athos viu o movimento e deu um passo em direção aos mosquetes, que os quatro amigos fitavam, como homens não dispostos a se deixar prender. O cardeal julgou a luta desigual, e, por um desses recuos rápidos que tinha sempre à disposição, dissolveu a ira em um largo sorriso.

— Vamos, vamos! Vocês são rapazes intrépidos, orgulhosos ao sol, fiéis na obscuridade, não há mal em velar por si mesmos quando se vela tão bem pelos outros. Senhores, não esqueci a noite em que me serviram de escolta: acabem suas garrafas e sua carta. Adeus, senhores.

Montando novamente em seu cavalo que Cahusac havia trazido, saudou-os com um gesto e afastou-se.

Os quatro amigos o seguiram com o olhar sem dizer uma única palavra até que ele desaparecesse. Depois, se entreolharam.

— Aramis, você teria entregado a carta? — perguntou d'Artagnan.

— Eu? — disse Aramis, com a voz mais melíflua. — Eu daria a carta com a mão esquerda, e com a outra, atravessaria o corpo dele com a espada.

— Você só leu uma ou duas linhas, Aramis. Volte ao início — pediu d'Artagnan.

— Está bem — disse Aramis.

"Meu querido primo, julgo que decidirei partir para Stenay, onde minha irmã obrigou nossa pobre criadinha a ingressar no convento das Carmelitas; a pobrezinha se resignou, sabe que não pode viver em outro lugar sem comprometer a salvação de sua alma. Entretanto, se os assuntos de nossa família se resolverem como nós desejamos, creio que ela não correrá o risco de se perder e voltará para perto daqueles de quem sente falta, ainda mais porque sabe que pensamos sempre nela. Enquanto espera, ela não está muito infeliz: tudo o que deseja é uma carta de seu pretendente. Minha irmã lhe agradece pela boa e eterna lembrança. Ela teve grandes preocupações, mas agora está mais tranquila, pois enviou um mensageiro para lá, a fim de que não aconteça nenhum imprevisto. Adeus, querido primo, dê-nos notícias o mais frequentemente que puder.

Beijos,
Marie Michon"

— Ó! O que não lhe devo, Aramis? — falou d'Artagnan. — Querida Constance! Tenho enfim notícias dela. Está viva, está segura no convento, está em Béthune! Onde é Béthune, Athos?

— A algumas léguas das fronteiras. Quando acabar o cerco de La Rochelle, daremos um passeio por lá. Mas que diabo está fazendo, Aramis? Guardando essa carta no bolso? Venha aqui, Grimaud.

Grimaud levantou-se e obedeceu.

— Meu amigo, você vai comer esse pedaço de papel, depois em recompensa desse serviço, beberá esse copo de vinho.

Grimaud sorriu e, fitando o copo que Athos acabara de encher até a borda, amassou o papel e o engoliu.

Nesse meio-tempo, Sua Eminência continuava seu passeio melancólico, murmurando com seus bigodes.

— É preciso que esses quatro homens sejam meus.

XLIII
Cativeiro

Voltemos a Milady. Em duas ocasiões a sorte lhe faltou, em duas ocasiões viu-se descoberta, traída. D'Artagnan a venceu, logo a ela, essa invencível força do mal. Ele violou seu amor, humilhou seu orgulho, enganou sua ambição. O que foi ainda pior, ergueu um canto dessa máscara, desse escudo que a protege e que a torna tão forte. Somente ele poderia ter transmitido a lorde de Winter todos os assuntos secretos que foi descobrindo, uns após o outro, por uma espécie de fatalidade. Ele conhecia seu cunhado. Devia ter-lhe escrito.

Quanto ódio ela destilava! Ali, imóvel, com os olhos ardentes e fixos, ela tramava contra a sra. Bonacieux, contra Buckingham e, sobretudo, contra d'Artagnan; magníficos projetos de vingança, perdidos num futuro longínquo!

Sim, mas, para se vingar, era preciso estar livre!

Abriram os ferrolhos, as dobradiças da porta rangeram, passos se aproximaram.

— Coloque essa mesa ali — disse uma voz que a prisioneira reconheceu como sendo a de Felton.

A ordem foi executada.

— Vou ficar sempre sozinha neste quarto grande e triste? — perguntou Milady.

— Uma mulher dos arredores já foi avisada, chegará amanhã ao castelo e virá todas as vezes que a senhora desejar sua presença.

— Eu lhe agradeço, senhor — disse humildemente a prisioneira.

Felton fez um gesto rápido e se dirigiu para a porta.

Milady sentou-se à mesa, comeu de diversos pratos, bebeu um pouco de vinho da Espanha e sentiu voltarem todas as suas resoluções.

No dia seguinte, quando entraram em seu quarto, ela ainda estava na cama. Feltou trouxe a mulher de que falara na véspera, e que acabara de chegar. Milady estava pálida.

— Estou com febre — disse ela. — Me sinto muito mal.

— A senhora quer que chamemos um médico? — perguntou a mulher.

— Para quê? Esses senhores vão declarar que meu mal é uma farsa, e o doutor será advertido.

— Vá chamar lorde de Winter — ordenou Felton.

— Ó, não! Não! — exclamou Milady. — Não! Senhor, eu lhe peço, não o chame, eu estou bem, não preciso de nada, não o chame!

Ela pôs uma veemência tão prodigiosa, uma eloquência tão arrebatadora em sua exclamação, que Felton ficou emocionado. Em seguida, deitando sua linda cabeça no travesseiro, ela irrompeu em prantos.

Felton observou-a um instante e saiu. A mulher o seguiu.

Passaram-se duas horas.

— Já está na hora de acabar com a doença — disse ela para si mesma. — Vamos levantar e tentar obter algum sucesso a partir de hoje. Só tenho dez dias.

Felton reapareceu. Trazia um livro na mão.

— Lorde de Winter, que é católico como a senhora, pensou que a privação dos ritos e das cerimônias de sua religião poderia lhe ser desagradável. Portanto, ele consente que a senhora leia cada dia o ordinário de *sua missa*; eis um livro que contém o rito.

Diante da expressão de Felton ao depositar o livro na mesa perto de Milady, do tom que usou para dizer *sua missa*, e do sorriso desdenhoso, Milady ergueu a cabeça e observou atentamente o oficial.

Então, diante do penteado severo, da roupa de uma simplicidade exagerada, ela reconheceu um desses sombrios puritanos que já encontrara inúmeras vezes. Teve uma inspiração súbita, como só pessoas geniais têm em momentos supremos, em que devem decidir sua fortuna ou sua vida.

Essas duas palavras, *sua missa*, e um rápido olhar lançado a Felton lhe revelaram toda a importância da resposta que iria dar. Mas, com o pensamento sagaz que lhe era particular, a resposta já formulada se apresentou em seus lábios.

— Eu! — disse ela com uma expressão de desdém igual à que notara na voz do jovem oficial. — Eu, senhor. *Minha missa*! Lorde de Winter, esse católico corrompido, sabe muito bem que não sou de sua religião, e é uma armadilha que ele quer me propor.

— E de que religião é a senhora? — perguntou Felton, com um espanto que, apesar do autocrotrole, não conseguiu esconder.

— Eu o direi — disse ela com uma exaltação fingida — no dia em que tiver sofrido bastante por minha fé.

O olhar de Felton revelou a Milady a extensão do que ela acabava de abrir com essa única palavra.

— Estou na mão de meus inimigos — continuou ela com o tom de entusiasmo que sabia ser comum aos puritanos. — Pois bem! Que meu Deus me salve ou que eu morra por meu Deus! É essa a resposta que lhe peço que dê a lorde de Winter.

Felton não respondeu e saiu pensativo. Lorde de Winter apareceu por volta das cinco horas.

— Parece que fizemos uma pequena apostasia! — disse ele.

— O que o senhor quer dizer?

— Quero dizer que desde a última vez que nos encontramos, a senhora mudou de religião. Por acaso desposou um terceiro marido, um protestante?

— Escuto suas palavras, mas não as compreendo.

— Então é porque a senhora não tem religião nenhuma. Prefiro assim — respondeu lorde de Winter, rindo.

— É certo que isto está mais de acordo com seus princípios.

— Ó! Confesso que isto me é completamente indiferente.

— Ó, milorde! O senhor não confessaria essa indiferença religiosa, que suas dissipações e seus crimes atestam.

— O quê? A senhora fala de dissipações, madame Messalina. A senhora fala de crimes, lady Macbeth! A senhora é bem impudente!

— O senhor diz isso porque sabe que estão nos escutando! — respondeu friamente Milady. — E quer colocar seus carcereiros contra mim. Tarefa infame, tarefa ímpia!

— Palavra de honra. Acho que a engraçadinha ficou louca — disse lorde de Winter, levantando-se. — Acalme-se, senhora puritana, ou a mando pôr no calabouço.

Lorde de Winter se retirou, blasfemando. Felton realmente estava atrás da porta e não perdera uma única palavra de toda essa cena. Milady tinha percebido.

Passaram-se duas horas. Trouxeram a ceia e encontraram Milady fazendo bem alto suas orações; orações que ela tinha aprendido com um velho servidor de seu segundo marido, puritano dos mais austeros. Ela parecia em êxtase, e não se mexeu nem para dar atenção ao que se passava a sua volta. Felton fez sinal para que não a perturbassem.

Ela deixou passar ainda uma meia hora, e como estava um silêncio completo no velho castelo, com sua voz pura e harmoniosa começou a cantar um salmo muito apreciado pelos puritanos.

Senhor, se Tu nos abandonas,
É para ver se somos fortes.
Mas depois és Tu que nos dás
Com Tua mão celestial
O prêmio por nossos esforços.

A porta se abriu bruscamente, e Milady viu Felton aparecer, pálido como sempre, mas com os olhos ardentes e quase apavorados.

— Por que a senhora está cantando assim? — indagou ele. — Com esta voz?

— Desculpe, senhor — respondeu docemente Milady —, esqueci que nossos cantos não são bem aceitos nesta casa. Talvez eu tenha ofendido o senhor em suas crenças, mas foi sem querer.

Milady estava tão bela nesse momento que Felton, ofuscado, acreditou ver o anjo que havia pouco apenas ouvira.

— Sim, sim, a senhora perturba as pessoas que moram neste castelo.

O pobre insensato não percebeu a incoerência de seu discurso, enquanto Milady mergulhava seus olhos de lince no mais fundo de seu coração.

— Eu me calarei — disse ela, baixando os olhos com resignação.

— Não, não! Senhora! Apenas cante mais baixo, sobretudo à noite.

Ao dizer isso, Felton saiu precipitadamente do aposento.

Ele tinha se aproximado, mas ainda havia um passo a dar. Era preciso fazê-lo falar, para poder lhe falar também, pois Milady sabia muito bem que sua maior sedução era a voz.

Desde então Milady passou a vigiar todas as ações dele, suas palavras, até o mais simples olhar, até os gestos: tudo era estudado, como faz um ator hábil a quem se quer dar um novo papel que ele não tem o costume de interpretar.

No dia seguinte, ao meio-dia, lorde de Winter entrou. Era um belo dia de inverno. Milady estava olhando pela janela, e fingiu não ter percebido o barulho da porta se abrindo.

— Ah! Ah! Depois da comédia, a tragédia, e agora a melancolia!

Milady juntou as mãos e ergueu seus belos olhos aos céus.

— Senhor! Senhor! — disse ela com angelical suavidade nos gestos e no tom. — Perdoai este homem como eu mesma o perdoo.

— Reza, maldita! — exclamou o barão. — Sua oração é ainda mais generosa porque você está em poder de um homem que não perdoa!

Ele saiu. Nesse momento, Milady percebeu Felton escondendo-se para não ser visto. Então pôs-se de joelhos e começou a rezar.

— Meu Deus! Meu Deus! O Senhor sabe por que causa santa estou sofrendo. Dai-me, pois, a força de sofrer!

A porta abriu-se devagarinho.

— Não gosto de incomodar quem está rezando, senhora — disse Felton gravemente.

— Como o senhor sabia que eu estava rezando? — perguntou Milady, a voz abafada pelo choro.

— Mesmo tendo cometido um crime, um culpado é, para mim, sagrado aos olhos de Deus.

— Eu, culpada! — disse Milady. — Diga que estou condenada, mas o senhor sabe, Deus que ama os mártires às vezes permite que se condenem os inocentes.

— Eu a ajudarei com minhas orações.

— Ó, o senhor é um justo! — exclamou Milady, se precipitando a seus pés. — Entretanto, o senhor não ignora os desígnios de lorde de Winter a meu respeito.

— Eu os ignoro.

— Impossível! O senhor, seu confidente!

— Eu não minto nunca, senhora.

— Mas... — murmurou Milady, num tom incrivelmente verdadeiro. — O senhor não é seu cúmplice, o senhor não sabe que ele me destina a uma vergonha maior do que todos os castigos da terra?

— A senhora se engana, lorde de Winter não é capaz de tal crime.

— O amigo do infame é capaz de tudo.

— Quem a senhora chama de infame? — perguntou Felton.

— Haverá na Inglaterra dois homens a quem se possa chamar assim?

— A senhora se refere a Georges Villiers? — disse Felton, cujos olhos se inflamaram.

— Que os pagãos, os gentios e os infiéis chamam de duque de Buckingham.

— A mão do Senhor se estendeu sobre ele. Ele não escapará ao castigo que merece. A senhora o conhece?

"Enfim ele me interroga", pensou Milady, encantada por ter chegado tão rapidamente a este resultado.

— Ó, sim! Eu o conheço! Para minha desgraça, para minha infelicidade eterna!

Milady retorcia as mãos, como se tivesse chegado ao paroxismo da dor.

Alguém andou no corredor, e Milady reconheceu os passos de lorde de Winter. Felton também o reconheceu. O lorde passou diante da porta, sem entrar. Felton, pálido como um defunto, ficou alguns minutos à escuta, e quando o barulho extinguiu-se completamente, respirou como um homem saindo de um sonho e se precipitou para fora do aposento.

— Ah — disse Milady, escutando, por sua vez, os passos de Felton que se afastavam na direção oposta aos de lorde de Winter. — Você é dos meus!

Milady foi para a frente do espelho e se olhou: jamais estivera tão bela. Em seguida, como na véspera, ajoelhou-se e começou a cantar o mesmo hino religioso que arrebatara Felton tão violentamente.

XLIV
Um artifício de tragédia clássica

Felton, mesmo sendo tão impassível, não podia resistir à influência secreta que já se apoderara dele. Ver essa mulher tão bela sofrer ao mesmo tempo a ascendência da dor e da beleza era demais para um visionário, era demais para uma mente minada pelos sonhos ardentes da fé extática, era demais para um coração corroído pelo amor do céu, que queima, e pelo ódio dos homens, que devora.

No dia seguinte, Felton entrou no quarto de Milady ainda mais pálido que de costume, e seus olhos avermelhados pela insônia indicavam que ele passara uma noite inquieta.

— O senhor compreende a missão que está realizando? — indagou Milady. — Já seria cruel se eu fosse culpada, mas que nome lhe daria o senhor se sou inocente?

— Quem é a senhora? Quem é a senhora? — perguntou Felton, juntando as mãos.

— Você não me reconheceu, Felton? Eu sou uma irmã de sua fé, só isso.

— Sim! Sim! Eu ainda tinha dúvidas, mas agora acredito.

— Acredita e, no entanto, me entrega a esse infame Sardanápalo que os cegos chamam de duque de Buckingham e que os crentes chamam de Anticristo?

— Eu, entregá-la a Buckingham? O que a senhora está dizendo?

— Eles têm olhos, e não verão; têm ouvidos, e não escutarão.

— Fale! Fale! — pediu Felton. — Posso compreender tudo agora!

— Confiar-lhe minha vergonha! — exclamou Milady, com os rosto corado pelo pudor. — Nunca, eu nunca poderia!

— A mim! A um irmão! — disse Felton.

— Pois bem, confio em meu irmão. Eu ousarei: ainda muito jovem e, por infelicidade, muito bela, me fizeram cair numa armadilha. Resisti, mas me ultrajaram. E como não podiam perder minha alma, quiseram marcar meu corpo para sempre. Enfim...

— Enfim — repetiu Felton. — O que fizeram?

— Certa noite, resolveram paralisar essa resistência que não podiam vencer: misturaram um narcótico poderoso na minha água. Mal acabei a refeição, senti um torpor desconhecido, uma dormência irresistível me invadindo. Quis gritar, mas minha língua estava paralisada. Escorreguei para o chão tomada por um sono profundo semelhante à morte. De tudo o que se passou durante esse sono, não tenho nenhuma lembrança. Quando acordei, estava deitada num quarto redondo, mobiliado suntuosamente. Pensei estar sonhando. Minhas roupas estavam sobre uma cadeira, a meu lado. Eu não me lembrava nem de ter me despido, nem de ter me deitado. O que tinha acontecido? De repente, o ruído de uma porta se abrindo me fez estremecer, e percebi, aterrorizada, que um homem estava de pé, a apenas alguns passos. Era o mesmo que me perseguia havia um ano, e que jurara me desonrar. Pelas primeiras palavras que saíram de sua boca, entendi que o fizera na noite anterior.

— O infame! — murmurou Felton.

— Sim, o infame! — exclamou Milady. — Tinha pensado que bastava ter me vencido durante o sono para que tudo fosse dito. Vinha, esperando que eu aceitasse minha vergonha, já que minha vergonha havia sido consumada. Tudo o que o coração de uma mulher pode conter de desprezo, despejei sobre esse homem. Ele me escutou calmamente, sorrindo, com os braços cruzados. Depois disse:

"'Adeus, minha bela! Esperarei que ao voltar para visitá-la a senhora esteja com melhor disposição.'

"Foi um momento terrível. Se eu ainda duvidasse de minha desgraça, essa dúvida teria se desvanecido numa desesperada realidade. Eu estava em poder de um homem capaz de tudo, que já tinha dado uma prova fatal do que podia fazer."

— Mas quem era esse homem? — perguntou Felton.

— Tentei sair inutilmente. Tateei todas as paredes em busca de uma porta; dei mais de vinte voltas pelo quarto procurando uma saída. Não havia: era uma prisão. Eu estava morta de cansaço. Aguentei dois dias e duas noites. Sentia uma fome devastadora. Uma mesa estava posta perto de mim. Por fim, comi pão e algumas frutas, bebi um gole d'água. Ainda não tinha passado meia hora quando senti os mesmos sintomas. Consegui resistir um pouco mais, pois só bebera um pouco de água, o que era pior, já que estava consciente do perigo que me ameaçava. Minha alma, posso afirmar, velava meu corpo: eu via e ouvia. É verdade que tudo se passava como num sonho, mas era aterrorizante. Senti que se aproximavam de mim, tentei gritar, consegui até me levantar, mas caí outra vez... caí nos braços de meu perseguidor.

— Diga-me, por favor, quem era esse homem! — exigiu o jovem oficial.

— Lutei com todas as minhas forças, e, sem dúvida, mesmo enfraquecida, opus-lhe uma longa resistência, pois o ouvi reclamar:

"'Essas miseráveis puritanas! Sabia que elas cansavam seus carrascos, mas pensava que fossem menos fortes contra seus sedutores.'

"Ai de mim! Essa resistência desesperada não podia durar muito. Sentia minhas forças se esgotarem, e dessa vez não foi de meu sono que o covarde se aproveitou, mas de meu desmaio. Na noite seguinte, meu perseguidor voltou. Sua atitude havia mudado.

"'Vamos, linda criança, eu não sou um desses tiranos que prendem as mulheres à força. A senhora não me ama, já desconfiava disso com minha experiência; agora já estou convencido. Amanhã, a senhora estará livre.'

"'Tome cuidado', eu lhe disse, 'pois minha liberdade será sua desonra! Logo que sair daqui, vou contar tudo sobre a violência que usou contra mim, sobre meu cativeiro...'

"Sempre tão controlado, meu perseguidor deixou escapar um movimento de raiva:

"'Veremos', disse o miserável. 'Tenho um artifício supremo, que só usarei em último caso para fechar sua boca, ou pelo menos impedir que acreditem em uma só palavra do que a senhora disser.'

"Reuni todas as minhas forças para responder com uma gargalhada. Ele viu que a partir de então seria uma guerra de vida ou morte entre nós.

"'Escute', disse ele. 'Dou-lhe ainda o resto da noite e o dia de amanhã. Reflita, cale-se, e terá riqueza, consideração, honrarias até. Tente falar, e a condenarei à infâmia.'"

Felton se apoiava num móvel, e Milady via, com alegria demoníaca, que as forças talvez lhe faltassem antes do fim do relato.

Depois de um momento de silêncio dedicado à observação do jovem, Milady continuou:

— Chegada a noite, meu perseguidor entrou seguido de um homem mascarado. Ele também usava uma máscara, porém reconheci esse ar imponente que o inferno deu à sua pessoa para a desgraça da humanidade.

"'Muito bem!', disse ele. 'A senhora está decidida a fazer o juramento que eu lhe pedi?'

"'Os puritanos só têm uma palavra. A minha, já lhe disse, é de persegui-lo na terra, no tribunal dos homens, e no céu, no tribunal de Deus!'

"'A senhora é uma prostituta, e sofrerá o castigo das prostitutas!'

"Em seguida, dirigindo-se ao homem que o acompanhava, ordenou:

"'Carrasco, faça o seu dever!'"

— Ó! Seu nome! Seu nome! — exclamou Felton. — Seu nome, diga-o para mim!

— Então, apesar de meus gritos, de minha resistência, pois eu compreendera que se tratava de algo pior do que a morte, o carrasco me agarrou, me deitou no chão, e eu dei, de repente, um grito de dor e de vergonha; um ferro em brasa, o ferrete do carrasco, estava impresso no meu ombro.

Felton deu um rugido.

— Veja — disse Milady, levantando-se, agora com uma majestade de rainha. — Veja, Felton, como inventaram um novo martírio para a jovem pura e, no entanto, vítima da brutalidade de um celerado. Aprenda a conhecer o coração dos homens, torne-se menos facilmente o instrumento de suas injustas vinganças.

Com um gesto rápido, Milady abriu seu vestido e rasgou a cambraia que cobria seu seio. Corada por uma falsa vergonha, mostrou ao rapaz a marca indelével que desonrava aquele ombro tão belo.

— Mas... É uma flor de lis que estou vendo!

— É justamente aí que reside a infâmia — respondeu Milady. — A marca da Inglaterra! Seria preciso provar que o tribunal me havia imposto tal marca, e eu faria apelo público a todos os tribunais do reino. Mas a marca da França... por ela, eu estava definitivamente marcada.

Era demais para Felton. Ele caiu de joelhos.

— Perdão! Perdão! — exclamou ele. — Perdão por ter me juntado a seus perseguidores!

Ele não a amava mais, ele a adorava!

— Ah! Só tenho mais uma coisa para perguntar à senhora: o nome.

— Como, irmão? Ainda não o adivinhou?

— Ele, sempre ele!

— O culpado é o destruidor da Inglaterra — disse Milady —, o perseguidor dos verdadeiros crentes, o covarde raptor da honra de tantas mulheres...

— Buckingham! Então é Buckingham!

Milady escondeu o rosto nas mãos, como se não pudesse suportar a vergonha que lhe evocava esse nome.

— Os homens o temem e o poupam.

— Ó! Eu, de minha parte, não o temo e não o pouparei! — disse Felton.

XLV
A fuga

Não havia mais dúvida, Felton fora convencido. Decerto estava do seu lado. Milady sorria ao pensar nisso, pois Felton era agora sua única esperança, sua única salvação. Ela pensou que ele viria na hora do almoço, mas não veio. No entanto, ela esperou pacientemente até a hora do jantar.

Às seis horas, lorde de Winter entrou. Estava armado até os dentes.

— Ora — disse ele. — A senhora começou a perverter meu pobre Felton, mas eu quero salvá-lo, portanto, ele não a verá mais, está tudo acabado. Junte suas roupas, amanhã a senhora partirá. Pensei que quanto antes se realizar o embarque, mais seguro tudo será. Amanhã ao meio-dia já terei a ordem de seu exílio assinada por Buckingham. Até logo, isto é tudo o que tinha para lhe dizer por hoje. Virei amanhã para as despedidas.

Dito isto, saiu. Milady escutara a ameaça com um sorriso de desdém nos lábios, mas a raiva dominando seu coração.

Por volta das dez horas da noite, desabou uma tempestade. De repente, ela ouviu baterem na vidraça, e, à luz de um relâmpago, viu o rosto de um jovem aparecer entre as grades.

Ela correu até a janela e abriu-a

— Felton! — exclamou. — Estou salva!

— Sim! Mas silêncio! Preciso de tempo para serrar estas barras.

— O que eu preciso fazer?

— Fique tranquila, ele não partirá.

Milady estremeceu de alegria. Acabava de ler no ponto mais íntimo do coração do rapaz: a morte de Buckingham ali estava escrita com todas as letras.

— Felton, o senhor é grande! Se morrer, morrerei a seu lado. Eis o que posso lhe dizer.

— Silêncio! — disse Felton. — Chegamos.

De fato, já encostavam na chalupa. Felton subiu primeiro a escada e deu a mão a Milady, enquanto os marinheiros a seguravam, pois o mar estava muito agitado.

— Capitão — chamou Felton —, eis a pessoa de que lhe falei e que deve ser conduzida sã e salva à França.

— Mediante mil pistolas — disse o capitão.

— Já lhe dei quinhentas.

— Está certo. As outras quinhentas me são devidas somente quando chegarmos a Boulogne.

— E chegaremos lá?

— Sãos e salvos — respondeu o capitão. — Tão certo como me chamo Jack Buttler.

— Tudo bem — disse Milady. — Se o senhor mantiver sua palavra, não serão quinhentas, mas mil pistolas que lhe darei.

— Enquanto espera, conduza-nos à pequena baía de Chichester, antes de Portsmouth — falou Felton.

O capitão respondeu comandando a manobra.

Ficou combinado que Milady esperaria Felton até as dez horas. Se ele não chegasse até as dez, ela partiria. Então, supondo que estivesse livre, ele a encontraria na França, no convento das Carmelitas de Béthune.

XLVI
O que se passava em Portsmouth no dia 23 de agosto de 1628

Felton despediu-se de Milady como um irmão que, indo a um simples passeio, se despede da irmã, beijando-lhe a mão. Ele parecia calmo como sempre, apenas havia um brilho não habitual em seus olhos.

Andando rapidamente, repassava o que dez anos de meditações ascéticas e uma longa estadia entre os puritanos lhe haviam fornecido de acusações verdadeiras ou falsas contra o favorito de Jaime VI e de Carlos I.

Entrou em Portsmouth por volta das oito horas da manhã. Toda a população já estava de pé. O tambor rufava nas ruas e no porto, e as tropas de embarque desciam para o mar.

Felton chegou ao palácio do almirantado, coberto de poeira e muito suado. A sentinela quis impedi-lo de entrar, mas Felton chamou o chefe do posto, e, tirando do bolso a carta que trazia, disse:

— Mensagem urgente da parte de lorde de Winter.

Ao ouvir o nome de lorde de Winter, que todos sabiam ser amigo íntimo de Sua Graça o duque de Buckingham, o chefe do posto deu ordem de deixar passar Felton, que, aliás, usava o uniforme de oficial da marinha. Felton entrou rapidamente no palácio.

Patrick, o criado, o fez atravessar uma grande sala na qual esperavam os deputados de La Rochelle conduzidos pelo príncipe de Soubise, e entrar no gabinete onde Buckingham, saindo do banho, terminava sua toalete.

— O tenente Felton — disse Patrick —, da parte de lorde de Winter.

Felton entrou.

— Por que o barão não veio pessoalmente? — perguntou Buckingham. — Eu o esperava esta manhã.

— Ele me encarregou de dizer a Vossa Graça que estava impedido de vir pela guarda que é obrigado a fazer no castelo.

— Sim, eu sei, ele tem uma prisioneira.

— Milorde, o barão de Winter lhe escreveu para lhe pedir que assine uma ordem de embarque relativa a uma jovem chamada Charlotte Backson.

— Sei, senhor, e respondi que assinaria.

— Vossa Graça sabia que o nome verdadeiro dessa jovem não é Charlotte Backson? Monsenhor assinará ainda assim?

— Sim, senhor.

— Então Vossa Graça conhece o nome verdadeiro?

— Conheço.

— E conhecendo o nome verdadeiro, monsenhor, assinará ainda assim?

— Sem dúvida, e de preferência duas vezes em vez de uma.

— Não posso acreditar — continuou Felton, com uma voz que se tornava cada vez mais breve e entrecortada. — Vossa Graça sabe que se trata de lady de Winter.

— Sei perfeitamente, embora esteja surpreso que o senhor também o saiba.

— E Vossa Graça assinará essa ordem sem remorsos?

— Sem remorsos! Ah! O senhor enlouqueceu para me falar assim? Retire-se, senhor, ou chamo os guardas e mando prendê-lo!

Felton havia escondido no gibão uma faca. Com um salto, aproximou-se do duque. Nesse momento, Patrick entrou bradando:

— Uma carta da França!

— Da França! — exclamou Buckingham, esquecendo tudo e lembrando-se de quem poderia ser a carta.

Felton aproveitou o momento e enfiou-lhe a faca no flanco, até o cabo.

— Ah! Traidor! — gritou Buckingham. — Você me matou...

— Assassinato! — bradou Patrick.

Felton percorreu a sala com os olhos, procurando por onde fugir. Vendo a porta livre, precipitou-se para o quarto vizinho, atravessou-o correndo e dirigiu-se para a escada. Porém, no primeiro degrau, encontrou lorde de Winter, que, vendo-o pálido, perdido, lívido, e com a mão e o rosto manchados de sangue, pulou em seu pescoço.

— Eu sabia, eu tinha percebido. E chego com um minuto de atraso! Ó, desgraçado que sou! — lamentou-se lorde de Winter.

Felton não opôs resistência. O lorde o entregou aos guardas, que o conduziram, enquanto aguardavam novas ordens, a um pequeno terraço com vista para o mar.

Ao grito do duque, ao apelo de Patrick, um homem que esperava na antecâmara adentrou o quarto. Encontrou o duque pressionando seu ferimento com a mão crispada.

— La Porte — disse o duque com voz débil —, La Porte, você vem da parte dela?

— Sim, monsenhor — respondeu o fiel servidor de Ana d'Áustria —, mas talvez tarde demais.

— Meu Deus, estou morrendo!

O duque desmaiou.

Entretanto, lord de Winter, os deputados e os chefes da expedição irromperam no quarto. Gritos de desespero ecoavam por toda parte.

A notícia espalhou-se na cidade. Um tiro de canhão anunciou que acabava de se passar algo de novo e inesperado.

Lorde de Winter arrancava os cabelos. Tinham vindo lhe dizer, às sete horas da manhã, que uma escada de corda saía de uma das janelas do castelo. Ele correra imediatamente ao quarto de Milady, encontrara o cômodo vazio e a janela aberta, com as grades serradas. Lembrou-se da recomendação que lhe mandara transmitir d'Artagnan; temera pelo duque, montou no primeiro cavalo que encontrou e galopou o mais rápido que pôde.

O duque ainda não estava morto. Voltou a si.

— Senhores, deixem-me sozinho com La Porte. Ah! É você, de Winter! Você me enviou um louco, veja em que estado me deixou!

— Ó, milorde! Não me perdoarei nunca!

— Mas estaria errado, meu caro Winter — disse Buckingham, estendendo-lhe a mão. — Não conheço nenhum homem que mereça ser lamentado durante toda a vida por outro. Mas deixe-nos, por favor.

O barão saiu chorando.

— O que ela me escreveu? — perguntou o duque com voz ainda mais fraca. — Leia-me sua carta.

— Ó, milorde!

— Leia, por favor. Eu não enxergo mais. Leia, pois daqui a pouco também não ouvirei mais e morrerei sem saber o que ela me escreveu.

Sem opor mais dificuldade, La Porte leu:

> "Milorde,
> Porque, desde que o conheço, sofri pelo senhor e por sua causa, peço-lhe, se por acaso o senhor se preocupa com minha tranquilidade, que interrompa os grandes projetos que faz contra a França, e que cesse uma guerra de que se diz em alto e bom som que a religião é a causa visível, mas, em voz baixa, se diz que seu amor por mim é a causa oculta. Essa guerra pode trazer não somente más consequências para a França e para a Inglaterra, mas também para o senhor, milorde. Desgraças das quais nunca me perdoarei.
> Cuide de sua vida, constantemente ameaçada e que me será querida quando não precisar mais considerá-lo um inimigo.
>
> Afetuosamente,
> Ana."

Buckingham reuniu o que lhe restava de vida para ouvir essa leitura. Quando acabou, perguntou, como se a carta o tivesse desapontado:

— Você não tem nada para me dizer de viva voz, La Porte?

— Tenho, monsenhor. A rainha pediu-me para lhe dizer que sempre o amou.

— Ah! Deus seja louvado! Minha morte não será então para ela a morte de um estranho!

La Porte desfez-se em lágrimas.

— Patrick, traga-me o cofrinho onde estavam as agulhetas de diamante.

Patrick trouxe o objeto pedido.

— Tome, La Porte — disse Buckingham. — São as únicas lembranças que tenho dela, esse cofrinho e essas duas cartas. Devolva-as à Sua Majestade, e como última lembrança… acrescente…

Procurou à sua volta, mas o olhar obscurecido pela morte só encontrou a faca caída das mãos de Felton, ainda espumando do sangue espalhado em sua lâmina.

— Você acrescentará essa faca — disse o duque apertando a mão de La Porte.

Patrick deu um grito.

Buckingham tentou sorrir uma última vez, mas a morte interrompeu seu pensamento, que ficou gravado em seu semblante como um último beijo de amor.

— Está morto! Morto! — exclamou Patrick

A esse grito, a multidão entrou e só houve consternação e tumulto. Logo que lorde de Winter viu Buckingham expirar, correu até Felton.

— Miserável! O que você fez?

— Eu me vinguei.

— Diga antes que você foi o instrumento dessa mulher maldita.

— Não sei o que o senhor quer dizer — respondeu Felton, tranquilamente. — Puni Buckingham por sua injustiça, apenas isso.

Uma única coisa, no entanto, anuviava a expressão de Felton. A cada barulho que ouvia, o ingênuo puritano pensava reconhecer os passos e a voz de Milady vindo se jogar em seus braços, para se acusar e se perder com ele.

De repente, ele estremeceu. Seu olhar fixou-se num ponto do mar, que avistava do terraço onde se encontrava. Com o olhar de águia do marinheiro, havia reconhecido a vela da chalupa que se dirigia para o litoral da França.

Felton empalideceu, pôs a mão no coração que se partia, e compreendeu toda a traição.

— Uma última graça, milorde — pediu ao barão.

— Qual?

— Que horas são?

O barão pegou o relógio.

— Dez para as nove.

Milady tinha adiantado em uma hora sua partida, após ouvir o tiro de canhão que anunciava o acontecimento fatal. Felton baixou a cabeça, sem dizer uma palavra.

XLVII
Na França

O primeiro temor de Carlos I, rei da Inglaterra, foi que a notícia dessa morte, uma notícia tão terrível, desencorajasse os rocheleses. Tentou escondê-la o maior tempo possível, fechando os portos de todo o seu reino.

Enquanto isso, no acampamento de La Rochelle, o rei estava enfastiado e resolveu ir incógnito às festas de São Luis, em Saint-Germain. Pediu ao cardeal que lhe arranjasse uma escolta de apenas vinte mosqueteiros

Sua Eminência advertiu o sr. de Tréville, que, sabendo do desejo profundo de seus amigos de voltar a Paris, é claro que os havia designado para fazer parte da escolta.

Os quatro jovens souberam a notícia 15 minutos depois do sr. de Tréville, pois foram os primeiros a quem ele a comunicou.

Os criados foram enviados na frente, com as bagagens, e partiram na manhã do dia 16. A escolta atravessou Paris dia 23 à noite, o rei agradeceu ao sr. de Tréville e lhe permitiu distribuir folgas de quatro dias. As primeiras folgas foram concedidas a nossos amigos. Athos conseguiu do sr. de Tréville seis dias em vez de quatro, e incluiu nesses seis dias duas noites a mais, pois partiram dia 24 às cinco horas da tarde, e, por complacência, Tréville pós-datou a folga para a manhã do dia 25.

Na noite do dia 25, eles entravam em Arras, e quando d'Artagnan apeava no pátio do albergue Herse d'Or, um cavaleiro saiu do pátio e pegou a estrada para Paris. No momento em que atravessava o portão, uma rajada de vento carregou seu chapéu, que ele reteve com a mão.

D'Artagnan, que observava atentamente esse homem, empalideceu.

— É ele! — exclamou. — Esse homem maldito que eu vejo sempre que sou ameaçado por uma desgraça! O homem de Meung!

— Ei, senhor! — gritou um cavalariço correndo atrás do desconhecido. — Este papel caiu do seu chapéu!

— Meu amigo — disse d'Artagnan —, dou meia pistola por esse papel.

— Por Deus! Senhor, com muito prazer!

O cavalariço, encantado com o bom negócio que havia feito, voltou para o pátio do albergue. D'Artagnan desdobrou o papel.

— O que é? — queriam saber os companheiros que o cercaram.

— Nada além de uma palavra.

— Armentières — leu Porthos. — Não sei o que é isso.

— Esse nome de cidade ou vilarejo foi escrito por *sua própria mão*! — exclamou Porthos.

— Guardemos cuidadosamente este papel — aconselhou d'Artagnan. — Talvez eu não tenha perdido minha última pistola. Ao cavalo, meus amigos, ao cavalo!

E os quatro amigos partiram a galope na direção de Béthune.

XLVIII
O convento das Carmelitas de Béthune

Os grandes criminosos possuem uma espécie de predestinação que lhes permite superar todos os obstáculos, até o momento que a Providência, cansada, marcou o fim de sua sorte ímpia.

Aconteceu assim com Milady. Ela passou entre os cruzadores de duas nações e chegou incólume a Boulogne, onde se fez passar por uma francesa que os ingleses haviam molestado em Portsmouth.

Milady tinha, aliás, o melhor dos passaportes: sua beleza, seu porte altivo, sua generosidade em distribuir pistolas. Permaneceu em Boulogne apenas o tempo necessário para enviar pelo correio uma carta assim redigida:

> "À Sua Eminência o cardeal de Richelieu, em seu acampamento diante de La Rochelle.
>
> Monsenhor,
>
> Que Vossa Eminência se tranquilize: Sua Graça o duque Buckingham decerto não partirá para a França.
>
> Boulogne, 25 à noite.
>
> Milady de ★★★"

No mesmo dia Milady partiu, e no dia seguinte de manhã chegou a Béthune, onde lhe indicaram o convento.

A superiora veio recebê-la. Milady lhe mostrou uma ordem do cardeal, a abadessa mandou dar-lhe um quarto e servir-lhe o almoço. Milady queria agradar a abadessa; foi encantadora e seduziu a boa superiora, que se animou pouco a pouco.

Milady passou então às perseguições exercidas pelo cardeal contra seus inimigos. A abadessa contentou-se em se benzer, sem aprovar ou desaprovar, o que confirmou a opinião de Milady de que a religiosa estava mais ao lado do rei do que do cardeal. Milady continuou.

— Temos exemplos muito tristes do que a senhora está contando — disse enfim a abadessa. — Uma de nossas pensionistas sofreu bastante com as vinganças do sr. cardeal.

"Bem", pensou Milady. "Quem sabe não vou descobrir algo aqui? Estou com sorte."

Esmerou-se em dar a seu rosto a mais perfeita expressão de candura.

— O senhor cardeal não persegue apenas crimes — disse ela. — Há certas virtudes que ele persegue mais severamente que alguns delitos.

— A senhora é amiga do cardeal, pois ele a enviou aqui, e no entanto…

— E, no entanto, falo mal dele — respondeu Milady, completando a frase da superiora. — É que não sou sua amiga, sou sua vítima.

— Então é ainda uma pobre perseguida que estou vendo? — disse a abadessa com interesse crescente.

— Infelizmente, sim — afirmou Milady.

— Tranquilize-se, senhora, a casa onde está não será uma prisão muito dura, e a senhora encontrará aqui outra jovem. Ela é amável, graciosa.

— Como ela se chama?

— Ela me foi recomendada por uma pessoa muito importante sob o nome de Ketty. Não procurei saber seu sobrenome.

— Ketty! — exclamou Milady. — A senhora tem certeza?

Milady sorriu ao pensar que essa jovem pudesse ser sua antiga criada. Um desejo de vingança alterou seus traços, mas quase instantaneamente eles retomaram sua expressão bondosa.

— Quando poderei ver essa jovem, senhora?

— Esta noite — respondeu a abadessa. — A senhora deve estar precisando de repouso. Deite-se e durma um pouco, nós a acordaremos na hora do jantar.

Milady despediu-se da abadessa e se deitou, docemente embalada por suas ideias de vingança evocadas pelo nome de Ketty.

Foi acordada pela voz suave de uma jovem cujo rosto lhe era totalmente desconhecido. A abadessa as apresentou, depois deixou-as sozinhas.

Milady, estendendo-lhe a mão, convidou-a a sentar numa poltrona perto de sua cama.

— Meu Deus! — disse a desconhecida. — Sua presença seria para mim uma companhia encantadora, porém vou deixar o convento.

— Como? Vai sair em breve?

— Pelo menos é o que espero.

— Creio ter ficado sabendo que a senhora sofreu muito nas mãos do cardeal — continuou Milady. — Teria sido mais um motivo para simpatizarmos.

— Nossa boa mãe me disse que a senhora também é vítima desse cardeal malvado.

— Silêncio! Todos os meus sofrimentos vêm de ter dito frases como essa que a senhora acaba de dizer diante de uma mulher que eu acreditava ser minha amiga, mas que me traiu.

— Se eu sair daqui, tenho alguns amigos poderosos que, depois de terem lutado por mim, poderão lutar pela senhora.

— Eu também tenho alguns conhecidos. Na Inglaterra, conheci o sr. Dujart, conheço também o sr. de Tréville.

— O sr. de Tréville! A senhora conhece o sr. de Tréville?

— Sim, naturalmente. Muito bem.

— O capitão dos mosqueteiros do rei?

— O capitão dos mosqueteiros do rei.

— Se a senhora conhece o sr. de Tréville, deve ter ido à sua casa.

— Muitas vezes — disse Milady que, percebendo que a mentira fez efeito, queria levá-la até o fim.

— Deve então ter encontrado alguns de seus mosqueteiros.

— Diga-me o nome dos que a senhora conhece, e verá que são meus amigos.

— A senhora conhece um fidalgo chamado Athos?

Milady ficou mais branca que os lençóis da cama. Segurou a mão da noviça, devorando-a com os olhos.

— O que há? A senhora está bem?

— Este nome me impressionou, pois conheci esse fidalgo e me parece estranho encontrar alguém que o conheça muito bem.

— Ó, muito bem! Não só ele, mas seus amigos Porthos e Aramis.

— Realmente, eu também os conheço — falou Milady, sentindo o frio penetrar em seu coração. — Conheço-os por ter ouvido falar deles por um de seus amigos, o sr. d'Artagnan.

— A senhora conhece o sr. D'Artagnan! — exclamou a noviça. Depois, reparando na estranha expressão do olhar de Milady, continuou: — Desculpe-me, senhora, conhece-o de que maneira?

— Ora — respondeu Milady —, como amigo.

— A senhora está me enganando. A senhora foi sua amante!

— A senhora é que foi! — retrucou Milady. — Estou reconhecendo a senhora: é a sra. Bonacieux.

A jovem recuou, surpresa e apavorada.

— Ó! Não o negue! Responda! — insistiu Milady.

— Muito bem, senhora! Eu o amo! Somos rivais?

O rosto de Milady iluminou-se com um ardor tão selvagem, que em outra circunstância teria feito a sra. Bonacieux fugir de pavor. Porém, ela estava entregue a seus ciúmes.

— Diga, a senhora foi ou é sua amante?

— Não! — exclamou Milady em um tom que não deixava dúvidas. — A senhora não compreende que o sr. d'Artagnan, sendo meu amigo, me tomou por confidente? Eu sei de tudo: seu rapto da casinha de Saint-Germain, seu desespero, o de seus amigos, as procuras inúteis desde então! Ah! Querida Constance, eu a encontrei, eu a vejo enfim!

E Milady estendeu os braços para a sra. Bonacieux, que passou a ver naquela mulher uma amiga sincera e dedicada.

— Então a senhora sabe o que sofri! — disse a sra. Bonacieux. — Mas meu suplício chegou ao fim. Amanhã, talvez até mesmo esta noite, eu o encontrarei, e então o passado não mais existirá.

— Esta noite? Amanhã? — perguntou Milady. — O que a senhora quer dizer?

— Eu o espero pessoalmente.

— Pessoalmente! D'Artagnan aqui! Mas é impossível: ele está no cerco de La Rochelle.

— Isso é o que a senhora pensa! Mas nada é impossível para meu d'Artagnan. Leia isto! — disse a infeliz mulher, mostrando uma carta a Milady, que leu-a avidamente.

> "Minha querida criança, esteja pronta. Nosso amigo a verá em breve, e só a verá para tirá-la da prisão onde sua segurança exigia que fosse escondida.
> Nosso encantador gascão acaba de se mostrar bravo e fiel como sempre, diga-lhe que agradecemos muito o aviso que nos deu."

Nesse instante ouviu-se o galope de um cavalo.

— Ó! — exclamou a sra. Bonacieux, correndo até a janela. — É um cavaleiro que não conheço. Ele apeou do cavalo, aproximou-se da porta. Está tocando.

Milady pulou da cama. A porta se abriu, a superiora entrou.

— Foi a senhora que chegou de Boulogne? — perguntou ela a Milady.

— Sim, fui eu. Quem me procura?

— Um homem que não quer dizer seu nome, mas vem da parte do cardeal.

— Então faça-o entrar, por favor.

A superiora e a sra. Bonacieux saíram.

Milady ficou sozinha. Um minuto depois, ouviram-se ruídos de esporas ecoando na escada, depois um homem apareceu. Milady deu um grito de alegria: era o conde de Rochefort, a alma amaldiçoada do cardeal.

XLIX

Duas variedades de demônios

— Ah! — exclamaram juntos Rochefort e Milady. — É você!

— Está chegando de onde? — perguntou Milady.

— De La Rochelle. E você?

— Da Inglaterra.

— Buckingham?

— Morto ou gravemente ferido.

— Ah! — exclamou Rochefort. — Eis um acaso feliz, que vai agradar bastante Sua Eminência! Você o avisou?

— Escrevi-lhe de Boulogne. Mas como você chegou até aqui?

— Sua Eminência, preocupada, enviou-me a sua procura.

— Só cheguei ontem. Sabe quem encontrei aqui?

— Como posso saber?

— Aquela moça que a rainha tirou da prisão.

— A amante do jovem d'Artagnan?

— Ela mesma, a sra. Bonacieux, cujo esconderijo o cardeal ignorava.

— Ela conhece você?

— Não. Eu sou sua melhor amiga!

— Pela minha honra, cara amiga, só mesmo você para fazer esses milagres!

— E em boa hora, cavalheiro, pois virão buscá-la hoje ou amanhã com uma ordem da rainha.

— E quem virá?

— D'Artagnan e seus amigos. O que o cardeal lhe disse a meu respeito?

— Disse-me para pegar seus relatórios, escritos ou verbais, que você volte a seu posto, e quando ele souber o que fez, lhe dirá o que deverá fazer em seguida.

— Não pode me levar com você?

— Não. As ordens são formais: nos arredores do acampamento, podem reconhecê-la, e sua presença comprometeria Sua Eminência, depois do que acabou de acontecer por lá. Diga-me apenas onde você esperará as notícias do cardeal, para que eu saiba sempre onde encontrá-la.

— Não poderei ficar aqui.

— Mas então essa moça vai escapar à Sua Eminência?

— Está esquecendo que sou sua melhor amiga? Que ele fique tranquilo.

— Agora, vejamos. O que devo fazer?

— Voltar neste mesmo instante. Parece-me que as notícias que vai levar merecem que se apresse.

— Meu coche quebrou ao entrar em Lilliers.

— Ótimo! Preciso de seu coche — disse Milady. — Passando por Lilliers, mande-o para cá com uma ordem a seu criado para ficar à minha disposição. Você deve ter trazido alguma ordem do cardeal.

— Tenho plenos poderes.

— Mostre-os à abadessa, e diga-lhe que virão me buscar, e que eu deverei seguir a pessoa que se apresentar em seu nome.

— Muito bem!

— Não esqueça de me tratar com brutalidade: sou uma vítima do cardeal!

— E agora diga onde poderei encontrá-la. Quer um mapa?

— Ó, conheço perfeitamente a região. Fui criada aqui.

— Vai me esperar em...

— Deixe-me refletir um instante... Em Armentières.

— O que é isso, Armentières?

— Um vilarejo à margem do rio Lys. Basta atravessar o rio e estarei em outro país.

— Escreva-me esse nome em um pedaço de papel. Um nome de cidade não é comprometedor, não é?

— Quem sabe? Não importa — disse Milady, escrevendo o nome em um pedaço de papel. — Eu me comprometo.

— Você pensa em tudo.

— Mas você esquece uma coisa.

— O quê?

— De me perguntar se preciso de dinheiro.

— Quanto quer?

— Todo o ouro que tiver.

— Tenho mais ou menos quinhentas pistolas.

— Eu também. Com mil pistolas, resolvemos qualquer problema. Esvazie seus bolsos.

— Eis, condessa.

— Adeus, cavaleiro, minhas recomendações ao cardeal!

— Minhas recomendações a Satã — replicou Rochefort.

Milady e Rochefort trocaram sorrisos e se separaram.

Uma hora depois, Rochefort partiu a galope. Cinco horas depois, passava por Arras.

L
A gota d'água

Mal Rochefort saiu, a sra. Bonacieux entrou. Encontrou Milady sorridente.

— Então! O cardeal mandou buscá-la...

— Venha sentar-se a meu lado — disse Milady. — Espere que eu me certifique de que ninguém está nos ouvindo.

Milady se levantou, foi até a porta, olhou no corredor e voltou a sentar-se perto da sra. Bonacieux.

— Esse homem que veio aqui é meu irmão — contou Milady. — Só a senhora sabe esse segredo. Meu irmão, que vinha me sequestrar, encontrou o emissário do cardeal. Matou-o e roubou seus documentos.

— Ó! — fez a sra. Bonacieux, estremecendo.

— Era a única coisa a fazer. Ele pegou os documentos e se apresentou como emissário do cardeal, e, daqui a uma ou duas horas, um coche virá me buscar, da parte de Sua Eminência. Mas isso não é tudo: aquela carta que a senhora recebeu...

— O que tem ela?

— É falsa. Meu irmão encontrou emissários do cardeal com uniformes de mosqueteiros. Eles a chamariam à porta, a senhora iria pensando encontrar amigos, eles a sequestrariam e a levariam para Paris.

— Ó, meu Deus! Fico tonta com tantas iniquidades! O que a senhora me aconselha a fazer?

— Eu vou me esconder a algumas léguas daqui, esperando que meu irmão venha me buscar; levo-a comigo, nos esconderemos juntas.

— A senhora é muito boa, e eu lhe agradeço. Querido d'Artagnan, como ele ficará agradecido!

— Enquanto espera, desça ao jardim.

As duas mulheres se separaram com um sorriso afetuoso.

Para Milady, o mais urgente era retirar a sra. Bonacieux dali, levá-la para um lugar seguro, e, se a ocasião se apresentasse, fazê-la refém. A sra. Bonacieux era a vida de d'Artagnan. E, em caso de azar, era um meio de negociar e de certamente obter boas condições.

Milady agia como um bom general, que prevê a vitória e a derrota e que está sempre pronto a avançar ou a bater em retirada.

Passada uma hora, ela ouviu uma voz suave chamá-la. Era a sra. Bonacieux. Elas iam jantar juntas. Chegando ao pátio, ouviram o barulho de um coche que parava à porta.

— É o coche que meu irmão nos enviou. Coragem! Vá a seu quarto, deve ter algumas joias que queira levar.

— Tenho as cartas dele.

— Vá buscá-las e venha encontrar-me no meu quarto. Jantaremos depressa. Talvez seja preciso viajar parte da noite, temos de adquirir forças.

Milady subiu rapidamente a seu quarto, onde encontrou o criado de Rochefort e lhe deu suas instruções. Ele deveria esperar na porta, e se por acaso os mosqueteiros aparecessem, o coche partiria a galope, faria a volta do convento e iria esperar Milady do outro lado do bosque. Caso os mosqueteiros não aparecessem, a sra. Bonacieux subiria no coche e Milady a sequestraria.

A sra. Bonacieux entrou.

— A senhora está vendo — disse Milady quando o lacaio saiu —, está tudo pronto. Este homem vai dar as últimas ordens. Quando alvorecer o dia, chegaremos a nosso refúgio…

Ela parou. Acabara de ouvir na estrada um tropel que vinha se aproximando. Esse barulho terminou com sua alegria. Ela empalideceu e correu até a janela, enquanto a sra. Bonacieux, levantando-se tremendo, apoiava-se na cadeira para não cair.

O barulho tornava-se cada vez mais forte, Milady observava com a maior atenção. Ainda estava bastante claro para que ela pudesse distinguir quem se aproximava. De repente, numa curva da estrada, ela viu brilharem chapéus agaloados, e plumas flutuarem ao vento. Ela contou: dois, cinco, oito cavaleiros. Um deles vinha bem à frente dos outros.

Milady soltou um rugido abafado. Reconheceu d'Artagnan como o cavaleiro que vinha à frente.

— É o uniforme dos guardas do cardeal. Não temos um instante a perder — exclamou Milady. — Fujamos!

— Sim, fujamos! — repetiu a sra. Bonacieux, sem poder dar um passo, pois estava paralisada pelo terror.

Nesse momento, ouviu-se o ruído das rodas do coche que, ao ver os mosqueteiros, partira a galope. Depois ecoaram três ou quatro tiros.

A sra. Bonacieux deu dois passos, mas caiu de joelhos. Milady tentou levantá-la, mas não conseguiu. De repente, seus olhos brilharam estranhamente. Com um salto, correu até a mesa, derramou num copo de vinho o conteúdo da pedra de seu anel, que abriu com a maior facilidade; era um grão avermelhado, que logo se dissolveu. Aproximou o copo dos lábios da jovem, que bebeu de modo automático.

— Ah! Não era assim que eu queria me vingar! — falou Milady, com um sorriso infernal, recolocando o copo na mesa. — Mas a gente faz o que pode.

Então precipitou-se para fora do aposento.

A sra. Bonacieux viu-a fugir, sem poder segui-la.

Passaram-se alguns minutos. Ela ouviu enfim o ranger dos portões de ferro que se abriam, o barulho das botas e das esporas ecoando nas escadas.

De repente, ela deu um grito de alegria e correu para a porta: tinha reconhecido a voz de d'Artagnan.

— D'Artagnan! D'Artagnan! — exclamou ela. — Por aqui! Por aqui!

— Constance! Constance! Onde você está?

No mesmo instante, a porta cedeu ao impacto e se abriu. Muitos homens irromperam no quarto. A sra. Bonacieux caíra numa poltrona, sem poder fazer um único movimento. D'Artagnan lançou ao chão uma garrucha ainda fumegante que tinha nas mãos e caiu de joelhos aos pés de sua amada. Athos repôs sua garrucha na cintura, Porthos e Aramis, que seguravam suas espadas desembainhadas, as repuseram na bainha.

— Ó, d'Artagnan, meu bem-amado! Enfim você chegou! Você não me enganou! É mesmo você?

— Sim, sou eu, Constance!

— Ah! Embora ela tenha me dito que você não viria, eu o esperei.

Ao ouvir tal palavra, Athos, que estava tranquilamente sentado, levantou-se com um salto.

— Ela? Ela quem? — perguntou d'Artagnan.

— Ora, minha companheira. Aquela que por amizade a mim queria me salvar de meus perseguidores. Aquela que, tomando vocês por guardas do cardeal, acabou de fugir.

— Sua companheira! — exclamou d'Artagnan, ficando mais pálido que o véu branco de sua amante. — De que companheira está falando?

— Daquela cujo coche estava na porta, de uma mulher que diz ser sua amiga, a quem você contou tudo. É estranho... Ó, meu Deus! Minha cabeça está atordoada, não estou enxergando mais.

— Socorro, amigos! Socorro! Suas mãos estão geladas! — gritou d'Artagnan. — Ela está passando mal!

Enquanto Porthos pedia socorro, Aramis correu até a mesa para pegar um copo d'água, mas parou, ao ver a terrível alteração do rosto de Athos que, de pé diante da mesa, os olhos paralisados de estupor, observava um copo.

— Ó! — disse Athos. — Não, não pode ser! Deus não permitiria um crime desses!

— Água! Água! — gritava d'Artagnan.

— Senhora — disse Athos —, em nome do céu, de quem é esse copo vazio?

— É meu, senhor — respondeu a jovem com voz fraca.

— Mas quem lhe serviu o vinho que estava no copo?

— Ela.

— Mas quem é ela?

— Ah! Já me lembro! A condessa de Winter.

Os quatro amigos deram um só grito, porém, o de Athos sobrepujou todos os outros.

Neste momento, o rosto da sra. Bonacieux empalideceu, uma dor estranha a prostrou. D'Artagnan pegou as mãos de Athos.

— E então, você acha...

— D'Artagnan! D'Artagnan! — exclamou a sra. Bonacieux. — Onde você está? Não me deixe! Você está vendo que vou morrer...

Seu rosto tão belo estava desfigurado, os olhos vidrados não viam mais nada, um tremor convulsivo agitava seu corpo, o suor escorria de sua testa.

— Constance! Constance! — chamou d'Artagnan.

Um suspiro escapou da boca da sra. Bonacieux. Esse suspiro era a alma tão casta e tão amorosa subindo ao céu.

D'Artagnan abraçava apenas um cadáver. Ele deu um grito e caiu ao lado de sua amante, tão pálido e frio quanto ela.

Porthos chorou. Aramis levantou o punho para o céu. Athos fez o sinal da cruz.

Um homem apareceu na porta.

— Senhores — disse ele —, como eu, vocês estão à procura de uma mulher que deve ter passado por aqui, pois estou vendo um cadáver. Senhores, sou lorde de Winter, o cunhado dessa mulher.

Os quatro amigos deram um grito de surpresa. Athos levantou-se e estendeu-lhe a mão.

— Seja bem-vindo, milorde, o senhor é dos nossos.

— Eu parti de Portsmouth cinco horas depois dela, cheguei a Boulogne três horas depois dela, e por vinte minutos não a encontrei em Saint-Omer. Mas em Lilliers perdi seu rastro. Vi os senhores passarem por mim na estrada, chamei-os, mas não ouviram. Quis segui-los, mas meu cavalo estava muito cansado.

D'Artagnan abriu os olhos. Desvencilhou-se dos braços de Porthos e jogou-se como um louco sobre o corpo de sua amada.

Athos se levantou, abraçou-o carinhosamente e, assim como o amigo, irrompeu em lágrimas. Disse-lhe com sua voz tão calma e tão persuasiva:

— Amigo, seja homem. As mulheres choram os mortos, os homens os vingam.

— Ah, sim! Se for para vingá-la, estou pronto para segui-lo.

Athos aproveitou esse momento de força para fazer um sinal a Porthos e Aramis, pedindo-lhes para chamar a superiora.

— Senhora, deixamos a seus cuidados piedosos o corpo dessa infeliz mulher. Trate-a como uma de suas irmãs. Um dia voltaremos para chorar em seu túmulo.

Então Athos levou seu amigo, afetuoso como um pai, consolador como um padre, grande como um homem que já sofreu muito. Os cinco, seguidos por seus criados, dirigiram-se à cidade de Béthune e pararam diante do primeiro albergue que encontraram.

— Mas não estamos perseguindo essa mulher? — disse d'Artagnan.

— Eu respondo por ela — afirmou Athos.

— Parece-me, entretanto — disse lorde de Winter —, que há algumas medidas a tomar contra a condessa, e isto me diz respeito. É minha cunhada.

— Quanto a mim — disse Athos —, é minha esposa.

D'Artagnan estremeceu, pois compreendeu que Athos estava seguro de sua vingança, já que estava revelando seu segredo.

— Deixem-me agir — pediu Athos. — Mas d'Artagnan, se você não o perdeu, dê-me o papel que caiu do chapéu daquele homem, e no qual estava escrito o nome da cidade…

LI
O homem da capa vermelha

O desespero de Athos foi substituído por uma dor concentrada, que tornava ainda mais lúcidas as brilhantes qualidades desse homem.

Ele pediu ao estalajadeiro que lhe arranjasse um mapa da província, interrogou as linhas traçadas e, verificando que quatro caminhos diferentes uniam Béthune a Armentières, mandou chamar os criados.

Planchet, Grimaud, Mousqueton e Bazin receberam ordens claras, pontuais e graves de Athos: deveriam partir ao amanhecer e chegar a Armentières, cada um por uma estrada diferente.

Criados que pedem informações despertam menos desconfiança que seus patrões, e encontram mais simpatia nas pessoas a quem se dirigem. Além disso, Milady conhecia os patrões, mas não os criados, que, ao contrário, conheciam Milady perfeitamente.

Os quatro deveriam se reunir no dia seguinte, às onze horas, no lugar indicado. Se tivessem descoberto o refúgio de Milady, três ficariam de guarda e um voltaria a Béthune para guiar nossos amigos.

Tomadas essas disposições, Athos embainhou a espada, envolveu-se em sua capa e saiu do albergue. Eram mais ou menos dez horas. Às dez da noite, na província, as ruas são pouco frequentadas. Athos procurava alguém a quem fazer uma pergunta quando encontrou um passante retardatário. O homem a quem ele se dirigiu recuou apavorado, porém lhe deu uma indicação.

Athos lhe ofereceu meia pistola para que o acompanhasse, mas o homem recusou.

Athos tomou a direção indicada e chegou ao subúrbio. Ali, ficou novamente preocupado e confuso. Felizmente passou um mendigo. Athos lhe prometeu um escudo para que o acompanhasse aonde ia. O mendigo hesitou, mas à vista da moeda de prata, decidiu-se, e tomou a frente de Athos.

Chegando na esquina de uma rua, o homem parou e apontou ao longe uma casinha isolada, solitária. Athos se aproximou, enquanto o mendigo, que já havia recebido sua gorjeta, fugiu correndo.

Athos bateu três vezes à porta sem obter resposta. Enfim, entreabriram a porta, e um homem alto, pálido, de barba e cabelos pretos, apareceu.

Os dois trocaram algumas palavras em voz baixa, depois o homem alto fez sinal ao mosqueteiro para que entrasse.

O homem que Athos viera buscar tão longe o fez entrar em um laboratório onde unia, com fios de arame, os ossos de um esqueleto.

Todo o restante do mobiliário indicava que o homem se ocupava de ciências naturais. Havia frascos cheios de serpentes, lagartos empalhados, ramos de plantas selvagens. Além disso, não tinha família nem criados; ele morava sozinho naquela casa.

Então Athos lhe explicou a razão de sua visita, mas o homem recuou de pavor e recusou. Athos tirou do bolso um papel no qual estavam escritas duas linhas acompanhadas de uma assinatura e de um selo, e lhe mostrou. Mal o homem leu essas duas linhas, viu a assinatura e reconheceu o selo, inclinou-se mostrando que não tinha mais nenhuma objeção a fazer, e estava pronto para lhe obedecer.

Era tudo o que Athos queria: levantou-se, despediu-se, saiu, voltou para o albergue e fechou-se em seu quarto. Ao alvorecer, d'Artagnan entrou para lhe perguntar o que deviam fazer.

— Esperar — respondeu Athos.

Alguns minutos depois, a superiora do convento mandou lhes avisar que o enterro da vítima de Milady seria ao meio-dia. Na hora indicada, lorde de Winter e os quatro amigos se dirigiram ao convento. Os sinos badalavam intensamente, a capela estava aberta. O corpo da vítima, vestido com seu traje de noviça, estava exposto no meio do coro. D'Artagnan sentiu que novamente perdia a coragem.

Enquanto isso, Planchet seguira pela estrada e soubera que, às oito horas, uma senhora que viajava num coche havia sido obrigada a parar no vilarejo de Festuberg. Planchet procurou o funcionário do correio. Ele a havia acompanhado até Fromelles, e de Fromelles, ela partira para Armentières. Planchet pegou um atalho, e às sete horas da manhã estava em Armentières. Só havia um albergue, o do correio. Planchet foi se apresentar como um lacaio desempregado que procurava trabalho. Ainda não tinha conversado dez minutos com o pessoal do albergue e já sabia que uma mulher sozinha havia chegado às onze horas da noite, chamara o dono do albergue e lhe dissera que desejava passar alguns dias na região.

Planchet não precisava saber mais nada. Correu ao encontro dos criados, encontrou os três em seus postos, e os deixou de sentinela em todas as saídas do albergue. Partiu, então, para encontrar Athos, que acabava de receber as informações de Planchet quando seus amigos chegaram.

— O que é preciso fazer? — perguntou d'Artagnan.

— Esperar — respondeu Athos.

Cada um foi para o seu quarto.

Às oito horas da noite, Athos mandou selar os cavalos e avisou que lorde de Winter e seus amigos se preparassem para a expedição. Em um minuto, os cinco estavam prontos.

— Paciência — disse Athos. — Ainda falta uma pessoa. Esperem-me, já volto.

Ele partiu a galope.

Quinze minutos depois, voltou, acompanhado por um homem mascarado envolto numa ampla capa vermelha.

Lorde de Winter e os três mosqueteiros se interrogaram com o olhar. Nenhum deles pôde responder aos outros, pois todos ignoravam a identidade desse homem. No entanto, acharam que as coisas deviam se passar assim, já que eram executadas por ordem de Athos. Às nove horas, guiados por Planchet, a pequena cavalgada pôs-se a caminho.

Era triste ver aqueles seis homens correndo em silêncio, cada um imerso em seus pensamentos, tristes como o desespero, sombrios como o castigo.

LII
O julgamento

Era uma noite escura e tempestuosa. Grandes nuvens corriam no céu, ofuscando a claridade das estrelas. Aliás, a tempestade piorava, os relâmpagos se sucediam rapidamente, e o vento, precursor do furacão, zumbia na planície. Um pouco depois de Fromelles, a tempestade desabou. Protegeram-se com as capas. Ainda restavam três léguas a percorrer, o que foi feito sob uma chuva torrencial.

De repente um homem, abrigado sob uma árvore, afastou-se do tronco com o qual se confundia na escuridão e avançou até o meio da estrada. Athos reconheceu Grimaud.

— Onde ela está? — perguntou ele.

Grimaud estendeu a mão na direção do rio.

— Longe daqui?

Grimaud mostrou-lhe o indicador curvado.

— Sozinha?

Grimaud fez um sinal afirmativo.

— Senhores — disse Athos —, ela está sozinha, a meia légua daqui, na direção do rio.

Grimaud embrenhou-se pelos campos, servindo de guia à cavalgada.

Encontraram um riacho, que atravessaram a vau. De repente, o brilho de um relâmpago lhes revelou, à luz azulada da serpente de fogo, uma casinha isolada, à beira do rio, a cem passos de um embarcadouro. Uma janela estava iluminada.

Um homem deitado em uma vala se levantou; era Mousqueton. Ele indicou a janela iluminada.

— Ela está lá — disse ele.

— E Bazin? — perguntou Athos.

— Enquanto eu vigiava a janela, ele vigiava a porta.

Athos apeou do cavalo e dirigiu-se à janela, após fazer um sinal aos outros para se dirigirem à porta. Ele se aproximou da janela sem venezianas, mas com as cortinas cuidadosamente fechadas. Subiu no parapeito de pedra, para que seus olhos pudessem ultrapassar a altura das cortinas.

À luz de uma lamparina, viu uma mulher envolta numa manta escura. Não era possível distinguir seu rosto, mas um sorriso sinistro aflorou aos lábios de Athos; não havia como se enganar, era aquela que ele procurava.

Nesse momento, um cavalo relinchou. Milady levantou a cabeça e viu, colado à vidraça, o rosto pálido de Athos. Deu um grito.

Athos compreendeu que havia sido reconhecido, empurrou a vidraça com o joelho e a mão, e a janela cedeu, as vidraças se quebraram.

O mosqueteiro, como um fantasma da vingança, pulou dentro do quarto. Milady correu para abrir a porta. Ainda mais pálido e ameaçador do que Athos, d'Artagnan estava na soleira. Atrás dele, entraram Porthos, Aramis, lorde de Winter e o homem da capa vermelha. Os quatro vigiavam a porta e a janela.

— O que querem? — indagou Milady.

— Queremos Charlotte Backson, que primeiro usou o nome de condessa de La Fère, depois de lady de Winter.

— Sou eu! Sou eu! — exclamou ela, aterrorizada. — O que querem de mim?

— Queremos julgá-la pelos seus crimes — setenciou Athos. — Sr. d'Artagnan, seja o primeiro a acusá-la.

D'Artagnan adiantou-se.

— Perante Deus e perante os homens — disse ele —, acuso essa mulher de ter envenenado Constance Bonacieux, morta ontem à noite. Acuso essa mulher de tentar me envenenar.

Virou-se para Porthos e Aramis.

— Nós confirmamos — disseram juntos os dois mosqueteiros.

— É sua vez, milorde — indicou Athos.

— Perante Deus e perante os homens, acuso essa mulher de mandar assassinar o duque de Buckingham.

— O duque de Buckingham foi assassinado? — perguntaram estupefatos todos os assistentes.

— Sim, assassinado. Depois da carta de aviso que vocês me escreveram, mandei prender essa mulher; e designei um leal servidor para vigiá-la. Ela corrompeu esse homem, pôs o punhal em suas mãos e o fez matar o duque.

Um frêmito passou pelos juízes após a revelação desses crimes ainda desconhecidos.

— E isso não é tudo — continuou lorde de Winter. — Meu irmão, que a fez sua herdeira, morreu em três dias de uma doença estranha, que deixa manchas lívidas por todo o corpo. Minha irmã, como seu marido morreu?

— Que horror! — exclamaram Porthos e Aramis.

— Assassina de Buckingham, assassina de meu irmão, peço justiça contra a senhora, e declaro que se a justiça não for feita, eu a farei.

Isto posto, lorde de Winter foi se colocar ao lado de d'Artagnan, para deixar o lugar livre a outro acusador.

— Agora é minha vez — afirmou Athos. — Desposei essa mulher quando ela era ainda uma moça, desposei-a apesar da oposição de minha família, dei-lhe meu nome e minha riqueza, mas um dia descobri que ela era marcada: essa mulher foi marcada com a flor de lis em seu ombro esquerdo.

— Ó! — disse Milady, levantando-se. — Desafio que encontrem o tribunal que pronunciou essa sentença infame contra mim. Desafio que encontrem aquele que a executou.

— Silêncio! — repreendeu uma voz. — A isto, sou eu quem deve responder.

O homem da capa vermelha, por sua vez, aproximou-se.

Todos os olhares se voltaram para este homem, desconhecido de todos, menos de Athos. Porém, o próprio Athos olhou-o com espanto, pois não sabia como aquele homem poderia fazer parte do terrível drama que ali se desenrolava. Depois de se aproximar de Milady com um passo lento e solene, o desconhecido tirou a máscara.

Milady olhou por um instante, com terror crescente, aquele rosto pálido moldurado por suíças e cabelos pretos, cuja única expressão era uma impassibilidade gélida. Depois, de repente, gritou:

— Ó! Não! Não! — Ela se se levantou e recuou até a parede. — Não, não, é uma aparição infernal!

— Mas quem é o senhor, afinal? — quiseram saber todas as testemunhas da cena.

— Perguntem a essa mulher — disse o homem da capa vermelha. — Vocês viram que ela me reconheceu.

— O carrasco de Lille, o carrasco de Lille! — gritou Milady, vítima de um pavor insensato.

O homem esperou o silêncio se restabelecer.

— Eu lhes disse que ela me reconheceu — continuou ele. — É verdade, sou o carrasco de Lille, e esta é minha história: esta senhora era outrora uma moça tão bela quanto é hoje. Era religiosa no convento das Beneditinas de Templemar. Um jovem padre, de coração simples e devoto, servia à igreja do convento. Ela decidiu seduzi-lo, e o conseguiu. Seduziu um santo. Aquele relacionamento não poderia durar muito tempo, sem que levasse ambos à perdição. Ela combinou com ele de deixarem a região. Mas para alcançar qualquer outra parte da França onde pudessem viver tranquilos, onde não seriam reconhecidos, precisavam de dinheiro. O padre roubou os vasos sagrados e vendeu-os, mas quando se preparavam para fugir juntos, foram presos. Oito dias depois, tendo seduzido o filho do carcereiro, ela fugiu. O jovem padre foi condenado a dez anos de trabalhos forçados e a ser marcado. Eu era o carrasco da cidade de Lille, como disse esta senhora, e fui obrigado a marcar o culpado, e o culpado, senhores, era meu irmão! Então, senhores, jurei que essa mulher que o havia desencaminhado compartilharia ao menos do seu castigo. Eu desconfiava do lugar onde ela se escondera, então persegui-a, prendi-a e marquei-a com a mesma marca que imprimira em meu irmão. Foi por isso que a marquei.

— Sr. d'Artagnan — disse Athos —, qual é a pena que o senhor pede contra essa mulher?

— A pena de morte — respondeu d'Artagnan.

— Milorde de Winter, qual é a pena que o senhor pede contra essa mulher?

— A pena de morte — respondeu lorde de Winter.

— Sr. Porthos, sr. Aramis, qual é a pena que os senhores pedem contra essa mulher?

— A pena de morte — responderam com voz abafada os dois mosqueteiros.

— Anne de Breuil, condessa de La Fère, milady de Winter — disse Athos, estendendo a mão em sua direção —, seus crimes cansaram os homens na terra e Deus no céu. Se tiver alguma oração, reze-a, pois a senhora foi condenada e vai morrer.

Ao ouvir essas palavras, Milady levantou-se, mas sentiu uma mão poderosa e implacável a segurar pelos cabelos e a arrastar tão inexoravelmente quanto a fatalidade arrasta o homem. Milady nem tentou opor resistência e saiu da casinha.

Lorde de Winter, d'Artagnan, Athos, Porthos e Aramis saíram atrás dela, os criados seguiram os patrões, e o quarto ficou vazio, com sua janela quebrada, sua porta aberta e a lamparina queimando tristemente sobre a mesa.

LIII
A execução

Era mais ou menos meia-noite. A lua, chanfrada por ser minguante e ensanguentada pelos últimos vestígios da tempestade, nascia atrás da cidadezinha de Armentières. De vez em quando, um relâmpago rasgava o horizonte em toda sua extensão.

Dois criados arrastavam Milady, cada um por um braço. O carrasco vinha atrás dela, seguido por lorde de Winter, d'Artagnan, Athos, Porthos e Aramis. Planchet e Bazin eram os últimos.

Chegando à beira do rio, o carrasco aproximou-se de Milady e amarrou-lhe os pés e as mãos. Então ela rompeu o silêncio para gritar.

— Vocês são uns covardes! Juntam dez homens para degolar uma mulher! Ah! Senhores! Homens virtuosos! Prestem atenção, pois aquele que tocar num fio de meu cabelo se tornará um assassino. Não quero morrer! Sou muito jovem para morrer!

— A moça que a senhora envenenou era mais jovem que a senhora, Milady, e no entanto está morta — rebateu d'Artagnan.

Athos deu um passo em direção a Milady.

— Eu lhe perdoo o mal que a senhora me fez: eu lhe perdoo meu futuro arruinado, minha honra perdida, meu amor maculado e minha salvação comprometida para sempre pelo desespero em que a senhora me jogou — disse ele. — Morra em paz.

Lorde de Winter, por sua vez, aproximou-se.

— Eu lhe perdoo o envenenamento de meu irmão, o assassinato do duque de Buckingham, e suas tentativas contra minha pessoa. Morra em paz.

— Quanto a mim — disse d'Artagnan —, perdoe-me, senhora, ter, por uma perfídia indigna de um fidalgo, provocado a sua ira. E lhe perdoo o assassinato de minha pobre amiga e suas vinganças cruéis. Eu lhe perdoo e choro pela senhora. Morra em paz.

— *I am lost!* — disse Milady em inglês. — *I must die!*

Milady ergueu-se e lançou à sua volta um daqueles olhares que parecem sair de olhos flamejantes.

— Onde eu vou morrer? — perguntou ela.

— Do outro lado do rio — respondeu o carrasco.

Ele a fez entrar numa barca, e quando o carrasco também ia entrar, Athos lhe deu uma quantia de dinheiro.

— Tome, é o preço da execução. Que todos vejam que agimos como juízes.

— Está bem — disse o carrasco —, e que agora essa mulher saiba que não estou exercendo minha profissão, mas cumprindo um dever.

O homem jogou o dinheiro no rio.

A barca se afastou para a margem esquerda do Lys, viram-na alcançar a outra margem. As silhuetas se recortavam em negro em contraste ao horizonte avermelhado.

Chegando ao alto da ribanceira, Milady escorregou e caiu de joelhos; permaneceu nessa posição, a cabeça inclinada, as mãos juntas.

Então viu-se o carrasco levantar lentamente os dois braços, um raio de lua se refletiu na lâmina de sua espada, os dois braços baixaram, ouviram-se o zunido da cimitarra e o grito da vítima. Em seguida, uma forma amputada desabou sob o golpe.

O carrasco tirou sua capa vermelha, estendeu-a no chão, nela deitou o corpo, jogou a cabeça, amarrou as quatro pontas, carregou-a no ombro e subiu na barca.

Parou a embarcação no meio do rio, e, suspendendo seu fardo acima da água, disse:

— Deixem passar a justiça de Deus!

Ele deixou cair o cadáver no mais profundo da água, que se fechou sobre ele.

Três dias depois, os quatro mosqueteiros chegavam a Paris. Tinham respeitado os limites de sua folga, e na mesma noite foram fazer sua visita costumeira ao sr. de Tréville.

— Muito bem, senhores! — cumprimentou-os o bravo capitão. — Divertiram-se muito durante o passeio?

— Prodigiosamente! — respondeu Athos, com os dentes cerrados.

LIV
Conclusão

No dia 6 do mês seguinte, o rei partiu de sua capital, atordoado com a notícia que ali se espalhara: Buckingham fora assassinado.

A rainha, quando lhe deram essa notícia, recusou-se a acreditar. Porém, no dia seguinte, La Porte chegou trazendo o último e fúnebre presente que Buckingham lhe enviara.

A alegria do rei foi grande, e ele a alardeou diante da rainha. Como todos os fracos, Luis XIII não tinha generosidade.

Logo, contudo, o rei perdeu seu bom humor, tornou-se sombrio e doente. Sentia que, voltando ao acampamento, retomaria sua escravidão, mas, apesar disso, era para lá que voltava. O cardeal era para ele a serpente fascinadora, e ele, o pássaro que voava de galho em galho sem conseguir escapar.

Assim, o retorno a La Rochelle foi profundamente triste. Nossos quatro amigos espantaram seus camaradas. Viajavam juntos, lado a lado, olhar sombrio, cabisbaixos.

Um dia, quando pararam numa taberna, um homem que vinha de La Rochelle a toda velocidade parou à porta.

— Olá, sr. d'Artagnan! — disse ele. — Por acaso é o senhor que estou vendo?

D'Artagnan levantou a cabeça e deu um grito de alegria. Este homem era o desconhecido de Meung.

— Ah! Senhor! — disse o jovem. — Desta vez o senhor não me escapa!

— Também não é essa minha intenção, senhor, pois agora eu o procurava. Em nome do rei, o senhor está preso. Deve me dar sua espada sem resistir. Sua cabeça corre grande perigo, eu o alerto.

— Mas, afinal, quem é o senhor? — perguntou d'Artagnan.

— Sou o cavaleiro de Rochefort, escudeiro do sr. cardeal de Richelieu e tenho ordem de levá-lo à Sua Eminência.

— Nós estamos voltando para Sua Eminência, sr. cavaleiro — disse Athos, adiantando-se. — E o senhor aceitará a palavra do sr. d'Artagnan de que está se dirigindo diretamente para La Rochelle.

— Eu devo entregá-lo nas mãos dos guardas que o conduzirão ao acampamento.

— Nós lhe serviremos de guardas, senhor. Damos nossa palavra de fidalgo de o sr. d'Artagnan não nos deixará.

O cavaleiro de Rochefort olhou para trás e viu que Porthos e Aramis estavam postados entre ele e a porta.

— Senhor, se o sr. d'Artagnan quiser me dar sua espada e juntar sua palavra à do senhor, me contentarei com sua promessa.

— O senhor tem minha palavra, e eis minha espada.

Continuaram seu caminho.

No dia seguinte, às três da tarde, chegaram a Surgères, onde o cardeal esperava Luis XIII. O ministro e o rei trocaram afagos, felicitaram-se do acaso que livrara a França do inimigo que amotinava a Europa contra ela. Depois disso, o cardeal, que tinha sido avisado da prisão de d'Artagnan e estava ansioso para vê-lo, despediu-se do rei.

O cardeal encontrou, de pé diante da casa onde morava, d'Artagnan sem espada e os três mosqueteiros armados. Ele fez sinal a d'Artagnan para segui-lo. D'Artagnan obedeceu.

— Esperaremos você, d'Artagnan — disse Athos bem alto, para que o cardeal ouvisse.

D'Artagnan entrou atrás do cardeal, e Rochefort atrás de d'Artagnan. A porta ficou sob vigilância. Sua Eminência dirigiu-se ao cômodo que lhe servia de gabinete.

— Senhor — disse o cardeal —, foi preso por ordens minhas.

— Disseram-me isso, monsenhor.

— E o senhor sabe por quê?

— Não, monsenhor. Pois a única coisa pela qual eu poderia ser preso ainda não chegou ao conhecimento de Vossa Eminência.

— O senhor é acusado de ter se correspondido com os inimigos do reino, de ter descoberto segredos de Estado, de tentar fazer abortar os planos de seu general.

— E quem me acusa disso, monsenhor? Uma mulher marcada pela justiça do país, uma mulher que desposou um homem na França e outro na Inglaterra, uma mulher que envenenou seu segundo marido e que desejava me envenenar também!

— De que mulher o senhor está falando? — indagou o cardeal, muito espantado.

— De Milady de Winter, de quem, sem dúvida, Vossa Eminência ignorava os crimes quando a honrou com sua confiança.

— Senhor, se Milady de Winter cometeu os crimes de que a acusa, ela será punida.

— Ela foi punida, monsenhor.

— E quem a puniu?

— Nós.

— Ela está presa?

— Não, está morta.

— Morta! — repetiu o cardeal, que não podia acreditar no que ouvia. — Morta! O senhor não disse que ela estava morta?

— Três vezes ela quase me matou, e eu a perdoei, porém ela matou a mulher que eu amava. Então meus amigos e eu a prendemos, julgamos e condenamos.

D'Artagnan contou o envenenamento da sra. Bonacieux no convento das Carmelitas de Béthune, o julgamento na casinha isolada, a execução às margens do Lys.

— Então vocês assumiram-se juízes sem pensar que aqueles que punem sem ter missão de punir são assassinos.

— Monsenhor, juro que nem por um minuto tive a intenção de salvar minha cabeça diante do senhor. Sofrerei o castigo que me impuser. Não prezo tanto a vida para temer a morte.

— Sim, eu sei que o senhor é um homem de coragem — disse o cardeal com uma voz quase afetuosa. — Posso adiantar que será julgado e até condenado.

— Um outro poderia dizer a Vossa Eminência que tem seu perdão no bolso. Eu me contento em dizer: ordene, monsenhor, estou pronto.

— Seu perdão? — disse Richelieu, surpreendido.

— Sim, monsenhor.

— Assinado por quem? Pelo rei?

— Não, por Vossa Eminência.

— Por mim? O senhor está louco?

— Monsenhor decerto reconhecerá sua assinatura.

D'Artagnan apresentou ao cardeal o precioso bilhete que Athos arrancara de Milady e que havia lhe dado para lhe servir de proteção.

Sua Eminência pegou o papel, leu-o e imergiu num profundo devaneio.

"Ele está imaginando com que tipo de suplício me fará morrer", pensou d'Artagnan. "Pois bem, ele verá como morre um cavalheiro."

Por fim, Richelieu ergueu a cabeça e fixou seu olhar de águia naquela fisionomia leal, franca, inteligente, e leu todos os sofrimentos que ele vinha passando havia um mês, o brilhante futuro que aguardava aquele jovem de 21 anos, e que recursos sua atividade, sua coragem e sua perspicácia poderiam oferecer a um bom amo.

Por outro lado, os crimes, o poder, o gênio infernal de Milady o haviam apavorado mais de uma vez. Sentia uma espécie de alegria secreta por estar livre para sempre daquela cúmplice perigosa.

Rasgou lentamente o papel que d'Artagnan lhe entregara tão generosamente.

"Estou perdido", pensou d'Artagnan.

O cardeal aproximou-se da mesa, e mesmo de pé escreveu algumas linhas num pergaminho, do qual dois terços já estavam preenchidos, e apôs seu selo.

— Tome, senhor. Confisquei sua carta branca, devolvo-lhe outra. Não há nome nesta patente. Escreva-o o senhor mesmo.

D'Artagnan pegou o papel, hesitante, e o leu: era uma patente de tenente dos mosqueteiros.

D'Artagnan ajoelhou-se aos pés do cardeal.

— Monsenhor — disse ele —, minha vida lhe pertence. Disponha dela de hoje em diante, mas não mereço esse favor que o senhor me concede. Tenho três amigos mais merecedores e mais dignos...

— O senhor é um ótimo rapaz, d'Artagnan — interrompeu o cardeal, batendo-lhe com cumplicidade no ombro, encantado por enfim ter vencido sua natureza rebelde. — Faça dessa patente o que quiser. Lembre-se somente que embora o nome esteja em branco, foi ao senhor que eu a dei.

O cardeal se virou e chamou em voz alta:

— Rochefort!

O cavaleiro logo adentrou o cômodo.

— Rochefort, está vendo o sr. d'Artagnan. Recebo-o entre meus amigos, portanto, que se abracem e se comportem se querem conservar suas cabeças.

Rochefort e d'Artagnan cumprimentaram-se friamente e saíram juntos do aposento.

— Estávamos começando a ficar preocupados — disse Athos.

— Eis-me de volta, meus amigos! — respondeu d'Artagnan. — Não apenas livre, mas ainda promovido!

— Você nos contará isso.

— Essa noite mesmo.

De fato, na mesma noite, d'Artagnan se dirigiu ao alojamento de Athos. Contou-lhe o que tinha se passado entre o cardeal e ele, e tirando a patente do bolso, disse:

— Tome, querido Athos, isto lhe pertence, naturalmente.

Athos sorriu de um modo suave e encantador.

— Amigo, isto é demais para Athos. Para o conde de La Fère, é muito pouco. Guarde essa patente, ela lhe pertence. Meu Deus! Uma pena, você pagou muito caro por ela!

D'Artagnan saiu do quarto de Athos e entrou no de Porthos. Encontrou-o vestido com um traje magnífico, coberto de maravilhosos bordados, e se contemplando no espelho.

— Venho lhe propor um traje que lhe cairá ainda melhor. Tome, meu caro, escreva seu nome e seja um bom chefe para mim.

Porthos lançou um olhar à patente e então a d'Artagnan, para grande espanto do jovem.

— Sim — disse ele —, me orgulharia muito, mas não terei muito tempo para usufruir essa promoção. Durante nossa expedição em Béthune, morreu o marido de minha duquesa, de modo que, o cofre do defunto me estendendo os braços, me caso com a viúva. Estava experimentando meu traje de casamento. Conserve a patente, meu caro, conserve-a.

Porthos a devolveu a d'Artagnan. O rapaz entrou no quarto de Aramis. Encontrou-o ajoelhado num genuflexório, a cabeça apoiada em seu livro de horas aberto.

Contou-lhe sua conversa com o cardeal e, pela terceira vez, tirou a patente do bolso.

— Infelizmente, querido amigo — disse Aramis —, nossas últimas aventuras me desgostaram para sempre da vida de amante da espada. Dessa vez, minha decisão está tomada: depois do cerco, entro no convento dos Lazaristas. Guarde essa patente, d'Artagnan, a carreira das armas lhe agrada, você será um bravo e intrépido capitão.

D'Artagnan, com os olhos úmidos de reconhecimento e brilhantes de alegria, voltou a Athos, que estava sentado à mesa observando seu copo de vinho de Málaga à luz da lamparina.

— Pois bem — disse ele —, os outros recusaram também.

— É porque ninguém é mais digno dela do que você, caro amigo.

Athos pegou uma pena, escreveu o nome de d'Artagnan no pergaminho e devolveu-o.

— Não terei mais amigos — disse o rapaz. — Infelizmente, mais nada a não ser amargas lembranças...

D'Artagnan apoiou a cabeça entre as mãos, enquanto lágrimas rolavam por suas faces.

— Você é jovem — respondeu Athos —, e suas amargas lembranças terão muito tempo para se transformarem em doces recordações!

Epílogo

Privada do socorro da frota inglesa e da divisão prometida por Buckingham, La Rochelle rendeu-se após o cerco de um ano. A capitulação foi assinada no dia 28 de outubro de 1628.

O rei fez sua entrada em Paris a 23 de dezembro do mesmo ano. Organizaram-lhe um triunfo, como se voltasse de uma vitória contra o inimigo e não contra franceses. Ele entrou pelo Faubourg Saint-Jacques sob arcos de folhagens.

D'Artagnan assumiu seu posto. Porthos deixou o serviço e desposou, durante o ano seguinte, a sra. Coquenard; o cofre tão cobiçado continha oitocentas mil libras.

Mousqueton ganhou uma libré magnífica, além da satisfação que ambicionara durante toda a vida de subir atrás de uma carruagem dourada.

Depois de uma viagem a Lorena, Aramis desapareceu por completo e parou de escrever a seus amigos. Estes souberam mais tarde, pela sra. de Chevreuse, que o contara a dois ou três amantes, que ele tomara o hábito num convento de Nancy.

Bazin tornou-se irmão leigo.

Athos permaneceu mosqueteiro sob as ordens de d'Artagnan até 1633, época em que fez uma viagem a Touraine, após a qual deixou o serviço, alegando ter recebido uma pequena herança no Roussillon.

Grimaud seguiu Athos.

D'Artagnan lutou três vezes contra Rochefort e o feriu as três vezes.

— Provavelmente eu o matarei na quarta vez — disse ele, dando-lhe a mão para ajudá-lo a se levantar.

— Então é melhor, para o senhor e para mim, que fiquemos por aqui — respondeu o ferido. — Por mil diabos! Sou mais seu amigo do que o senhor imagina, pois desde nosso primeiro encontro, dizendo apenas uma palavra ao cardeal, eu poderia ter cortado seu pescoço.

Abraçaram-se desta vez, mas de boa-fé e sem segundas intenções.

Planchet obteve de Rochefort o posto de sargento dos guardas.

O sr. Bonacieux vivia tranquilamente, ignorando o que acontecera com sua esposa e não se preocupando com isso. Um dia, cometeu a imprudência de apresentar suas lembranças ao cardeal, que lhe respondeu que faria tudo para que nada lhe faltasse no futuro.

De fato, no dia seguinte, o sr. Bonacieux saiu às sete horas da noite para ir ao Louvre, e nunca mais reapareceu na rua dos Fossoyeurs. Segundo aqueles que se achavam mais bem informados, ele estava sendo alimentado e hospedado em um castelo real, às generosas expensas de Sua Eminência.